KANADA AUSWANDERER ERZÄHLEN AUS IHREM LEBEN

MAXIM POUSKA
Herausgeber

Copyright © Maxim Pouska, Herausgeber, und Autoren, 2007

1. Auflage 2007
Korrektur: Christian Karge,
Satz: TAV
Titelfoto: Collection Maxim Pouska
Printed in Germany
Herstellung und Verlag: Books on Demand GmbH, Norderstedt
ISBN-13: 978-3-8334-9622-6

Der Abdruck der in dem Kapitel „1920-2000" enthaltenen Passagen aus dem A.E. Johann-Buch „Mit 20 Dollar in den Wilden Westen" erfolgt mit freundlicher Genehmigung von Herrn Mathias Wittlinger, D-78054 Villingen-Schwenningen (Rechteinhaber) und der AVA - Autoren- und Verlagsagentur GmbH, München-Breitbrunn.

Der Abdruck der Zitate von Else Seel erfolgt mit freundlicher Genehmigung von Herrn Rupert Seel, Kanada.

Der Herausgeber hat keinen Einfluss auf die Inhalte der im Buch aufgeführten Webseiten oder der dort verzeichneten weiterführenden Links. Durch die Auflistung der Links - insbesondere von Unternehmen - wird keine Empfehlung ausgesprochen.

Fotos Copyright by: Titel: Collection Maxim Pouska; Seite: 2, 204 John L. Stoddard'S LECTURES; 16, 36, 138, 193, 201 Canada Travel Bureau (CTB); 35, 129, 160, 161, 163, 221 Unbekannt; 51, 55, 62 Tom Wrede; 70, 73 Nicole Negus; 81, 83 Corina Elgiet; 112 Jutta Ploessner; 113 oben Brian de Alwis, unten Jutta Ploessner; 127 Gudrun Lundi; 167, 171 TAV, Montréal; 180, 181, 236 Gundula Meyer-Eppler; 189, Rupert Seel

INHALT

VORWORT 7

EINFÜHRUNG 9

START IN CALGARY IM SCHNELLZUGTEMPO 16
Anette Fischer - 2006

KEINE ANGST VOR NEUEN AUFGABEN 50
Tom Wrede - 2004

SELBSTKRITIK UND ZWEITE CHANCE 63
Adam und Eva - 2004

DIE DISTANZ-EHE IST EINE ERFOLGSSTORY 66
Nicole Negus - 1992 > 2003

HERE IT GOES - MEINE GESCHICHTE 74
Corina Elgiet - 1990 und 2005

UNSER GROSSES ABENTEUER 89
AUSWANDERN INS UNGEWISSE
Jutta Ploessner - 1982

UNSERE 23 JAHRE IN ONTARIO 114
Gudrun Lundi - 1982

EIN LEBEN IN DER NEUEN WELT 128
Gertrud Evans - 1956

ICH BIN 100-PROZENTIGER KANADIER 138
Peter Iden - 1954

DER MALERGESELLE AUS DEM MÜNSTERLAND 162
Georg Vörding - 1955
Maxim Pouska

HEIMAT - IN WELCHEM LAND? 168
Detlef Janthur - 1954
Maxim Pouska

EIN NEUER ANFANG 177
Gundula Meyer-Eppler - 1952

WER IST ELSE SEEL? 188
Maxim Pouska

„KANADISCHES TAGEBUCH" 192
Else Seel - 1927

DER ERFOLG STARTETE AUF DER PARKBANK 214
Ulrich Schaffer - 1953 und Eckhart Tolle - 1993
Maxim Pouska

1927 > 2007 EINWANDERER UND RÜCKWANDERER 219
Maxim Pouska

WAS VERBINDET DIE GESCHICHTEN? 237
Maxim Pouska

VORWORT

Wie Splitter, Bruchstücke oder Mosaiksteine sind die Informationen, die Einwanderer nach Kanada später Stück für Stück erzählen. Man hat sie zu sammeln, oft über Jahre, um sich dann ein Bild vom Leben einer Person oder Familie machen zu können. Dieses Bild bleibt aber immer unvollständig.

So sind die Erfahrungsberichte in diesem Buch durch Sammeln entstanden. Ich habe sie über die Jahre im Internet gefunden oder mir wurden sie stückchenweise bei einem Café oder Whisky erzählt. Webseiten kommen und gehen und so sind einige der Erzählungen nur noch auf meiner Festplatte vorhanden. Andere wurden extra für dieses Buch geschrieben. Die Berichte, Erzählungen und Kommentare der Immigranten von Heute, vergleiche ich mit den Erfahrungen von Einwanderern ab 1920, wie sie in Büchern überliefert wurden. Mir geht es dabei vor allem um die Kämpfe der ersten Jahre und die Frage, ob heutige Immigranten die gleichen Kämpfe zu bestehen haben.

Der Immigrant ist immer Pionier im neuen Land, ist meine Meinung. Der technische Fortschritt, die Leichtigkeit an Informationen zu kommen oder zu reisen, ändern nichts an den Schwierigkeiten „den Acker zu bestellen und die Ernte einzufahren" *. Dabei ist es praktisch unerheblich, ob der Immigrant einen Job im Büro als kleiner Angestellter, Manager, als Ingenieur oder Handwerker im Öl-Business ausübt. Ebenso hat der Investor, Selbständige und Unternehmer sein Feld neu zu bestellen und acht zu geben, dass er keine Missernte einfährt. Das heutige Landleben der Farmer, Bauern, Pferdezüchter oder Trapper ist ein ganz anderes Thema. Von romantischer Verklärung des Landlebens ist nicht mehr viel zu spüren - trotzdem wird diese Romantik als „Propaganda" immer wieder erzählt und beschrieben.

Wer erzählt Geschichten im Internet? Eine Frage, die ich mir stellte, als ich mit dem Buch begann. Es sind Menschen, die dazu Zeit haben! Das sind einmal Damen und Herrn im Rentenalter (wise old men and women) und zum anderen Leute, die relativ abgeschieden auf dem Land wohnen. Erst seit kurzem gibt es einige Deutsche, die in größeren Städten wohnen und regelmäßig berichten.

Damit bin ich bei der nächsten Frage: Wie lange berichten sie? Genauer gefragt: Wann tauchen Auswanderer in spe (Would-be Immigrant) in den Foren auf und wie lange nach der Einwanderung sind sie in den Foren noch aktiv und berichten über ihre Erfahrungen?

Irgendwann in der Vorbereitungsphase melden sie sich in den Foren an und stellen sich kurz vor. Dann beginnt die Phase der Fragen und oft teilen sie auch mit, warum sie auswandern wollen. Erhalten sie nach vielen Monaten oder auch ein, zwei Jahren das Recht zur Arbeit (Work Permit) oder sogar zur Einwanderung (Permanent Residence Visa) von der kanadischen Regierung, beginnt die heiße Phase der Fragen. Nach der Landung schreiben sie ihre ersten euphorischen Berichte, die danach immer seltener werden. Und irgendwann verstummen fast alle. Jahre später oder auch erst nach der Pensionierung haben einige wenige die Muße und Kraft über ihre Erfahrungen zu berichten.

Wie spektakulär, abenteuerlich, sensationell oder extravagant sind dann ihre Geschichten? Es sind die Geschichten von ganz normalen Menschen - also nicht die Biographien von Stars oder weltbewegenden Personen - und sie sind darum überwiegend unspektakulär. Aber auch das Leben dieser Menschen bietet Stoff für Romane. Nur, ich schreibe hier keinen Roman, auch wenn manches nacherzählt ist, berichte ich die Fakten so wie sie mir mitgeteilt wurden.

* Bibel im Buch der Sprüche: Spr. 20,4: „Im Herbst will der Faule nicht pflügen; so muss er in der Ernte betteln und kriegt nichts.

EINFÜHRUNG

Vom Leben in der Wildnis, in der Zeit der „Wilden-Zwanziger" in Berlin des letzen Jahrhunderts, bis zu der Großstadt Calgary im Jahr 2006, reichen die Erfahrungsberichte in diesem Buch. Es sind Lebensberichte von Frauen und Männer und in einem Fall der Bericht eines Kindes - heute eine Frau mit eigenen großen Kindern - über das Leben seiner verstorbenen Eltern.

Die meisten Texte wurden von Einwanderern geschrieben, die im Internet aktiv sind. Die über das Internet erzählten Geschichten, sind wie am Stammtisch, Sonntagmorgens in der Kneipe neben der Kirche oder auch nachmittags in einem Café erzählt. Ich habe Mitte 2006 den einen oder anderen gefragt und ermutigt, doch seine Geschichte zu schreiben. Diese ergänze ich dann und wann mit den „Puzzle-Stücken", die sie in den Foren preisgeben. Denn ihre Texte sind oft eine Kurzfassung, in der sie vergessen, die Gewürze, die kleinen Storys dazu zu geben. In den Foren kann man sie sammeln und wie bei einem Puzzle zu einem Bild fügen. Andere Texte sind Nacherzählungen dessen, was man mir im Laufe der Zeit mitteilte. Auch Bücher sind Quellen der Erinnerung, die ich nutze, um Schicksale zu erzählen.

Der Aufbau des Buches ist wie ein modernes „Résumé" (kanadischer Lebenslauf) strukturiert. Das heißt, ich beginne mit den Erzählungen der Einwanderer, die 2006 nach Kanada zogen und gehe zurück bis 1927. Hier in der Einführung beginne ich allerdings mit dem Jahr 1927.

Else Seel war eine Gutsherrntochter und lebte als Angestellte einer Bank in Berlin, als sie sich entschloss nach Kanada zu ziehen. Es war 1927 und sie war 33 Jahre alt, als sie in Vancouver ankam, um dort am nächsten Tag ihren Mann, den sie nie vorher gesehen hatte und nur aus Briefen kannte, zu heiraten. Tags drauf fuhren sie in die Wildnis von Nord B.C. und während eines extrem harten Lebens blieb sie ihm treu „bis das der Tod sie schied". Sie war eine geschätzte Schriftstellerin und Poetin, deren Gedichte und Erzählungen in Deutschland veröffentlicht wurden.

Von ihrem Sohn Rupert habe ich die Erlaubnis erhalten, aus ihrem Buch „Kanadisches Tagebuch" umfangreich zu zitieren. Gefunden habe ich ihn über das Internet, da er immer noch ein „Goldgräber" ist - so wie auch sein Vater. Die Informationen über die Goldsuche in B.C. werden heute von den Behörden im Internet veröffentlicht. Bei den Zitaten lasse ich die Romantik weg - die ebenfalls in dem Buch sehr schön erzählt wird - und zitiere ihre Beschreibungen des realen und oft brutalen Lebens. Letzteres hat sie aber nie bereut.

1927 reiste auch A.E. Johann „Mit 20 Dollar in den wilden Westen", so der Titel seines ersten Buches - um dort für ein Jahr wie ein normaler Immigrant zu arbeiten. Das war sein Auftrag als junger Journalist, der aus Berlin geschickt wurde und bereits als Börsianer seine Sporen an der Berliner Börse verdient hatte. Er war der typische Wanderer, nie konnte er wirklich an einen Ort bleiben und musste immer wieder von der Heimat aus in die weite Welt ziehen. Er war vor und nach dem Zweiten Weltkrieg ein bekannter und beliebter Reiseschriftsteller. Seine Berichte sind sehr gute Analysen der damaligen Zustände. Er wurde nach Kanada geschickt, um zu erforschen, warum es deutschen Auswanderern dort so schlecht geht und sehr viele von ihnen gebrochen nach Deutschland zurückkehrten. In dem Text über Auswanderer und Rückwanderer zitiere ich mehrere Passagen, da sie einen sehr guten Vergleich zu Heute erlauben.

Dazu passt ebenfalls die Studie von Ulrike Treplin: „Auswanderer in der Weimarer Zeit", die negative und positive Erfahrungen der Immigranten untersucht. Ihre Studie stützt sich auf den Briefwechsel zwischen Migranten und der evangelisch-lutherischen Auswanderermission in Hamburg.

Nach dem Zweiten Weltkrieg war bis Anfang der Fünfziger keine Einwanderung für Deutsche möglich. Hier sticht der Bericht von Gundula Mayer-Eppler hervor. Sie ist in Kanada geboren und hat dort als Kind eine wunderbare - sicherlich auch sehr harte Zeit erlebt. Sie erzählt die Geschichte ihrer Eltern, deren Kriegs-Traumata sie ihr Leben lang verfolgten. Sie kam als junge Frau nach Deutschland und lebt nun seit über dreißig Jahren hier, hat geheiratet, Kinder bekommen, die nun bereits groß sind und ist voller Heimweh nach dem Land ihrer Kindheit.

Das gleiche Heimweh hat Detlef Janthur, nur nach Deutschland. Als Zehnjähriger wurde er in den Fünfzigern nach Kanada verpflanzt! Sein Vater war praktischer Arzt in Deutschland und als er Anfang der Fünfziger in Alberta landete, hatte er sein gesamtes Studium erneut absolvieren müssen. Er schaffte es, aber es war eine unglaublich harte Zeit für die ganze Familie. Hunger und Not waren in dieser Zeit ständige Begleiter, erzählte Detlef. Der Vater arbeitete bis zur Rente als Arzt in Kanada und zog dann mit seiner Frau zurück ins Schwabenland. Dort hatten sie sich mit Blick auf die Alpen in eine Altenstätte eingekauft. Da auch sein Bruder nach Deutschland zurückkehrte, die Schwester war in Kanada verstorben, zog es Detlef magnetisch zurück nach Osten. Ich traf ihn in Montréal, wo er mir nach und nach von seinem Weg, seinen Zweifeln und seinem Heimweh erzählte.

Georg Vörding war 16, als er sich als Münsteraner freiwillig bei den Gebirgsjägern meldete. Er wurde an die Ostfront geschickt und vor Leningrad schwer verwundet. Der Rücktransport mit dem Zug nach Süddeutschland stand in der Nacht des Angriffs auf Dresden, dort irgendwo in der Stadt auf den Gleisen - er überlebte auch dies. Als sein ältester Bruder Anfang der Fünfziger nach Montréal auswanderte, folgte er ihm ein Jahr später. Von Beruf Anstreicher, wie sein Vater und sein Bruder, erhielt er zunächst keinen Job in der Stadt - trotz eines Baubooms - aber er schaffte es trotzdem, bereits nach einem halben Jahr ein Auto zu haben und ein Jahr später seinen ersten Jaguar zu fahren. Er erzählte es mir, nun bereits über siebzig, in seiner kleinen Werkstatt bei einigen Whiskys.

Im Internet ist Peter Iden einer der Grundpfeiler der Kanada Mailing-Liste von Thomas Stünkel und ein erfolgreicher Unternehmer mit einem „Small-Business". Seit nun mehr als sechs Jahren hilft er mit seinen Informationen in der Mailing-Liste und berichtet viel Gutes über Kanada. Ab und an erzählt er auch von sich und seiner Familie, wenn er durch die Geschichte eines anderen Forenmitglieds dazu angeregt wird. Er kam als 17 Jähriger mit seinen Eltern nach Kanada, ging zurück nach Deutschland und zog dann für immer nach Kanada. Er schreibt zwar auch an einem Buch, aber nicht über sein Leben, wie er mir mitteilte. So stelle ich seinen Werdegang in Kanada anhand seiner kurzen Berichte zusammen - um mal zu sehen, was er dazu sagt. Er sagte OK! Seine Texte sind nicht nach dem Datum der Veröffentlichung sortiert.

Gertrud Evans ist eine Frau, die heute zufrieden in Kanada lebt. Ihre Kämpfe beschreibt sie in einem Bericht, der im Internet steht. Nun alleine, mit genug Geld, um es auch ab und an im Kasino zu verspielen, geht es ihr gut. Es ist nicht selten, dass es Frauen dort schaffen, wo ihre Männer aufgaben.

In den Achtzigern kamen Jutta Ploessner, Schriftstellerin, Gastgeberin und „Hippie" mit ihrem Mann und drei Kindern nach B.C. Ihr Bericht ist eine leicht zu lesende romantische Story - aber nur auf den ersten Blick. Es entsteht zeitweise der Eindruck, in ihrer neuen Heimat würden nur Partys gefeiert. Man hat hier sehr genau zwischen den Zeilen zu lesen, um eine Ahnung von der Realität zu erhalten. Zum Vergleich ist da der Bericht von Else Seel sehr gut geeignet. Aber Jutta ist ja Roman-Schriftstellerin und das merkt man ihrem Bericht natürlich positiv an. Ihren Text habe ich darum in ihrer eigenen Formatierung gelassen.

Gudrun Lundi kam mit Mann und Kindern von England nach Ontario, wo sie nach einigen Umwegen als Maklerin arbeitete. Heute lebt sie als Rentnerin in Ottawa und ist froh, nicht mehr mit deutschen Hauskäufern zu tun zu haben. Dann die Neunziger.

Der Text von Corina Elgiet ist der Start der Berichte über das Leben der heutigen Einwanderer. Es ist alles anders und doch bleibt es das gleiche Problem, im Land erfolgreich zu werden. Diese Erfahrung machte sie 1990, als die Rezession in Kanada startete und 2005, als sie erneut mit der Familie und nun auch mit Kindern zurück nach Kanada ging.

Zu den Neunzigern gehört auch der Bericht von Nicole Negus. Sie lernte ihren Mann, einen Kanadier, bereits Mitte der Neunziger kennen, heiratete ihn 1997 und führte mehrere Jahre eine Distanz-Ehe. Erst im Dezember 2003 landete sie als Permanent Resident in Kanada.

Ab 2000, und besonders mit dem neuen Einwanderungsgesetz ab 2002, wurde eine neue Seite der Einwanderungsgeschichte in Kanada aufgeschlagen. Nun geht es darum einen Job zu haben, wenn möglich bevor man nach Kanada kommt. Oder man ist so hoch qualifiziert, dass man zwar einwandern darf, dann aber womöglich nach der Einreise keinen Job bekommt. Die negativen Geschichten werden auf Webseiten beschrieben, die ich in der Linkliste angebe. Diese Geschichten drucke ich hier nicht, da sie keinen Weg zum Erfolg aufzeigen.

Eva (Name geändert und von ihr so ausgesucht) berichtete ihre negative Erfahrung aus dem Jahr 2004 und verdeutlicht sehr genau, wie man es nicht machen sollte. Allerdings hat sie den Mut nicht verloren und die Familie plant einen zweiten Versuch, der dann besser vorbereitet wird.

Für Tom Wrede und seine Frau war Manitoba die richtige Provinz, um nach Kanada auszuwandern. Für sie ist die Religion ein Grundpfeiler für ein erfülltes Leben. Darum zogen sie in das „Mennonite Country" südlich von Winnipeg. In ihrer einfachen Erzählung wird aber ebenso sichtbar, was an persönlicher Bereitschaft erforderlich ist, um in Kanada Erfolg zu haben.

Mit Anette Fischer beginnt die Reihe der Erzählungen. Sie kam im Juni 2006 nach Kanada und ihre Begeisterung führte zu einer Reihe von Postings, die es in dieser Intensität sehr selten gibt. Ihre Berichte sind mit den Reportagen von A. E. Johann zu vergleichen - voller Einsatz, und sich nicht zu schade jede Arbeit anzunehmen! Und, sie erzählt in einer Direktheit, die absolut selten ist. Danke!

Dass ich auch die Story von zwei Esoterikern erzähle, ist Teil des romantischen Gedankens: In Kanada kann ich mich selbst finden. (Kann man auch zu Hause in Deutschland.) Ulrich Schaffer wird sich selbst nicht als Esoteriker, sondern als gläubiger Mensch sehen, aber es passt im weitesten Sinne zu der Idee von vielen anderen. Wie auch immer. Es ist ja wohl für alle fleißigen und stress-erprobten Manager, Inhaber aller möglichen Unternehmen oder Ländereien eine bizarre Vorstellung, dass man ein Business gründen kann in dem man jahrelang auf der Parkbank sitzt, so wie es Eckhart Tolle tat.

Ergänzt werden die Erzählungen durch meinen Text „1920 -2006 Einwanderer - Rückwanderer", der sich unter anderem auf die Studie von Treplin und die Berichte von Johann stützt. Denn auch heute wandern rund 30 % der jungen Männer und Frauen wieder zurück - schreibt Statistics Canada in einer Studie.

Dass in diesen Geschichten am Ende fast immer der persönliche Erfolg steht, ist von mir bewusst so ausgewählt worden. Die Frage in den Foren: „Wie ist es wirklich in Kanada - wo finde ich die Berichte der Einwanderer - auch negative?" kann ich durch diese Auswahl nur teilweise beantworten. Nicht berücksichtigt habe ich die Geschichten der Super-Erfolgreichen. Deren Erfolg ist nicht zwingend der Wunsch der meisten Einwanderer und ihre Biographie wird von bezahlten Ghostwritern geschrieben.

Erfolg definiere ich nicht nur über Geld - wie ich auch in meinen anderen Büchern schreibe: „Ich definiere persönlichen Erfolg nicht ausschließlich mit viel Geld oder materiellen Werten. Ich messe Erfolg eher an einem ganzheitlichen Leben, das in Bescheidenheit oder Reichtum, dem eigenen Anspruch gerecht wird. Das sage ich bereits jetzt, da der Begriff ‚Erfolg' und ‚Karriere' sehr oft vorkommen wird. Jeder hat darum diese Worte mit seinen eigenen Werten abzuwägen." (Arbeiten im Traumland Kanada, S. 12)

Die meisten Erfahrungsberichte stammen von Mitgliedern der alten und neuen Kanada Mailing Liste, die von Thomas Stünkel gesponsert wird. Einen herzlichen Dank an alle Mitglieder der Liste und an die heutigen Betreiber und Sponsoren Thomas Stünkel und Ralf Pickart. In der Liste sprechen wir uns alle mit Vornamen an und benutzen „du", so wie die Kanadier das „you" als selbstverständlich betrachten, wenn wir miteinander schreiben und reden.

Fotografien im Buch

Die schönen Urlaubsbilder aus der Touristenwerbung für Kanada sind ja allgemein bekannt. Ich habe darum Bilder zur Illustration der Texte ausgesucht, die aus alten Büchern und einer Touristen-Werbung von 1936 stammen. Hinzu kommen private Bilder der Autoren. Das Titelbild wurde am 8. Oktober 1930 aufgenommen. Ich habe es über Ebay ersteigert und es ist nun Teil meiner Kanada-Sammlung/Collection.

START IN CALGARY IM SCHNELLZUGTEMPO
von Anette Fischer - 2006

Jun 10 01:25:44 GMT 2006

Hallo,

Ich bin jetzt seit knapp einer Woche hier ... schon interessant wie schnell man in die kanadische Welt abtaucht, wenn man erst mal hier ist ... mir kommt es bereits wie ein paar Monate vor. Die ersten Tage sind auf jeden Fall spannend und teilweise etwas stressig - hat sich wie in der berühmten Twilight-Zone angefühlt. Als wenn man noch nicht ganz angekommen ist. Heute ist der erste Tag, an dem ich mich nach dem Jetlag so richtig fit fühle. Der Behördenkram bei der Einreise ist echt schnell und einfach zu erledigen und auch die ersten zarten Versuche mit der Jobsuche laufen bisher recht gut, da Calgary boomt oder besser viele, wie mir meine Vermieterin gesagt hat, ihre Jobs hier verlassen, um in den Oilpatches zu arbeiten ... deshalb bekommen auch Neuzuwanderer im kaufmännischen Bereich relativ schnell Jobs - na ja, ich werde ja sehen, wie gut es bei mir läuft und wie lange ich suchen muss. Ist vielleicht nach 6 Tagen noch zu früh ...

Calgary, 1935

Jun 16 23:11:19 GMT 2006

Der Jetlag war wie immer einfach nur unangenehm und die ersten Tage dann auch mal etwas stressig, da der ganze Behördenkram und die Orientierung in Calgary für mich doch nicht ganz so einfach war. Ich hab mich zigmal verlaufen und auch so meine kleinen Probleme mit dem Bussystem, Türmechanismen, etc. gehabt ... Aber dann hab ich die Kurve gekriegt ...

Das mit dem Networks funktioniert klasse, ich hab bereits meinen ersten kleinen Einstiegsjob gefunden ... über eine Dozentin, die vom Work Information Center den „resume writing workshop" abgehalten hat. Ist zwar nur mal erst was für ein paar Wochen, aber es ist im Umfeld der Oil- und Gas Industrie, und da ich da rein will, ist es gleichzeitig ne Klasse Networking-Möglichkeit. Lustigerweise ist es Proofreading und obwohl ich keine Muttersprachlerin bin, haben sie mich trotzdem genommen.

Hatte dann auch schon ein anderes Vorstellungsgespräch bei nem Recruiter, die mich erstmal als Temp (Zeitarbeiter) wollen. Auch das lief sehr gut und ungewohnt unkompliziert. Nur die Testerei war nervig, Mathe und Sprachtest, Handlungsanleitungen, Excel-, Word- und Powerpoint-Test und sogar Typing wurde getestet ... scheint aber Standard bei vielen solcher Org's (Organisation) zu sein, wie mir Kanadier gesagt hatten.

Dann hab ich auch schon so einiges an Beratungsgesprächen und Workshops hinter mir, die echt empfehlenswert sind und überraschend hochklassig. Da ich aus dem Trainingsbereich komme, bin ich etwas anspruchsvoll, die Kurse, die hier kostenlos von der Regierung geboten werden, halten jeder Profiveranstaltung stand. Und so hab ich auch erstmal ne Menge von Immigranten aus aller Welt kennen gelernt ... interessanterweise keinen einzigen Westeuropäer.

Ich teile mir im Moment ein Appartement mit einer Holländerin, die seit 6

Monaten hier ist und sie hat meine Eindrücke auch so ziemlich bestätigt.

Nachdem ich ja auch fleißige Listenleserin bin und auch die ganzen relevanten Webseiten immer wieder nach Infos durchstöbert hatte, war ich dann im Land doch sehr positiv überrascht von dem, was ich in Calgary vorgefunden hab. Vielleicht liegt es daran, dass die Region boomt, aber als Einwanderer mit guten Englischkenntnissen und solider Ausbildung ist man hier wirklich willkommen. Die brauchen dringend Leute und wie mir scheint, ist dann auch ein ausländischer Akzent und fremde Ausbildung / Berufserfahrung (zumindest in den nicht regulierten Berufen wie dem meinen) kein wirkliches Problem ... in den regulierten Berufen braucht man allerdings etwas Geduld, um seine Designation zu bekommen und arbeiten zu können. ... Als sehr wichtig gelten die richtige Attitüde, Leistungswille und ein hoher Energy Level. Das war immer wieder Thema bei meinen bisherigen Gesprächen.

Für den Proofreading Job bin ich auch nicht mal nach Referenzen gefragt worden und auch so wollten die außer meinem Resume nichts haben und auch das hab ich denen erst heute beim Vorstellungsgespräch gegeben. Da ich von der Workshopleiterin den Tipp hatte und die scheinbar Gutes von mir erzählt hat, genügte das und nach knapp 10 Minuten hatte ich den Job. Am Montag werde ich anfangen....

Mir ist schon bewusst, dass ich nach zwei Wochen natürlich erstmal nur die ersten Eindrücke schildern kann und wer weiß wie ich in einem Jahr über all die Dinge denken werde. Ich bin einfach nur positiv überrascht, gerade eben weil ich auch immer so viel über Probleme bei der Jobsuche und kulturelle Anpassungsschwierigkeiten gelesen hatte, die sich bei mir bisher
nicht bestätigt haben. Mir gefällt es sehr gut in meiner neuen Heimat und ich bin ausgesprochen froh, dass ich diesen Schritt gemacht hab!

Ich wünsche Euch allen ein schönes Wochenende :-))
Ciao, Anette

Jun 19 05:30:49 GMT 2006
Hallo Peter,
vielen Dank für Dein nettes Feedback!

In meinen Zwanzigern bin ich leider nicht mehr, aber ist vielleicht auch ein Hinweis dafür, dass auch Leute im mittleren Alter doch ganz gut die Umstellung verkraften können. Allerdings hab ich mich auch wirklich gründlich vorbereitet und vielleicht hilft da auch das Jahr, dass ich in den USA gelebt hab etwas, da dort einiges doch ähnlich gehandhabt wird und mein Englisch dadurch auch besser geworden ist. Ich kann mir allerdings gut vorstellen, dass die Umstellung in jungen Jahren, wenn man noch nicht so sehr von den Gewohnheiten seines Herkunftslandes geprägt ist, noch leichter vonstatten geht. Die richtige Einstellung dagegen, ist vielleicht gar nicht altersabhängig.

Ciao, Anette

Jun 20 02:50:10 GMT 2006
@ All,- Erster Arbeitstag:

hatte heute meinen ersten Arbeitstag ... und darf morgen auch wiederkommen. Hört sich vielleicht etwas kurios an, aber so wie ich zu dem Job gekommen bin und auch so ohne Vertrag oder sonst wie Schriftlichem, kann einem so was hier schon passieren wie ich gehört hab.

... hört sich einfach an, allerdings ist das schnelle Buchstabieren in einer Fremdsprache schon recht anstrengend und handschriftliche Einträge entziffern, ist dann wohl für jeden etwas wie Rätsellösen, ist auch in Deutschland nicht anders ... auf diese Weise hab ich auch noch nie Korrektur gelesen. Etwas eintönig, aber ist für den Start nicht schlecht und nach den zwei Wochen bin ich bestimmt superschnell im Spelling. ...Wir lesen das Canadian Oil Register Korrektur, was gar nicht mal schlecht ist, da ich so ganz schön viele Infos und Einblicke in die Firmen auf dem Markt bekomme.

Jun 23 01:40:04 GMT 2006
@ All,

meine ersten Eindrücke vom kanadischen Arbeitsleben sind überraschend angenehm. Obwohl Korrekturlesen echt kein supertoller Job ist, die Atmosphäre bei Nickel's und das Umfeld sind wirklich angenehm. Heute kam sogar die Chefin kurz zu uns, um zu sagen, dass wir das beste Team wären, das sie je gehabt hätten. Das hat natürlich echt gut getan, so was zu hören. ...

Jul 3 06:21:20 GMT 2006
Hallo Liste!

mei, hat dieses Wochenende Spaß gemacht. Peter hatte mich zu einem Tagestrip des Bow-River-Canoe-Clubs auf dem Bow-River eingeladen (nochmals herzlichen Dank in den Nordwesten - ihr seid echt ne supernette Familie :-)) .... und so bin ich dann mit meinem Canoe-Partner Marc, einem waschechten Quebecois, der allerdings den Westen Kanadas der Provinz Quebec vorzieht, am Samstag vor den südlichen Toren Calgary's den Bow runtergepaddelt. Na ja, paddeln kann ja jeder irgendwie und der Flussabschnitt war dann auch für Anfänger geeignet, nur für das Anlegen am Fluss braucht man etwas Übung und einmal sind wir dann leider auch etwas unsanft mit etwas Touché an ein anderes Boot und mit etwas viel Karacho auf die Uferböschung gerutscht. Dass mit dem „Draw" muss ich dann doch noch etwas üben.

Am Freitag war ich dann auch noch auf einem Employment Action Meeting der Jewish Family Services. Eines der vielen Angebote von Non-Profit-Organisationen der Stadt. Kommen kann jeder, der auf Jobsuche ist. ....

Ciao, Anette

Jul 11 22:47:22 GMT 2006
Hallo Leute,

ich finde die Stampede in Calgary spitzenklasse, aber man muss wirklich an dem ganzen Kirmeskram vorbeigucken, mein erster Eindruck war nämlich auch erst mal nicht so toll. Da ich die Stampede so richtig erleben wollte, hab ich mir nen 10-Tage-Job dort besorgt ... im Security Department als Park Breaker. Der absolute Odd Job, der auch noch ne ganze Menge Spaß macht - alles was ich dabei tue ist anderen eine Pause zu gönnen und bei Engpässen einzuspringen. Auch ist mein Chef, ein ehemaliger Lehrer, echt locker drauf. Hat auch den Vorteil, dass man fast alles anschauen kann, freien Eintritt auf dem Gelände hat, einige Shows umsonst mitbekommt und auch hinter die Kulissen blicken kann. Ganz davon abgesehen, dass man dabei auch noch etwas verdient.

Da ich die 10 Tage, jeden Tag 12 Stunden arbeite und meist noch länger auf der Stampede bin, da ich einige Zusatzveranstaltungen mitbekommen möchte, hab ich leider im Moment nicht viel Zeit für ein neues Update, über meine Erfahrungen hier ... werde ich aber in den kommenden Wochen noch nachholen.

Ciao, Anette

Jun 29 01:08:15 GMT 2006
Hallo Liste!

hier wieder mal ein Update von mir ... Habe meinen ersten Kurzjob hier inzwischen erfolgreich hinter mich gebracht. Eigentlich sollte die Sache 2 Wochen dauern, aber wir waren schon gestern Abend fertig, was die Chefin mit der Bemerkung quittierte, dass wir das beste Proofreading-Team waren, das sie je gehabt hätten. Da ich ja nach tatsächlich geleisteten Stunden bezahlt wurde, könntet ihr jetzt sagen, mei ist die dumm, hat sie sich um einige Tage

Verdienst gebracht, aber so sehe ich die Sache überhaupt nicht.

Denn jetzt habe ich eine erstklassige Referenz hier vor Ort und meine Chefin wird mich auch weiterempfehlen. Sie hat mir heute auch noch einen Kontakt von ner großen dt. Firma gegeben, die hier auch Geschäfte macht. Zudem hat sie auch der Dozentin, die mich weiterempfohlen hatte, das Feedback gegeben und wer weiß, welche Leute die beiden wieder kennen. ... Zudem hab ich kostenlos das Canadian Oil Register bekommen (kostet normalerweise so um die 200$), das ich für die weitere Jobsuche super nutzen kann.

Allerdings tut man gut daran, das nach den lokalen Regeln zu machen ... wie auch die gesamte Jobsuche und Bewerbung. Ein bisschen exotisch darf man schon sein, aber die Spielregeln sollte man sich schnell aneignen. Auch sind solide Sprachkenntnisse (und da meine ich kein Schulenglisch) überaus wichtig, um hier Akzeptanz in Bürojobs zu finden. Die „selbe Sprache sprechen" hat nicht nur was mit Grammatik und Wortschatz zu tun, sondern auch damit, dass man den kulturellen Content der Sprache und des Landes (z. B. auch die akzeptierten Verhaltensweisen) kennt. Das Feedback, dass ich bisher bei meiner Fragerei bekommen hab, ist da eindeutig und unsere Residents hier betonen das ja auch immer mal wieder. Wer hier nach deutschem Vorbild überheblich und deutsch dominant ankommt, mit seinen Zeugnissen wedelt und am besten noch alles besser weiß und kann, wird sich hier eher schwer tun. Es ist hier nicht nur üblich, sondern es wird auch erwartet (auch von lokalen Bewerbern, wie mir der General Manager von Nickels sagte), dass Bewerber bereit sind, auch Tätigkeiten unterhalb ihrer Möglichkeiten anzunehmen. Das gilt vor allem für Bewerber, die aus dem Ausland kommen oder die sich für einen beruflichen Neustart (Karrierewechsel) entscheiden.

Klar, gibt es auch Ausnahmen (ist mir auch schon mal passiert), allerdings darauf zu spekulieren, halte ich für keine gute Idee. ...

Ciao, Anette

Jul 18 20:16:38 GMT 2006
Hallo Gudrun und Peter,

merci für das wirklich nette Feedback :-) ... freut mich natürlich, daß meine Berichte auch für andere interessant sind ... mir macht es ehrlich gesagt ne ganze Menge Spaß, meine Erfahrungen für Euch aufzuschreiben, da ich dadurch noch mal die Erlebnisse der vergangenen Wochen Revue passieren lassen konnte.

Allerdings möchte ich gerade für die Leser, die nur meine Berichte und nicht meine ganz persönliche Situation kennen, noch ein paar Anmerkungen machen. Klar, meine Berichte lesen sich schon, als wenn da jemand die rosarote Brille auf und seine Realitätsfilter verstellt hätte. Ist aber überhaupt nicht so. Vielleicht ist es passender zu sagen, daß ich die rationelle und planerische Vorarbeit VOR der Auswanderung hinter mich gebracht habe und mir im Moment gönne, meine emotionale und intuitive Seite auszuleben, indem ich mich einfach in die doch etwas andere, mehr „day to day, month to month, year to year" orientierte Lebensweise der stark netzwerkorientierten Kultur hier reinfallen ließ. Und dabei ist eine offene, vielleicht auch etwas simplizistische, jugendlich-naive Herangehensweise wirklich hilfreich.

Und klar, auch daß ich recht unabhängig bin und kaum Bagage oder familiäre Verpflichtungen habe. Ich gehe auch gerne auf Menschen zu und habe eine Faszination für Menschen und andere Kulturen, ohne gleich alles werten oder mit meinen Vorstellungen vergleichen zu müssen. Das hilft hier ungemein.

Die gute Vorbereitung hat mir vieles erleichtert und deshalb auch den Start vereinfacht. Ich hatte über 2 Jahre hinweg fleißig Infos gesammelt, recherchiert und auch die Infos hier in der Liste versucht in meine Pläne einzubeziehen. Ganz davon abgesehen, ist es eine innerliche Vorbereitung gewesen, die Kulturunterschiede, Einstellung und Erwartungen hinsichtlich meiner neuen Heimat realistisch einschätzen zu lernen.

Auch sind meine Englischkenntnisse auf einem Niveau, daß ich hier deswegen ständig positives Feedback bekomme, vor allem wenn ich den Leuten erzähle, daß ich erst seit kurzem hier bin.

Zudem hab ich auch finanziell versucht, die Sache realistisch anzugehen und schon mal soviel meiner Ersparnisse als Überbrückung abgezweigt, daß ich locker bis Ende des Jahres davon leben kann. Ziel war natürlich, möglichst schnell wieder das nötige Geld zu verdienen, um möglichst wenig von den Ersparnissen anzapfen zu müssen. Dass mir dies so schnell gelingen würde, damit hab ich echt nicht gerechnet.

Auch hab ich in meiner bisherigen Berufstätigkeit, natürlich auch schon ein Finanzpolster aufbauen können, dass meine momentanen Odd-Job-Escapaden und der vielleicht verzögerte Wiedereinstieg in meine berufliche Laufbahn, mich im Moment auch überhaupt nicht sorgen. Und vielleicht komme ich ja auch auf ganz andere Bahnen hier, ich hätte da gar nichts dagegen, da ich viel Spaß am Ausprobieren von neuen Herausforderungen habe. Und dass ich dann vielleicht wieder von weit unten anfangen muss, ist für mich auch kein Problem. So was wie Status ist mir ziemlich schnuppe, das passt auch nicht zu meiner Lebensphilosophie.

Ciao, Anette

Jul 18 17:57:20 GMT 2006
Yihaaa and Howdy an alle Listenmitglieder!!

Heute hab ich endlich mal wieder Zeit, Euch von meinen Erlebnissen hier zu erzählen ... die Stampede ist vorbei und ehrlich gesagt, bin ich nach 11 Tagen, an denen ich 12 Stunden Nachtschichten gearbeitet und dann auch noch am Tag so einiges an Stampede-Veranstaltungen mitgemacht hab, dann doch recht geschlaucht. Aber, es hat riesig Spaß gemacht und irgendwie bin ich dabei auch so absolut in die hiesige Kultur abgetaucht, dass mir gar nicht mehr richtig bewusst ist, dass ich erst vor 6 Wochen aus Deutschland hergekommen bin. Und die Leute hier nehmen das auch mit Staunen auf, glauben es fast gar nicht, da ich weder von der Sprache her, noch vom Verhalten als Neuankömmling auffalle.

Für mich ein Zeichen, daß ich doch im Schnellzugtempo und kopfüber in

Stampede, Calgary, cirka 1955

meine neue Heimat eingetaucht bin. Die Cowboykultur, oder sagen wir mal etwas eleganter, die Western Heritage und die Western Values, die in Calgary mit diesem Grossevent zelebriert werden, sind schon einzigartig und obwohl ich mich am Anfang, mit so nem „silly looking Cowboy Hat" schon erstmal anfreunden musste (war Arbeitskleidung), hab ich den inzwischen doch lieb gewonnen.

Da ich ja in dieser Zeit auf der Stampede gearbeitet hab, war für mich das Erlebnis natürlich besonders intensiv und auch von der anderen Seite, als

Arbeitnehmer, war die Sache beeindruckend. Ich hab in den 11 Tagen die Leute dort so lieb gewonnen, dass ich jetzt wohl auch an den Wochenenden für die Organization arbeiten werde, sie haben es mir angeboten und obwohl das nicht besonders gut bezahlt ist, werde ich es machen. Im Moment sind bei mir Dinge, wie hoher Verdienst und Karriere sowieso nicht wichtig, dafür genieße ich viel zu viel die Eingewöhnung in meine neue Heimat.

Überhaupt befinde ich mich scheinbar auf einer Odyssee der besonderen Art, nie hätte ich damit gerechnet, dass mich dieses Land (und besonders Alberta und Calgary) so begeistern könnte und oft sind es die alltäglichen Dinge, die vielleicht von Besuchern gar nicht so wahrgenommen werden und vielleicht auch nicht mit deutscher Denke zu verstehen sind. Vieles kann ich auch gar nicht in Worte fassen, auf jeden Fall aber ist es so was wie eine Romanze mit dem Land und den Leuten hier und eine Art gegenseitiger Zuneigung, die meine Erfahrungen in einer Art positiver Spirale intensivieren.

Auch diese Arbeitserfahrung war ähnlich wie schon bei dem Proofreaderjob, den ich vorher hatte. Die Leute waren relaxt, offen und freundlich. Die Chefs haben ihren Chefstatus nicht heraushängen lassen und haben auch uns Aushilfen wie vollwertige Mitarbeiter behandelt. Es gab dann auch ne Stechuhr und Arbeitszeiten wurden schon verfolgt, ...

Ciao, Anette

Jul 26 06:36:57 GMT 2006
Hallo Listies ...

yee haw aus der Boomtown Calgary! Nach der Stampede hab ich mir ein paar Tage Auszeit gönnen müssen, da die 11 langen Nächte mich doch ganz schön geschlaucht hatten. Während der Zeit, ist dann auch erst mal gar nix weiter passiert und ich hab mir auf Balkonien, mit neuen Freunden, via Internet mit meinen alten Freunden und beim Shoppen nen Gemütlichen gemacht. War auch mal schön und hat meine Batterien wieder aufgeladen.

Am Donnerstag hatte mich dann John angerufen, einer meiner Kollegen während der Stampede und zum Barbecue eingeladen. John ist ein pensionierter High-School Teacher, der sich nebenbei mit Odd Jobs etwas dazu verdient und sich so, trotz Rente, weiter in die Gemeinschaft einbringt. Machen hier viele und ist auch für Ältere scheinbar kein Problem. Außer mir hatte er dann auch noch Achuil, einen Kriegsflüchtling aus dem Sudan, der ebenfalls mit uns gearbeitet hatte, eingeladen. Er ist schon seit 5 Jahren hier, aber hält sich bisher mit Gelegenheitsjobs und Eingliederungshilfen über Wasser. Gerade für Flüchtlinge, die oft auch nicht eine entsprechende Ausbildung und passable Sprachkenntnisse haben, um hier schnell erfolgreich sein zu können, ist die Eingliederung alles andere als einfach. Die Frau von John, ebenfalls vor kurzem erst pensioniert und mit deutschen Eltern, gibt nebenbei immer noch ESL Kurse für Immigranten und so waren dann auch die anderen Eingeladenen, eine bunte multikulturelle Mischung aus Asiaten, Kanadiern, Europäern und einem Afrikaner.

Das Schöne ist inzwischen, dass ich jetzt schon so viele Leute kenne, dass ich jeden Tag ein paar Anrufe bekomme, aus allen möglichen Gründen ... hört sich seltsam an, aber irgendwie bekommt man dadurch das Gefühl, zugehörig zu seiner neuen Umgebung zu sein. Und klar, der Aufbau eines sozialen, nicht unbedingt beruflichen Netzwerkes, ist halt auch sehr wichtig, um sich längerfristig wohl zu fühlen. Das war es für heute ...

Euch allen noch eine schöne Woche!
Ciao, Anette

Jul 29 03:47:56 GMT 2006
Hi Leute,

ich hab heute das Vorstellungsgespräch mit dem Stampede Foreman gehabt und ICH HAB DEN JOB BEKOMMEN! Hurra!!!

Das heißt, dass von nun an mein erstes Ziel, dass ich mir vor der Einwanderung gesetzt hab, erreicht ist: möglichst schnell vom eigenen verdienten Geld wieder die Lebenshaltungskosten bestreiten zu können, ohne die Ersparnisse gross anzapfen zu müssen. Auf niedrigem Niveau halt, aber immerhin. Der Job ist Teilzeit, aber flexibel in den Stunden, wenn ich es will, kann ich mehr arbeiten und lässt mir genug Zeit unter der Woche, sollte sich eine Gelegenheit in meinem Bereich ergeben, auch dort zu zuschlagen. Und der Job ist nicht begrenzt und da ich weiß, was von mir verlangt wird und ich das auch schon bewiesen hab, dass ich dafür tauge, auch recht sicher.

Und mit den zwei Odd-Jobs, die ich bisher gehabt hatte, hab ich eigentlich bisher, ohne die Umzugskosten, nichts von meinen Ersparnissen aufwenden müssen. Ich bin jetzt fast genau 2 Monate hier. Und freu mich darüber natürlich tierisch, denn die Leute und das Arbeitsumfeld dort, sind echt was Besonderes, auch wenn der Job, den ich dann erst mal habe, nicht besonders gut bezahlt ist. Cool, gell :-)

Ciao, Anette

Jul 31 05:54:42 GMT 2006
Hallo Peter,

vielen Dank für Deine Kommentare, sie sind für mich sehr lehrreich, da ich ja noch ganz am Anfang stehe, die vielen, manchmal äußerst komplexen Verhaltensweisen der Kanadier oder besser vielleicht sogar der ethnischen Gruppen in Kanada wirklich zu verstehen. Es scheint eine Art allgemeine Kulturebene zu geben mit Regeln, an die sich die Masse der Bevölkerung hält und dann noch diverse Normen, die in gewissen ethnischen, demografischen, regionalen, etc. Subgruppen tendenziell zu finden sind. Und das Ganze ist umhüllt von einer umfassenden und erstaunlichen Toleranz gegenüber individuellen Eigenheiten und Andersdenkenden. Ganz schön facettenreich und oft auch verwirrend.

Deine Ratschläge stoßen bei mir auf offene Ohren, herzlichen Dank dafür und irgendwie spüre ich auch, ohne es wirklich in Worte fassen zu können oder wirklich zu verstehen, dass „go with the flow" hier wirklich eine Verhaltensnorm ist, die Chancen schafft, die man mit einer eher deutschen planerischen Herangehensweise nicht bekommen könnte. Ich mache hier vieles intuitiv und überrasche mich oft selbst dabei. Klar, es ist ein Risiko, sich von manchen Verhaltensweisen zu verabschieden und sich auf neue einzulassen, aber bisher habe ich damit gute Erfahrungen gemacht. Und deshalb bin ich inzwischen auch schon mutiger geworden.

Mit den besten Grüssen nach Brampton, Anette

Jul 31 05:00:54 GMT 2006
Hallo,

Zum Mechanismus, wie sich hier Türen öffnen können - ich glaube, das ich die erste Lektion verstanden habe ... kinda ... look for an interesting organization, try to get the foot in the door even applying for low level jobs/ volunteering/ etc. and make an impression. Get a reference, ask reference to recommend you for more steady/better job, initiate application and follow up. Interview, accept and set aspirations to next level - launder, rinse and repeat ... oder so ähnlich :-)). How fascinating!!

Ciao, Anette

Aug 3 03:19:53 GMT 2006
Hallo,

... das ist übrigens auch ein Grund dafür, dass ich mich von „unten" hocharbeiten will (wieder so eine typische dt. Bezeichnung und ne tendenziell deutsche Unart, einfache Jobs im sozialen Gefüge unten anzusiedeln und Leute dann oft auch so zu behandeln). Dabei bekommt man meiner Meinung nach, auch eine intensivere und breitere Erfahrung mit dieser anderen Denkweise und Lebenseinstellung und sieht auch die Lebenssituation vieler Menschen in den verschiedensten Lebenssituationen. Für mich ist das so eine Art zweite Sozialisierung im Schnelldurchlauf, die ich dabei mitmache, und obwohl ich von Psychologie nicht viel verstehe, glaube ich, dass mir dann später auch das Leben hier nicht nur in der Arbeit, sondern auch im sozialen Bereich leichter fallen wird. Sozusagen eine Investition in meine Zukunft, die zumindest mir, auch noch großen Spaß macht. Ob meine Methode dann auch wirklich funktioniert, wird sich allerdings noch zeigen müssen.

... Ich werde bestimmt noch so einige Fehler machen und auch bestimmt Zeiten erleben, wo nicht alles so glatt läuft wie bisher. Aber, so ist halt das Leben, egal wo man lebt. Und wenn dann andere meine momentane Situation nach dt. verwöhnten Maßstäben betrachten, ist sie doch noch ziemlich unbefriedigend, oder? - Ich meine dazu aber: NEIN. Isse nicht! Und wenn Leute ihre Maßstäbe an mir anlegen wollen, sollen sie es tun, ich tue es aber nicht. Ich werde noch eine ganze Weile brauchen, bis ich mich hier etabliert habe und der Ausgang ist dabei völlig offen. Aber, die Lebensqualität, die ich heute schon genieße, macht die anfängliche größere Unsicherheit, Anstrengungen und das emotionale Auf- und Ab allemal wett. Für manche ist das sicher ein Widerspruch, kurzfristig gedacht oder was sonst noch ... aber na ja, die Denke ist nicht nur über dem Atlantik anders, sondern auch in meinem Kopf.

Schmunzelnde Grüsse :-) Anette

Aug 7 06:27:16 GMT 2006
Hallo Kanadafreunde,

Inzwischen hab ich auch meine Uniform von den Stampede Leuten abgeholt und den ganzen Papierkram für meinen neuen Teilzeitjob erledigt. Wahrscheinlich werde ich ab der nächsten Woche eingesetzt, da auch dort im Moment nur wenige Veranstaltungen laufen. Vielleicht auch für einige hier interessant, viele Teilzeitjobs hier sind ohne Stundengarantie, heißt, wenn das Business läuft, kommen mehr Stunden zusammen, sonst halt weniger. Bezahlt wird nach geleisteten Stunden, also keine feste Stundenzahl pro Monat.

.Ansonsten hab ich mir jetzt ne nette Routine zurecht gelegt, soll man ja auch am Anfang, um trotz der neuen Situation etwas mehr Stabilität in sein Leben zu bringen. So beginnt mein Tag meist mit etwas Joggen und nem guten Frühstück, an den Wochentagen dann mit einer Stippvisite in der Bücherei bzw. dem Work Info Center, um die Zeitung und einige Jobwebseiten zu scannen.

.Na ja, was soll ich sagen, mir fehlt hier im Moment, außer etwas mehr Action in Sachen Arbeit, echt nichts. Auch fühl ich mich nicht fremd oder sonst wie komisch, im Gegenteil für mich festigt sich immer mehr das Gefühl, dass ich es mit der Auswanderung nach Kanada/Calgary nicht besser hätte treffen können.

Einen schönen Montag und bis demnächst mal wieder ...
Ciao, Anette

Aug 20 20:37:43 GMT 2006
Hallo,

meine Beobachtung hier in Alberta allgemein ist nur, dass hier alles irgendwie ständig im Fluss ist, also viele Parameter sich ständig stark ändern, meist bedingt durch die jeweilige ökonomische Situation der Wirtschaft. So wirklich planen kann man da nicht so recht, z.B. müssen hier Vermieter nur 90 Tage vorher eine Mieterhöhung ankündigen, die dann in Alberta auch zweistellig sein darf (im Moment sind 20-30% pro Erhöhung keine Seltenheit), da hier die Wirtschaft boomt und deshalb der Wohnraum immer knapper wird.

Das gleiche gilt für Löhne, eine Garantie für ne gewisse Lohnhöhe gibt es nicht und über ‚hire und fire' lässt sich bei Rezessionsphasen, das Lohnniveau in der Privatwirtschaft auch wieder schnell kräftig nach unten korrigieren. Auch Lebensmittel sind hier recht teuer, ich gebe dafür mindestens doppelt so viel aus, wie in Deutschland.

Ciao, Anette

Aug 25 05:50:56 GMT 2006
In eigener Sache
Hallo Liste,

ich hab mir lange überlegt, ob ich noch meinen Senf zu den letzten heftigeren Wortgefechten dazugeben soll ... da ich ja durch meine Bemerkungen mit dazu beigetragen habe. Es hat mich fürchterlich in den Fingern gejuckt, da ich nicht glaube, dass es dem Zweck der Liste dient, lass ich es bleiben.

Die letzte Zofferei hat mich auch zum Nachdenken angeregt, inwieweit meine Berichte überhaupt sinnvoll sind, naja, einen gewissen Unterhaltungswert haben sie scheinbar ja ... aber da ich Euch halt auch immer wieder wortreich, meine diversen Meinungen unter die Nase reibe und damit einige hier scheinbar ziemlich provoziere und zudem als Neueinwanderin ja auch nur sehr subjektive persönliche Erfahrungen weitergeben kann, weiß ich echt nicht mehr recht, ob ich weitermachen soll. Ich hab so das Gefühl, ich trage in letzter Zeit damit mächtig zur Zofferei bei, die hier stattfindet, da ich die Liste polarisiere ... klar, es sind stark emotional gefärbte Erlebnisberichte, aber ehrlich gesagt, nur bloße Fakten zusammenzutragen und hier aufzuschreiben, macht einfach keinen Spaß und hey, ich mach das in meiner Freizeit und steck viel Zeit rein ... da demotivieren manche Bemerkungen doch ziemlich. Eigentlich auch schade, dass andere (Neu-)Einwanderer nicht mehr schreiben, dann wäre dass Ganze bestimmt auch viel ausgewogener. Anyway, eine Fortsetzung werde ich noch schreiben und dann wohl am Besten mal ne größere Pause einlegen oder die Sache sein lassen. Zudem hab ich im Moment auch arbeitstechnisch jede Menge zu tun, diese Woche werden es fast 70 Stunden und die nächsten Wochen werden ähnlich aussehen und da ich jeden Tag auch mindestens 2 Stunden im Bus verbringe, bleibt im Moment auch nicht mehr viel Zeit für andere Aktivitäten.

Ich wünsch Euch was, so long,
Anette

Aug 30 04:51:57 GMT 2006
Hallo Listies,

hier bin ich also wieder mal, mit ein paar Einblicken in mein Immigranten-Dasein. Waren zwei arbeitsreiche Wochen für mich, im Moment arbeite ich zwei Jobs parallel und das ist schon gewöhnungsbedürftig. Ist nur ne Frage der Zeit, dass mir irgendwann mal irgendwo über den Tag, die Augen vor Müdigkeit zufallen. Letzte Woche bin ich auf fast 70 Stunden gekommen, plus ca. 18 Stunden im Bus um hin- und herzufahren und mein Wochenende bestand aus ein paar Stunden am Sonntag, die gerade mal für ein nettes Frühstück gereicht haben.

Die Recruiting-Firma hat mich bis Ende September an eine Ingenieursfirma, die thermoelektrische Generatoren für „remote areas" herstellt, als International Sales Assistant vermittelt und seit ner guten Wochen arbeite ich schon dort. Dieser Sales Assi Job ist für mich mal was ganz anderes und dementsprechend kniffelig natürlich. Auch hab ich von der Branche oder Technik keine Ahnung, aber wo ein Wille, da ein Weg und deshalb schlage ich mich bisher recht wacker, die Sache auf die Reihe zu bekommen.

Die Firma hat erst vor kurzem zwei Dutzend Mitarbeiter entlassen (ja, auch so was gibt es im boomenden Alberta), da die Aufträge aus Südamerika nicht so reingekommen sind wie geplant und befindet sich dementsprechend in der Restrukturierung. Wie ich dieses Wort liebe, also mehr oder weniger viele lose Enden und Durcheinander. Auch hier ist das Klima angenehm, trotz der Situation und obwohl ich wieder mal die ersten Tage ein bisschen zu sehr aufgeregt an die Sache rangegangen bin, läuft es eigentlich ganz gut. Ist so ne Art Entdeckungstour des eigenen Tätigkeitsfeldes. Jeden Tag neue Puzzlestücke und Probleme, inzwischen hab ich mich daran gewöhnt, man darf dabei einfach nicht paniken.

Ein Kunde hat sich z. B. über eine Rechnung beklagt, dass diese nicht mit der Zollerklärung und der Warranty-Rechnung übereinstimmte und da mir Michele davon nichts gesagt hat, obwohl sie von der Sache wusste, hab ich dann in mühsamer Kleinarbeit mit den Accounting-Leuten versucht, die Sache zu klären. Dabei hab ich dann auch ein bisschen kan. Accountingthemen um die Nase bekommen, general ledger, accounts payable und receivable, Gl and entity codes, etc., oh well, tja das funktioniert schon ein bisschen anders als deutsche Buchführung. Im Sales Bereich hat sich dann mein Vokabular auch um so einige neue Themen erweitert und ich kann jetzt auch was mit GSOs (General Sales Orders) und Purchase Orders anfangen und auch die vorurzeitliche Inventory Database bedienen. ...

Als Bezahlung für den Job wurden mir 16$ genannt. Ich hatte aber am ersten Tag wieder mal ein Erlebnis der anderen Art mit der genauen Adresse und bin an der falschen Bushaltestelle im falschen Straßensegment gelandet. Die Hausnummer war 3700 und bei 2700 hat die Strasse geendet, danach kam eine Wasserstrasse und Felder und der Weg hat zu Fuß, dann fast ne Stunde verschlungen, da ich dummerweise nicht auf den nächsten Bus gewartet hab und dachte ich könne das auch schnell per Pedes machen. Und deswegen kam ich dann um einiges zu spät. Dazu musste ich noch über Wiesen und durch Industriegebiet-Staub und Dreck marschieren... ich hab dabei geschimpft wie ein italienischer Rohrspatz und dann davon auch die Recruitingfirma spüren lassen, denn mit einer Stunde Anfahrzeit, wie mir gesagt wurde, war die Firma nicht wirklich zu erreichen. Na ja, bei der Abrechnung, die ich heute bekommen hab, steht dann jetzt als Stundenlohn auch 17$ pro Stunde drauf. Ich hab da auch gar nichts dagegen :-) Trotzdem, die Fahrtzeit ist schon echt lang und die Busfahrerei raubt mir allgemein ne ganze Menge meiner Zeit.

Nicht so toll, aber irgendwie muss man halt Prioritäten setzen. Meinen Nebenjob will ich auf jeden Fall weiter mitziehen, da er ja auch so ne Art Absicherung ist, falls meine Jobsuche nicht so läuft, wie ich mir das vorstelle. Im Moment mache ich Babysteps vorwärts, das ist jetzt der vierte Job, den ich hier mache, drei Referenzen hab ich schon und die vierte werde ich wohl auch bekommen.

Deshalb ist es auch immens wichtig, körperlich und psychisch fit zu bleiben. Ich denke schon, dass eine Immigration für Körper und Geist extrem anstrengend ist und obwohl ich das schon gut wegstecke, ist mir das wohl bewusst, da ich oft todmüde und total geschlaucht ins Bett falle. Was die Sache für mich ausgleicht, ist meine anhaltende Begeisterung für Land und Leute und die kindliche Faszination, die ich für die vielen kleinen Details des kanadischen Lebens aufbringen kann. Das hält mich bei Laune und Frustmomente sind bisher sehr selten aufgetaucht. Es geht ja voran, auch wenn die Fortschritte noch klein sind.

Beklagen kann ich mich echt immer noch nicht, denn im Vergleich zu vielen anderen Immigranten, die ich bisher getroffen hatte, geht bei mir vieles doch relativ schnell und problemlos. Ein starker Akzent oder mangelnde Sprach-/Kulturkenntnisse sind echt die schlimmsten Bremser, um sich hier schnell zu integrieren. Manchmal sind es ja auch nur Kleinigkeiten, die Distanz zu Einheimischen erzeugen können.

Sonnige virtuelle Grüsse aus der Millionen- und Babyboomstadt Calgary
Ciao, Anette

Sep 13 05:44:51 GMT 2006
Hi guys and gals :-)

da muss ich doch auch mal wieder ein Lebenszeichen von mir geben

Habe heute wieder mal etwas Luft, um meine Emails zu lesen, ist in letzter Zeit nicht ganz einfach, da ich einfach zu sehr mit Arbeit eingedeckt bin. Aber so ist es halt, wenn man das eine tun und das andere nicht lassen will. Mein Teilzeitjob entwickelt sich zum Stundenmonster und knabbert auch noch die letzte freie Zeit weg, die ich so habe. Um ehrlich zu sein, bin ich ja selbst schuld daran, ich könnte ja auch nein sagen, wenn ich angerufen werde, tue ich aber im Moment nicht, da es immer noch zu viel Spaß macht.

... Und so arbeite ich halt von Mo - Fr nen regulären 40 Std. Job und dann noch manchmal abends und Fr - So meinen Nebenjob. Letztes Wochenende war allerdings dann doch etwas zu heftig, denn am Freitag hab ich nach der Arbeit gleich noch 7,5 weitere Stunden drangehängt, um bei ner Firmenparty Dienst zu tun ... Na ja, die Party war vom Feinsten, das 20 jährige Jubiläum eines Energie Funds ... die scheinen im Geld zu schwimmen, denn so was hat auch der Stampede Park nur selten, haben so alles aufgeboten, was teuer ist .

Calgary, 8 Ave., 1935

... Am Wochenende hatte ich denn auch mal wieder jede Menge Zeit, mich mit allen möglichen Leuten zu unterhalten ... der Stampedepark ist ja auch fast so was wie ein Messezentrum für alle möglichen Messen und Veranstaltungen ... mit sehr buntem Volk und witzigen Mix-Situationen. Cowboy-Guards auf ner eher hardrockigen Tattooshow, auf der sich auch Bandenmitglieder der Hell's Angels und Iron Hands finden lassen .... Skateboard Kids, die ihre jährliche Meisterschaft im traditionellen Stampede-Corall abhalten (dort ist skateboarden sonst eigentlich verboten) und East-indians, die ihrem Guru mit Meditation und Vorträgen huldigen, wobei im Nachbarraum in Konzertlautstärke mit Rock- und Countrymusic eine Firma ihr Jubiläum feiert.

Ich persönlich kann echt nur sagen, dass die Leute hier Neuankömmlinge, die zupacken und sich etwas aufbauen wollen, mit offenen Armen empfangen. Klar, es wird erwartet, dass man sich an die hiesigen Regeln anpasst und sich in das System einfügt, aber gerade hier bekommt man auch Freiräume, die man in Deutschland nicht so häufig bekommt. Gerade diese Komponente ist für mich sehr wichtig, denn in Dt. habe ich meine ‚colorful personality' immer im Zaum halten müssen, um nicht anzuecken, hier kann ich sie ausleben und keiner stört sich daran, eher im Gegenteil !!!

Möchte mich bei allen bedanken, die mich mit so netten Worten ermutigt haben, doch weiter meine Updates in die Liste zu stellen und na ja, es hat wohl Wirkung gezeigt :-)) soweit es meine Zeit zulässt, werde ich Euch weiter auf dem Laufenden halten ...

Ciao, Anette

Sep 14 04:11:25 GMT 2006
Hi Gudrun,

Glaub mir, trotz der ganzen Arbeiterei hab ich echt genug Spaß bei der Sache ... schon allein, weil man hier das Arbeiten nicht so ernst angeht ... Nur eines von vielen Beispielen ... auf der Tattooshow, bei der ich zum Dienst eingeteilt war, erschien auch Enigma, ein Mensch, der seit 13 Jahren seinen Körper in ein riesengroßes Ganzkörpertattoo verwandelt und sich auch im Kopf hat Hörnchen einsetzen lassen. Natürlich haben sich viele mit ihm ablichten lassen wollen und aus Spaß hab ich dann gesagt, ich will auch ein Bild mit ihm. Statt mich zurückzuhalten, hat mich meine Chefin noch motiviert, das doch zu machen und wollte sogar das Foto machen. Hey, ich hab auf der Show als Security Guard gearbeitet und bin mit Cowboyhut und Uniform so ne eigene Kuriosität auf dieser Hartrock-Alternativ-Veranstaltung gewesen. Die haben mich echt fast dazu gezwungen ;-) und ich hab dann kalte Füße bekommen und gesagt, ich mach das nach der Show.

Aber als der Typ mit seiner Bühnenshow fertig war, hatte ich auch keine Lust mehr dazu, denn was der so gemacht hat, war schon ziemlich unappetitlich. ... Da ich direkt neben der Bühne Dienst geschoben hab, bin ich auch in den Genuss gekommen, mich mit diesem seltsamen Typen zu unterhalten ... ich sag Euch, es gibt schon verrückte Typen.

Per Bezahlung die Subkulturen Calgary's und Kanadas zu erleben, ist doch nicht ohne. Und eins kann ich sagen, ich hab noch nie soviel beim Arbeiten zu Lachen gehabt ... da vergeht dann die Zeit auch wie im Flug :-))))

Ciao, Anette

Sep 26 05:41:15 GMT 2006
Hallo Listies,

Muss morgen mein ‚neues' Auto anmelden ...
yep, ich hab (hoffentlich) ein Schnäppchen gemacht ... einen 88er Honda Accord mit 190000 km zu 2500 CAD. Na ja, viel erwarten kann man bei dem Preis ja nicht, aber die Probefahrt war gut und außer den Bremsen und etwas Öl am Motorblock, sieht die Kiste wirklich noch sehr vernünftig aus ... war ein Hinweis eines Arbeitskollegen, dass ein Autohändler, mit dem der Typ befreundet ist, da was für mich hat

Ansonsten geht es mir gut ... bin etwas overworked um ehrlich zu sein, denn die letzten 6 Wochen hab ich ohne einen einzigen Tag Pause gearbeitet und nicht gerade nur 8 Std. am Tag ... Aber na ja, ich mach den Blödsinn ja freiwillig und wenn diese langwierigen Fahr- und Wartezeiten nicht wären, wäre das Ganze ja auch gar nicht so schlimm ... mal sehen, wie sich die Sache dann mit fahrbaren Untersatz managen lässt ...

Schon mal vorab vielen Dank für Eure Unterstützung! Bis denne ....
Anette

Sep 27 04:40:47 GMT 2006
Hallo und merci Gudrun,

ja, über dieses Teil hab ich mich echt richtig gefreut ... und das ich es dann auch noch so günstig bekommen hab, hätte ich nicht gedacht. Was mich besonders freut ist, dass ich das Auto fast komplett mit dem Geld bestreiten kann, das ich bisher durch meine Jobs hier beiseite legen konnte. Einfach ein Vorteil, wenn man wie eine Studentin lebt.

Übrigens die Heizung geht supergut!! Auch hat hier jedes Fahrzeug so ne Art Kabel raushängen, dass man im Winter in die Steckdose steckt, damit das Öl warm wird ... mal sehen, wie das wird.

Ciao, Anette

Sep 27 03:48:22 GMT 2006
Tagchen Listies,

erstmal herzlichen Dank für Eure Versicherungshinweise! Ich hab zwar noch keine Versicherung abschließen können ... aber ich arbeite dran. ...

Ach ja, und im Moment leide ich auch unter so was wie German Flashback Days. Äußert sich darin, dass einem plötzlich die englische Sprache fremd vorkommt, auch wenn es anscheinend kaum jemand bemerkt (das zumindest das Feedback meiner Arbeitskollegen), nur für mich ist es etwas seltsam, da ich dann manchmal echt nen Knoten im Gehirn bekomme und etwas länger brauche, bis ich kapiere. So nach dem Motto, warum liest sich das denn heute so komisch ... bis mir dann bewusst wird, dass es einfach halt nur in Englisch geschrieben ist. Seltsames Phänomen!

Bis denne ... Anette

Sep 28 15:52:22 GMT 2006
Hallo,

nur mal so zum Vergleich ... klar bekommt man hier auch billigere Lösungen, aber dann muss man halt meist viele Kompromisse machen. ... Gesamtkostenpunkt meiner momentanen notwendigen Lebenshaltungskosten (jetzt inkl. Autoversicherung) knapp 1000 CAD ... da ist 75 CAD cellphone, 44 CAD Krankenversicherung, 400 CAD Miete, 125 CAD Autoversicherung, 200 CAD Lebensmittel und etwas Geld für Sonstiges drin. Sehr knapp kalkuliert, aber mittelfristig kann man als Single zumindest hier schon günstig klarkommen. Die Miete von 400 CAD ist allerdings inzwischen ein echtes Schnäppchen, vor allem da darin alles inklusive ist, sogar der Wireless Internetanschluss, Wasch/Trocknerbenutzung und alle Utilities.

Viele Mieten sind Wuchermieten, aber wenn man es halt nicht weiß, wegen fehlendem Marktüberblick oder weil die eigenen Ansprüche sehr hoch sind, da kann man schon sehr schnell ins Schleudern kommen. Ich hab erst gestern wieder von Kanadiern gehört, die ausziehen müssen, weil ihr Vermieter die Miete innerhalb eines Jahres von 600 CAD um 150% erhöht hat! Das ist in Alberta legal und wird auch gemacht. ...

Ciao, Anette

Sep 29 18:43:15 GMT 2006
Hi Corina,

vielleicht sollte man dazu auch noch sagen, dass es hier sehr üblich ist, zwei Jobs zu haben, um gut leben zu können. Also Vollzeitjob und dann noch irgendwas flexibles dazu ... Das machen auch Lehrer, Armeeangehörige, Angestellte - also Berufsgruppen, die vernünftig verdienen. Ach ja, wenn ihr meint, meine 60+ Arbeitsstunden sind hier was besonderes, da irrt ihr ... am Anfang fand ich das ja echt ne ganze Menge und hab mich so auch in Gesprächen geäußert. Das Feedback war dann meist: Das ist nix Besonderes, mach ich auch / oder hab ich auch jahrelang gemacht. Das finden viele hier ganz normal.

Die Niedrigverdiener hier, haben es echt schwer, auch wenn sie zwei Jobs haben, reicht es gerade mal so und viele Extras sind dann nicht drin ... sieht man oft auch an Dingen wie Zähnen, etc.

Ciao, Anette

Okt 3 04:07:08 GMT 2006
Hallo Listies,

nachdem ich ja jetzt auch endlich wieder einen fahrbaren Untersatz mein Eigen nennen kann, quält mich doch langsam die Frage, wie ich meinen Kleinen möglichst gut durch den Winter kriege. Heute sind schon wieder ein paar Schneeflocken zu sehen gewesen ... denke mal, es dauert nicht mehr lange und wir haben in der Nacht hier Minusgrade. Z.B. hab ich einen Blockheater, es hängt also so ein Kabel aus meiner Kühlerhaube raus und ich verstehe jetzt auch, wie das funktioniert, nur bekomme ich von jedem, den ich frage andere Infos, wie lange man denn das Ding an die Steckdose hängen muss, damit das Öl warm genug wird. ... Was sollte man sich sonst noch besorgen? In den Geschäften gibt es alles mögliche, Enteiser, Sprays für den schnellen

Motorstart, etc. ... so was hab ich alles noch nicht benutzt, in Dt. war das nicht wirklich notwendig. Komme ich in Alberta ohne so nen Zeug aus? Würde mich über ein paar Tipps sehr freuen!

Ciao, Anette

Die echt niemandem empfehlen kann, mit dem Transit in Calgary unterwegs zu sein. Meine Fahrzeiten haben sich jetzt fast halbiert, was für ne Erleichterung!!

Okt 3 05:29:41 GMT 2006
Und noch mal ich ...

tja, was soll ich sagen, jetzt hab ich doch endlich auch mal etwas Zeit, Euch ein paar Zeilen aus meinem Immigrantenleben zu berichten. Das hab ich zum einen meinem Repro-Flitzer zu verdanken, der sich immer mehr als das wahre Schnäppchen herausstellt.

Jobmäßig hab ich letzte Woche, dann doch etwas übertrieben, und sage und schreibe 71 Std. gearbeitet, das ist eindeutig zu viel. Am Freitag, in der 15 Std. (eigentlich sind auch hier nur 12 Std. erlaubt, aber wenn man zwei Jobs arbeitet, stört das keinen) war ich so müde, dass ich mehr in Zeitlupentempo, als sonst wie reagiert hab und mir doch dann auch noch vor der Nase meiner Chefin einer ohne ID Check durch die Lappen gegangen ist. Das hat dann scheinbar so kurios ausgeschaut, dass Cindy, meine Chefin, einfach nur noch herzhaft gelacht hat und mich nach Hause schickte und meinte, schlaf Dich erstmal aus.

Hab ich dann auch gemacht und hat echt gut getan. Diese Woche werde ich es ruhig angehen und wahrscheinlich nicht mal die 50 Std-Marke überschreiten. Das Problem ist, dass es einfach zu viel Arbeit und zu wenig Leute gibt und deshalb arbeiten viele Firmen ihre Angestellten regelrecht auf - na ja und ich

tue mich manchmal auch mit dem Wörtchen ‚nein' etwas schwer ....
In meinem anderen Job, in der Ingenieurfirma, hat man meine Zeit bis Ende Oktober verlängert. ... Die Zeitarbeitsfirma hat dann auch wieder mal kurz mit mir gesprochen, so nach dem Motto, ist ja schön, dass Du so tolle Arbeit leistest, dass sie Dich noch länger haben wollen ... bla bla bla ... und ich hab dann gemeint, da ich ja so toll arbeite, wäre es doch motivationsfördernd, mir doch ne Erhöhung zu geben ... mal sehen, was passiert. Der Job ist inzwischen recht easy, das Stressmoment ist weg und irgendwie klappt das alles auch sehr gut. Selbst der Drache vom Sekretariat, hat Frieden mit mir geschlossen und mir sogar bei der Suche nach ner Autoversicherung geholfen und ist seit unserer kleinen Auseinandersetzung auch betont freundlicher geworden. Fast schon richtig nett

In der Ingenieurfirma krieg ich das corporate Life in Kanada mit und so die allgemeinen Geschäftssitten und im Stampede Park so jede Menge Kultur, Menschen der verschiedensten gesellschaftlichen Gruppen, Events und das Leben der eher einfachen Leute, Immigranten und Arbeiter. Ich hab es schon immer geliebt, in mehreren Welten gleichzeitig zu Hause zu sein und in Kanada macht das alles noch wesentlich mehr Spaß, da ‚bunte Vögel' wie ich, hier keine Seltenheit und voll akzeptiert sind. Ich fühl mich zwar in beiden Welten wohl, nur wenn ich ehrlich bin, ist mein Odd Job im Moment noch die faszinierendere Welt - vor allem der Leute wegen. Soviel Herzlichkeit und Miteinander ist für meine Begriffe schon einzigartig.

Auch hab ich gedacht, dass sich meine Begeisterung für Kanada und Calgary nicht mehr toppen lässt - da hab ich mich nun doch geirrt. Entweder ist bei mir die Honeymoon Phase einfach länger oder irgendwie läuft es bei mir doch anders ab, als bei vielen anderen ... keine Ahnung, ich weiß nur, dass ich mich trotz so mancher ‚Belastung' hier super wohl fühle und nicht mehr weg will. Einen Grossteil macht das Lebensgefühl und die Menschen aus, mit denen ich hier zu tun habe. Der andere Teil meine Faszination für die Natur, die Rockies und der Tatsache, dass ich es doch echt wahr gemacht habe, hierher zu kommen. Auch geben mir die vielen Komplimente, die ich hier so häufig bekomme, ein gutes Gefühl. Ich fühle mich akzeptiert und integriert und obwohl man klar hört und merkt, woher ich komme, habe ich damit keine Probleme. Ich kann mir zwar gut vorstellen, das die individuelle Lebensweise hier und das aus dt. Perspektive gesehene eher Oberflächliche, für Deutsche gewöhnungsbedürftig sein kann, auch die etwas chaotische Lebens- und Arbeitsweise oder das fehlende Interesse, manche Probleme sehen zu wollen oder gar gross zu diskutieren, aber summa summarum überwiegt bei mir bei Weitem das Positive dieser Lebensweise.

Ach ja, auch wird sich demnächst für mich noch ein weiterer Wunsch erfüllen, nämlich auch mal Reiten zu können. Robin, einer der Dispatcher ist nämlich für die beiden Pferde zuständig, die bei der Stampede für Security eingesetzt werden und er will mich auf die Stampede Farm in Cochrane mitnehmen ... supernettes Angebot, finde ich :-)) Die beiden sind auch speziell für Securityzwecke trainiert, heißt ideal für so nen Angsthasen wie mich, da sie nicht so schnell nervös werden ...

Soweit wieder mal für Heute ...
Ciao, Anette

Okt 5 14:58:16 GMT 2006
Hallo an alle,

erstmal herzlichen Dank für all die vielen Tipps und Empfehlungen!!! Ihr seid spitzenklasse :-) Ich werde Euch wissen lassen, wie ich mit dem Winter hier zurechtkomme. Hab gestern in der Zeitung gelesen, dass für So/Mo schon Tiefsttemperaturen von -5 Grad in Calgary angesagt sind. Meine Scheiben waren heute früh auch wieder etwas frostig ... schon irre, wie schnell die Herbstphase hier voranschreitet.

Ciao, Anette

Jan 3 05:46:36 GMT 2007
Hallo,

Wenn man hier mal ne zeitlang gewisse Kulturtendenzen „genossen" hat, kriegt man schon das Kribbeln, wenn man nach ner Zeit wieder mal die entgegengesetzten Tendenzen „aushalten" muss. Und das gilt von beiden Seiten wahrscheinlich, je nachdem, wo man steht und welche Kulturtendenzen / Gegebenheiten man als angenehm und wünschenswert empfindet. Manch einer ist vielleicht in Dt. besser aufgehoben, viele scheinen sich nicht recht bewusst darüber zu sein, was es mit sich bringt, hier zu leben.

Nur weil man aus dem hochentwickelten Deutschland kommt, heisst das noch lange nicht, dass die Leute hier den roten Teppich ausrollen ... im Gegenteil, den meisten ist recht egal wo man herkommt, solange man sich an die hiesigen Verhältnisse anpasst. Das wird einfach erwartet. Und wenn ich die hiesigen Verhältnisse hier, mit den deutschen Verhältnissen vergleiche, da sind halt Deutsche in vielen Bereichen arg verwöhnt und Härten, wie sie hier vorkommen können, auch gar nicht gewöhnt. Und obwohl viele Dinge in Deutschland vielleicht besser funktionieren und sich manch einer vorstellt, das könnte man hier einführen ... der wird vielleicht die interessante Überraschung erleben, dass die Leute hier das „Bessere" vielleicht gar nicht haben wollen!!

Als Fehler der einen oder anderen Seite würde ich es aber nicht bezeichnen, eher als internalisierte Verhaltensweisen, die halt in der eigenen Kultur funktionieren und in der anderen vielleicht dann eher ein Problem werden.

Ciao, Anette

Jan 3 06:25:58 GMT 2007
Hi Gudrun,

merci für die „dicken" und netten Komplimente :-)) Mit dem Gedanken, dass alles mal irgendwie sinnvoll zusammenzufassen, was ich da alles so schreibe, spiele ich schon manchmal, aber in nächster Zeit wird das wohl nicht passieren. Bin einfach zu viel mit anderen Dingen beschäftigt.

... Und was die richtige Einstellung, postives Denken und so angeht, das man in Kanada für den Erfolg braucht ... vielleicht auch noch eine Ergänzung für ne recht typisch deutsche Verhaltensweise, die hier nicht viel bringt: zu viele Bedenken zu haben. Erstmal auf das zu schauen, das schief gehen kann, zögerliches und ängstliches Herangehen, abwartendes Verhalten, etc. ...

Das geht nicht gut, das kann ich nicht, was da alles schiefgehen kann, da muss man vorsichtig sein ... und ähnliche Denkmuster ... Heisst nicht, sich in alles blind reinzustürzen, aber das deutsche Übervorsichtige kann man hier, meiner Meinung nach, getrost ablegen. Spiegelt auch wesentlich besser das nordamerikanische Lebensgefühl wieder ...

Ciao, Anette

Hallo nochmal,

ich möchte mich bei allen bedanken, die mich immer wieder mit nettem Feedback motivieren, weiter Beiträge in die Liste zu stellen. Natürlich auch bei allen, die immer wieder mit Ihren Beiträgen, interessanten Themen, Informationen und Hilfestellungen die Liste bereichern. Das ist klasse und so macht die Liste echt Spass!

Jan 3 17:32:35 GMT 2007
Hallo nochmal,

natürlich möchte ich Euch allen auch ein gutes Neues Jahr wünschen und dass möglichst viele Eurer Wünsche und Träume in Erfüllung gehen werden!!!

Und weil der Jahreswechsel ja auch nicht so häufig stattfindet und es ja traditionell auch eine Phase der Rückbesinnung ist, hatte ich mir vor ein paar Tagen, als im Casino so richtig tote Hose war und ich nur untätig rumgesessen bin, einen Block rausgezogen und mal so mein erstes halbes Jahr in Kanada Revue passieren lassen. Diese Gedanken möchte ich Euch nicht vorenthalten ....

Das war's wohl jetzt mit 2006. Was für ein Jahr! Ich bin immer noch ganz hin und weg, wie sehr sich mein Leben in diesem Jahr verändert hat. Von der Aufforderung der kanadischen Botschaft im Januar, sich der medizinischen Untersuchung zu stellen, hin zum Visastempel im Pass im März und der Abwicklung meines Lebens in Deutschlands, die folgenden 3 Monate. Nach der ganzen Warterei im Vorjahr, war es eine richtige Wohltat, endlich mal so richtig loslegen zu können.

Meine Transformation von einer doch etwas frustrierten und unzufriedenen Akademikerin, die sich im rezessiven Deutschland in der Nach-dot.com-crash Phase freiberuflich über Wasser gehalten hat, zum glücklichen und enthusiastischen Arbeitstier in weniger qualifizierten Jobs, mit ner Arbeitsbelastung von 65-75 Stunden pro Woche, ist wohl das Beachtlichste an der ganzen Story.

Ist ne sehr komplexe Sache, da vieles wohl mit Herkunft, Sozialisierung, Schulbildung und dem Umfeld, in dem man gelebt hat und den Lebenserfahrungen, die man sammeln konnte, zusammenhängt und deshalb wohl auch gar nicht so einfach für andere erklärlich ist.

Das Leben für mich war in Dt. immer so was wie ein Kampf, ein Dauerzustand, an den man sich zwar irgendwie gewöhnt, der einen aber auch viel Energie kostet. Als ich das erste Mal meinen Lebenslauf in der Realschule schreiben musste, war mir spätestens klar, dass ich wohl nicht zu denen gehöre, die es einfach in dieser Gesellschaft haben würden. ...

Jan 29 05:32:45 GMT 2007
Hallo nochmal ....

ich werde nächste Woche umziehen ... Mei, dass ist in Calgary schon ne recht unerquickliche Angelegenheit. Teilweise sieht man da Bruchbuden zu Mondpreisen, wo man schon nach ein paar Minuten froh ist, wieder draussen zu sein. Und was soll ich sagen, genauso widerwillig hab ich dann auch immer wieder mal auf Anzeigen geantwortet und die lokalen Anzeigenquellen durchgeforstet.

Und letzte Woche hab ich dann doch so richtig Glück gehabt. ... Genau das was ich suchte, kleines one bedroom appartment, richtig schnuckelig, renoviert und das Ganze dann noch für 635$ mit allem inklusive! Das ist für Calgary supergünstig. Und das Tolle ist, es ist ein kleines Haus und außer mir lebt nur ne junge Familie im oberen Teil des Hauses und ein großer Garten mit Feuerstelle steht zur Verfügung.

Die ganze Chose hatte eigentlich gar nicht so toll angefangen. Zum Showtermin konnte ich leider nicht kommen und dummerweise hatte ich dann auch noch den Extratermin für mich falsch verstanden und er war wegen mir zum Haus gefahren und ich dachte es wär am nächsten Tag. Danach dachte ich, dass ich aus dem Rennen wäre, aber nee, ich hab es mir gestern morgen noch ansehen dürfen und er hat mir versprochen, erst dann seine Entscheidung zu fällen. Und was soll ich sagen, trotz der 35 Leute, die die Wohnung haben wollten, hat er mir spontan den Zuschlag gegeben und ich hab nen Freudenjuchzer herausgelassen.

Ich hab es erst gar nicht geglaubt. Er meinte aber, er verlangt nicht so viel, weil er eher langfristig Leute in seinen Wohnungen haben will und nur an Leute vermietet, mit denen er sich vorstellen kann, auch befreundet zu sein. Der Typ ist Malaysian-Canadian und Designer und jetet ständig zwischen Vancouver und Calgary. Ich bleibe auch in der SW Ecke der Stadt, Auswahl hat man im Moment sowieso nicht, wenn man nicht superteure Alternativen nimmt. Und so ziehe ich dann 3 Strassenecken Richtung Westen, gerade mal 5 Gehminuten von meiner alten Bleibe entfernt.

Übrigens wollte er auch Referenzen haben, nur kanadische und auch work references! Und hat vorab schon erwähnt, dass er nur an Leute mit sehr guten Referenzen vermietet. Ich muss allerdings sagen, ich hab mich schon sehr um die Wohnung bemüht und bin die „extra mile" gegangen, indem ich alles mögliche über mich erzählt habe und auch per Telefon und Email drangeblieben bin.

Arbeitstechnisch hat sich noch nichts geändert, bis auf ne 6%ige Gehaltserhöhung und besseren Benefits bei meinem part-time Job (z.B. auch neu - drei bezahlte Arbeitstage (Urlaubstage!) pro Jahr). Hier ist alles im grünen Bereich, auch wenn meine Zahl der Arbeitsstunden immer noch weit über 60 Std pro Woche liegt. Egal, es macht weiterhin Spass und deshalb werde ich wohl erstmal so weitermachen.

Ciao, Anette

KEINE ANGST VOR NEUEN AUFGABEN
von Tom Wrede - 2004

Hi,

mein Name ist Thomas und wir, meine Familie und ich, leben seit 09/2004 im Südosten Manitobas, in der Gegend um Steinbach. Die Landschaft ist geprägt von der auslaufenden Prärie, dem weiter südöstlich gelegenen riesigen Waldgebieten der Sandilands und dem in Richtung Kenora, Ontario beginnenden kanadischen Schild.

Die Menschen in dieser Region sind zum großen Teil Mennoniten und darum hat dieser Landstrich in Manitoba auch den Beinamen „Mennoniten Country". Ihre Einwanderungsgeschichte begann um 1870 (www.mmhs.org/russia/mmhsgen4.htm und http://mexiko-lexikon.de/index.php?title=Mennoniten). Da sie immer noch ihre alte deutsche Sprache sprechen, einen Dialekt, das „Lowgerman", dessen Wurzeln bis ins 15. Jahrhundert zurückgehen, findet man heute in der Provinz deutsche Einwanderer aus aller Welt: Paraguay, Mexiko, Bolivien oder Russland.

Daneben gibt es natürlich den bunten Mix aus aller Welt und ein paar „native Germans", wie man mich mal scherzhaft bezeichnet hat. Etwas weiter von Steinbach entfernt, sind auch eine Reihe französisch-kanadischer Gemeinden wie La Broquerie, St.-Pierre-Jolys, Giroux, St. Malo, um mal ein paar zu nennen. In diesen sehr homogenen kleinen Orten, wird immer noch französisch als Hauptsprache genutzt.

Wir sind über das PNP nach Manitoba eingewandert und hatten für unseren Papierkram eine Agentur beauftragt. Für uns haben sich die Kosten der Agentur gerechnet, denn wir konnten dadurch viel unbeschwerter den gesamten Einwanderungsprozess abwickeln. Auf diese Gegend hat uns ein Freund gebracht , der vier Jahre zuvor in diese Region ausgewandert war. Durch ihn hatten wir auch in unserem Urlaub, den wir zur Vorbereitung der Immigration in Südmanitoba verbracht hatten, nette Einheimische kennen gelernt. Das half uns beim Neubeginn, da wir somit nicht völlig auf uns gestellt waren. Ihre Hilfsbereitschaft machte die ersten Wochen und Monate um einiges leichter.

Eine Woche nach unserer Ankunft habe ich als Zimmermann auf dem Bau angefangen. Den Job hatte ich mir selber gesucht. Nach ein paar Tagen musste ich aber feststellen, dass ich in den 16 Jahren bei der Deutschen Bahn im Stellwerksdienst, wohl eine Höhenangst entwickelt hatte, die mir das Arbeiten nicht leicht machte.

Beim Gottesdienst im GOD'S WORKSHOP

Bei der Suche nach einem anderen Job war mir der Pastor unserer Gemeinde behilflich. Er stellte mich meinem neuen Arbeitgeber, dem Besitzer einer mittelgroßen Heizungs- und Klimaanlagenbau und Installationsfirma vor. Wir wurden uns einig und ich bin noch heute (2004) bei der Firma beschäftigt. Zu Anfang arbeitete ich im Lager als Helfer und habe aufgeräumt, Jobs vorbereitet und Trucks entladen. Seit Ende diesen Sommers kümmere ich mich mehr um Einkauf, Inventur und Materialbestellung.

Das Arbeitsleben, so wie ich es kennen gelernt habe, kommt einem manchmal wie Chaosverwaltung vor. Das ist jetzt nicht negativ gemeint, stellt es doch eine Herausforderung an die Flexibilität jedes Einzelnen dar und fördert die Anpassung an schnell wechselnde Gegebenheiten. Beispielsweise stellt das berühmte „A.S.A.P" (as soon as possible) noch keinen Grund zur besonderen Eile dar, falls das bestellte Teil halt nicht schnell genug eintrifft, wird eben was anderes gemacht, denn Arbeit gibt es genug.

Meine Frau hat in der ersten Zeit in Kanada einen Englischkurs besucht. Dieser wurde vom „Settlement Office" in Steinbach angeboten und richtete sich hauptsächlich an Arbeitssuchende. Durch das angeschlossene Praktikum ist sie zu ihrem Job, in einem Spezialitätengeschäft mit Cafe und Mittagssuppe/Sandwich gekommen. Dabei musste sie den Besitzer erst von der Notwendigkeit überzeugen, dass er noch jemanden einstellt, um bessere Geschäfte zu machen. Aber es lohnte sich für sie beharrlich zu sein.

Mein Respekt gilt unseren Kindern , die es in kurzer Zeit geschafft haben sich zu integrieren. Unser Großer (nun fast 15) hat dabei die besten Voraussetzungen gehabt. Er hatte schon Englischunterricht und englischsprachigen Unterricht (Geschichte und Geografie) in Deutschland und konnte somit nach 3 Monaten den ESL (English as a second language - für Immigrantenkinder) beenden. Seine Liebe zum Sport, nun neben Fußball auch (Eis-)Hockey und Baseball, hat ihm zusätzlich geholfen, sich mit diesem Land zu identifizieren.

Unsere Tochter, bei der Einwanderung 9 Jahre alt, heute 10, hatte keinerlei Vorkenntnisse in der Sprache. Der ESL-Unterricht dauerte bei ihr bis Ende des Schuljahres, dafür ist sie jetzt die Einzige in der Familie, die akzentfrei Englisch spricht. Sie fühlt sich hier sehr zu Hause, wie man ja in ihrem Bericht nachlesen kann.

Diese sachliche Darstellung gibt in keiner Weise das emotionale Auf und Ab wieder, dem man insbesondere im ersten Jahr ausgesetzt ist. Man fängt hier bei Null an, egal was für Erfahrungen man bereits in Deutschland hatte. Den Beweis, das man gut und fleißig ist, muss man erst antreten. Auf der anderen Seite wird einem aber auch die Chance dazu geboten, weiter zu kommen.

Gerade in der Skilled Worker Kategorie sind Minimumlöhne zu Anfang eher normal. Somit gehen die Ersparnisse schnell dahin, denn auch alle Anschaffungen, wie Auto oder richtige Winterkleidung etc., müssen erst mal getätigt werden. Wichtig ist es, Kontakte zu Einheimischen, Hilfeorganisationen (wie dem hiesigen Settlement-Office) und anderen Immigranten zu knüpfen, denn geholfen wird gerne und mit Erfahrungen nicht hinter dem Berg gehalten. Das gilt gerade, wenn man ein Haus kaufen oder bauen will.

Weiterhin sind die Familie, wie in unserem Falle in Deutschland, weit entfernt und das Telefon hilft Kontakt zu halten, ersetzt aber nicht die persönliche Gegenwart. So wie früher, alle 1-2 Monate die Eltern oder Geschwister besuchen, geht halt nicht mehr.

Wir haben jetzt einen schönen Platz draußen in der Country gefunden, mit nettem Häuschen, der uns das Heimisch fühlen erleichtert. Der nächste Nachbar ist nicht zu sehen und zu hören und eine Meile weiter östlich beginnt ein riesiges Waldgebiet, aus dem wir ab und zu Besuch bekommen: kleine Hirsche (Deers), Adler (Gold- and Boldeagle), Kojoten, zwei Schwarzbären haben wir auch schon gesichtet, und letzte Woche hat unser Hund auf unserem Hof ein Stinktier getroffen, mit den bekannten Folgen.

Das von mir erwähnte Settlement-Office ist eine staatliches Hilfebüro, in dem jeder Einwanderer kostenlos Informationen und Hilfe bekommen kann. Christin, die dortige deutsche (fränkische) Mitarbeiterin, hat mir mal einen Witz erzählt:

„Treffen sich zwei Einwanderer im ersten Jahr, fragt der Eine: ‚Wie geht's?' Sagt der Andere: ‚Prächtig!'

Treffen sich die Beiden im 2. Jahr wieder. Fragt der Eine wieder, wie es geht, sagt der Andere: ‚So langsam geht's'."

Und das trifft es haargenau!!!

Ich hoffe mein Bericht hat einen kleinen Einblick gegeben. Alles in allem, fühlen wir uns nach dem ersten Jahr in unserem Entschluss bestätigt. Dazu gehört auch unsere rege Teilnahme an den Aktivitäten und Gebeten unserer Kirche. Für meine Frau und für mich hat die Religion eine sehr wichtige Rolle in unserem Leben und für unsere Kinder ebenfalls.

Anbei einige Fotos von unserer Kirche. Dazu muss ich erst mal was vorwegschicken. Wir sind zu erst ein knappes Jahr in die Steinbach Mennonite Church gegangen. Im Sommer hat ein Pastor dieser Kirche (ein Kanadier) ein paar Freunde zusammengerufen (unter anderem uns) und gefragt ob wir beim Aufbau einer neuen Kirche dabei sein wollten. Grund dafür war nicht, dass wir uns mit den Leuten der bisherigen Kirche nicht verstanden haben oder ähnliches, sondern der Basisgedanke war, mehr Leute in die Kirche zu führen, die sich vielleicht von der großen Kirche nicht angesprochen fühlen.

Kirchengründungen sind im Grossen und Ganzen nichts Ungewöhnliches in Canada und speziell in der Steinbacher Gegend üblich. Das „Gründungkomitee" besteht neben dem Pastorenehepaar (Kanada und USA), aus einem Professor (Simbabwe), unseren Freunden (Deutschland) und Bekannten mennonitischer Herkunft (Mexiko). Ein ziemlich bunter Haufen. Unsere

Kirche ist ein ehemaliges Industriegebäude, deswegen nennen wir uns auch GOD'S WORKSHOP (www.gods-workshop.net).

Viele Grüsse nach Deutschland, Tom

Und hier der Bericht der Tochter Marie, die 10 Jahre alt war, als sie in Kanada landete. Inzwischen lernt sie neben Englisch auch Französisch.

Wochenende am Camp Moose Lake

In Germany I thought everybody in my new class would just stare at me and I would be alone at recess. But it wasn't like that. There were some German kids in my class they were really friendly they showed me my new school. I went to ESL with a girl in my class she told me when it was and where it was. In my first half year I didn't have any French and instead went to ESL. Church helped me too, I met a girl there called Grace and she helped me understand and I learned lots of new words from her.

When it was nearly Christmas we went and bought a Christmas tree, it was fun. When you go to get a Christmas tree the people who sell the trees give you a saw and a sleigh. You go into a forest, you look for the tree you want and then you cut it off, put it on the sleigh and then take it home. January was cold. I and my brother had to walk to school but the walking held us warm. I was good at school by now; I had learned lots of English and had started French. I knew what went on in the morning. First we sang „Oh Canada" the national anthem by now I knew all the words. School was always over at 3.45.

In April I moved to La Broquerie a French village. There I really like, the German kids picked me up and showed everything. Meanwhile at home we got a dog Angus. He was really cute! I take care of him when I come from school.

At the end of summer holidays my Grandma came for a visit. We went to lakes, Provincial Parks, museums, beaches, and malls. Lots of stuff had changed at the museum. It was much better and I enjoyed it. The provincial Parks were cool; we saw turtles, dears, and even saw a young bear!! Our time with her was lots of fun!!!

When she was gone, my family and friends went to Camp Moose Lake for a weekend. We went kayaking, and canoeing, we saw squirrels, bluebirds, and even a bold eagle and our friend caught two fish while fishing.

Basically I love Canada with all the great wildlife, provincial parks and all the friendly people.

Marie

Interview mit Tom im Herbst 2006

October 30, 2006 3:39:42 AM
Hi, ich beantworte die Fragen mal zwischen den Zeilen.

Frage: Du hast ja erfolgreich deinen ersten Arbeitgeber gewechselt. Beim zweiten - wie war es dort - gab es Aufstiegs-Chancen?
Antwort: Na ja, Aufstiegschancen möchte ich das nicht nennen. Als Trucker kann man natürlich mehr verdienen, wenn man Erfahrung hat und mit Spezial-Trailern umgehen kann. Auch ist die persönliche Bereitschaft, sich für längere Zeit umherschicken zu lassen und somit mehr Meilen zu machen, von Vorteil.

Was bewog dich den Trucker-Führerschein zu machen

Ausschlaggebend waren Geld und die Möglichkeit, mal mehr vom Land zu sehen, als den Hinterhof der Firma in der ich arbeitete. Auch war ich verdienst - und aufstiegsmäßig in der alten Firma am Ende der Fahnenstange angelangt. Des Weiteren schwebt uns (meiner Frau und mir) in der Langzeitplanung vor, mal gemeinsam etwas zu machen. Wir wollen, wenn unsere Kinder aus dem Haus und die Verhältnisse noch so ungefähr wie jetzt sind, einen eigenen Truck kaufen und gemeinsam Nordamerika bereisen und dabei auch noch Geld verdienen. Bis dahin gehen aber noch 7-10 Jahre ins Land.

Waren es die Infos in dem alten Kanada-Forum, die dich dazu animierten - oder wie kamst du auf die Idee?

Eigentlich war es mein Kumpel Olli. Wir haben ihn und seine Familie letztes Jahr kennen gelernt. Sie sind seit Sommer 2005 hier und er fährt für Bison-Transport in Winnipeg.

Du bist ja ein Familienvater - hast also keine Lust wochenlang über US und

CA Straßen zu fahren - wie kam es, dass du dafür eine Lösung fandest? Ich meine damit, dass du abends wieder bei der Familie bist.

Ich habe in der Shorthaul-Abteilung unserer Firma angefangen und bin erst für 3-5 Tage Trips rausgeschickt worden, wobei ich immer am Wochenende zu Hause war. Nach einem Gespräch mit meinem Fahrerbetreuer (weil ich besonders mit den 5 Tage Trips nicht wirklich einverstanden war) habe ich nun vor 14 Tagen einen fast neuen Truck, mit einem Daycap (ohne Schlafkabine) bekommen und bin somit jetzt jeden Abend zu Hause. Die Tage sind zwar lang, aber momentan ist alles in Ordnung so wie es jetzt läuft.

Wie hast du deinen Partner gefunden?

Da muss ich jetzt mal nachfragen: Meinst Du meine holde Gattin??
Das ist nun 23 Jahre her und wir waren 14 und 15 Jahre alt. Wenn Du es wissen willst, schreibe ich die Story mal auf :-)

Wie wollt ihr das Unternehmen Owner/Operator realisieren?

Ich bin als Company-Driver angestellt. Ich denke , ich muss jetzt erst mal Erfahrung sammeln, bevor ich mich ins Abenteuer Owner/Operator stürze. Auch wenn man denkt, Truck fahren wäre ein einfacher Job, es hängt doch ein Rattenschwanz an Papierkrieg und Wissen dran. Und da muss ich mich erst einfuchsen. Auch ist die Situation im Moment sehr familientauglich. In ein bis zwei Jahren sehen wir weiter.

Und, wie gefällt es dir nun in deinem dritten Job in Kanada?

Siehe oben : Gut!

Was mich beeindruckt hat, ist die Bereitschaft mir jedes Mal eine Chance zu geben. Es waren ja nun immer völlig verschiedene Bereiche, in denen ich keinerlei Erfahrung vorzuweisen hatte.

Zur Familie - ihr seid in ein Dorf gezogen wo viel französisch gesprochen wird. Der Name klingt sehr französisch.

Eigentlich schon, aber man spricht mit uns englisch. Da ist man hier nicht so halsstarrig wie man es von Québec behauptet. Außerdem wohnen wir 8 km weiter im Country. An der Tankstelle und in der Schule kommt man schon mit den Einheimischen in Kontakt, aber Vorurteile haben wir nicht feststellen können.

Was macht eigentlich deine Frau - hat sie sich gut eingelebt - wie steht's mit der Sprache und hat sie auch einen Job?

Meine Frau arbeitet noch immer in dem Spezialitätengeschäft mit Mittagstisch/ Cafe in Steinbach. Sie kocht dort hauptsächlich die Suppen, aber hat auch im Bedarfsfall, jeden anderen Job im Laden zu übernehmen. Einen Sprachkurs hatte sie zu Anfang ja besucht, aber das Anwenden der Sprache kam dann mit der Zeit im Beruf.

Den Kindern geht's sicherlich gut?

Ja. Mein Sohn wird jetzt 16 und freut sich natürlich darauf, dann den Führerschein machen zu können.

Meine Tochter (11) nimmt jetzt gerade an einem Carrier-Trek-Programm teil. Sie wurde, auf Grund ihrer Leistungen in der Schule, zusammen mit 6 anderen Schülern im selben Alter ausgewählt. An jedem Samstag bis in den April besucht sie eine Universität oder ein College und lernt verschiedene Studien- und Ausbildungsrichtungen kennen. Das hilft ihr hoffentlich später, den passenden Beruf zu finden. Das macht uns schon stolz.

Versucht die jüngste euch immer noch richtig Englisch beizubringen - ohne Akzent zu sprechen?
Sie hat es zu Anfang versucht.
Sie hat aber schnell gespürt, das es eigentlich an unserem Ego kratzt und nimmt ihre Eltern jetzt so wie sie sind: mit Akzent. :-)

Wie bereitet ihr euch nun auf den kommenden Winter vor?
Wir sehen dem gelassen entgegen. Wir haben einen Propankocher/Heizung für den Notfall. Eine Kerze, warme Stiefel und eine Extradecke kommen noch ins Auto . Diese Woche holen wir uns noch Strohbunde für die Crawl-space-Fenster ,der Schneeschieber wird wieder ans ATV geschraubt , und rund 10 Säcke Watersoftener-Salz (rund 200 kg) kommen noch auf den Truck, damit er im Schnee genügend Grip hat.

Was macht euer Haus - ist es schön warm, wenn es 40 grad minus sind?

Es knackt. Es fängt bei Kälte richtig an zu arbeiten und manchmal knackt es laut.

Wirst du noch ein Training für Winterfahrten machen?

Nein, das wird nicht von der Firma angeboten. Ich muss mich da selber rantasten.

Wie geht es eurer Gemeinde - dem Pastor?

Nicht so gut. Nachdem eines der leitenden Mitglieder der Kirche ausgetreten ist und sich einige finanzielle Außenstände angesammelt haben, ist die Zukunft momentan etwas ungewiss. Mal sehen was die Zukunft so bringt.

Was ist mit den anderen Deutschen?

Es geht ihnen soweit gut. Wir sind ein Kreis von 3-4 Familien und einem Single , die sich öfter treffen und auch Erfahrungen austauschen.

Wie würdest du die Erfahrung der ersten Jahre beurteilen?

Ich muss schon sagen, nach 2 Jahren , dass es nicht nur schöne Momente gibt. Manchmal merkt man schon, dass man als Immigrant härter arbeiten muss, um anerkannt zu werden und das bringt einem auch nicht nur Begeisterung seitens kanadischer Mitarbeiter ein.

Was mir teilweise noch Kopfschütteln einbringt ist, dass ich noch erwarte, das gewisse Sachen sofort erledigt werden. Ist wahrscheinlich so ein urdeutscher Instinkt und ich muss mich noch an die andere Einstellung, über die Wichtigkeit von Problemen gewöhnen.

Ich denke, man muss offen an die Ansichten und Lebensgewohnheiten der Einheimischen herantreten, ohne seine eigene Herkunft und Geschichte zu vergessen.

Die zufriedensten Immigranten und deren Kinder habe ich hier gesehen, wenn sie ihre eigene Kultur gepflegt haben (wie die Ukrainer, Italiener, Philipinos etc.) und offen mit den anderen umgegangen sind.

In der Summe, haben wir gewonnen: Die Zukunft der Kinder, räumliche Freiheit, Natur, Freunde, Jobsicherheit; dies wiegt die Entbehrungen (gerade in der Anfangszeit) und die Trennung von der Familie in Deutschland bei weitem auf. Und somit würden wir es wieder tun.

Wart ihr bei der Party von Star-7? Habt ihr zu denen noch Kontakt oder klappt alles gut?

Nein, wir haben es nicht geschafft dorthin zu gehen. Wir brauchten deren

Hilfe bis jetzt nicht wieder, soweit kommen wir klar. Auch haben wir einige kanadische Freunde und Bekannte, die wir jederzeit um Rat und Hilfe fragen können. Wenn es um die Frage der Staatsbürgerschaft geht, werden wir noch mal in Winkler vorbeifahren.

Viele Grüsse, auch vom Rest der Familie
Tom

Der Truck von Tom, 2006

SELBSTKRITIK UND ZWEITE CHANCE
von Eva - 2004

Hallo liebe Listies, einige von euch kennen mich seit einigen Jahren. Für die Neulinge unter uns und diejenigen die die Reise bez. Auswanderung nach Canada noch vor sich haben, möchte ich eine Zusammenfassung, unseres Kanadatrips 2004 abgeben. Ich hoffe, dass Ihr nicht dieselben Fehler macht wie wir.

Die Fakten: Mein Mann und ich sind 49 Jahre jung, haben eine 24 jährige Tochter. Mein Mann ist in Edmonton geboren und hat mit seiner Familie dort 18 Jahre gelebt. Da mein Schwiegervater Bluter, war mussten sie aus Kosten und Behandlungs-Gründen (Krankheit) zurück nach Deutschland, zum Leidwesen meines Mannes und seiner beiden Geschwister. Ich habe meinen Mann 2 Jahre später hier kennen gelernt und 1980 geheiratet. 1979 waren wir für 1 Jahr in Vancouver und ich habe mich unsterblich in dieses Land verliebt. Da wir noch nicht verheiratet waren und ich unbedingt mit meiner Familie feiern wollte, sind wir zurück mit der Maßgabe, nach der Hochzeit wieder zurück zu gehen. Leider kamen dann Job, Familie und Kind (1982) dazwischen. Wir waren in den Jahren dazwischen, immer wieder für Kurztrips in Kanada.

Haben dann hier gebaut, beruflich viel erreicht und trotz allem uns entschlossen 2003 wieder einen Neustart in Canada zu versuchen. Nun da mein Mann Kanadier ist war vieles für uns leichter, dachten wir!! Wir haben unser Haus verkauft, alles bei unserer Schwiegermutter untergestellt und zum Nach senden fertig gemacht. Papiere inklusive Arztuntersuchung - alles erledigt. Wir wollten die PR in Canada beantragen.

Wie viele vor uns und sicher auch nach uns, waren wir und vor allem mein Mann der Ansicht, dass es für Ihn kein Problem wäre einen Job zu bekommen. Nun ja mein Mann hat hier in Deutschland als Betriebsleiter eines

Schmuckbetriebes mit 120 Leuten gearbeitet und hatte gewisse Gehalts und Jobvorstellungen. Als guter Angestellter mit Ausbildung zum Werkzeugmachermeister mit Refaausbildung, damals hier was Gutes, dachte er ohne Probleme einen guten Job zu bekommen.

Leider haben wir, was wir heute wissen, die Nase etwas zu sehr in den Wind gehalten, denn keinen interessierte die tolle Ausbildung oder die langjährige Berufserfahrung. Leider wollten wir unbedingt in Vancouver leben, da wir dort noch Verwandtschaft haben, aber nicht genug bedacht haben, dass es dort wenig Möglichkeiten gab, in der Produktion zu arbeiten.

Mir wäre es egal gewesen wo ich gelebt hätte, aber mein Mann und auch unsere Tochter wollten dort bleiben. Unsere Tochter hat ihr Studium, Geographie und Germanistik, hier abgebrochen und ein Auslandsjahr eingeschoben.

Fakt war, mein Mann hat sich sehr bemüht!! Aber er wollte nicht allzu weit von seinen Vorstellungen abweichen und wer diesen Schritt nach Canada macht, muss dies tun!!!! Das wissen wir heute. Nun zusammengefasst lief es so, dass wir nach 10 Monaten wieder nach Deutschland zurück sind.

Was tun. Nun um es vorweg zu nehmen, wir werden wenn alles gut läuft 2008 einen neuen und von uns besser vorbereiteten Versuch unternehmen.

Wir werden dieselben Fehler nicht noch einmal machen. Unser Trip hat uns viel gelehrt. Es hatte auch viel Gutes, unsere Tochter wurde bei der Suche nach einem Studienplatz, auf eine ganz andere berufliche Schiene gebracht. Da sie sehr sprachenbegabt ist, wollte Sie in Canada in der Gastronomie und Tourismusbranche Karriere machen. Nun nach unserer Rückkehr hierher, hat sie eine Ausbildung zur Hotelfachfrau, mit Zusatz-Qualifikationen Management, in einem Hotel in Stuttgart begonnen und bereits 1 Jahr erfolgreich und mit sehr viel Freude hinter sich gebracht. Mittlerweile spricht sie neben Deutsch noch 3 andere Sprachen und wird nächstes Jahr chinesisch dazulernen. Sie wird 2008 mit einer Mitschülerin und sehr guten Freundin nach Vancouver gehen. Pläne und Vorbereitungen laufen.

Wir werden es noch einmal versuchen. Mein Mann wird 2007 vorausgehen und nach Arbeit und Unterkunft suchen. Wir Frauen waren mehr Klotz am Bein, als Hilfe. Trotz der persönlichen Niederlage und vieler dummer Sprüche, die wir uns hier anhören mussten (so, so sind euch die gebratenen Tauben nicht in den Mund geflogen - das war nur eine von vielen), haben wir wieder Anschluss gefunden und neue Freunde. Viele unserer früheren so genannten Freunde, haben wir heute nicht mehr. Die haben sich vor lauter Schadenfreude fast totgelacht! Bei manchen hätte es gelingen sollen!! Witz!!

Es waren schwere erste Monate wieder hier in Deutschland, aber sie haben uns auch gut getan. Die Liste hat mir in dieser Zeit sehr geholfen und auch Mut gemacht unseren Traum nicht aufzugeben. Also an alle, die nach Canada wollen, nicht aufgeben! Besserwisser gibt's immer, aber viele haben es geschafft und auch wir werden es schaffen, so Gott will. Gesund müssen wir bleiben und zusammen halten. Über unser Alter mache ich mir keine Sorgen. Wir haben etwas gespart und werden uns nach einer gewissen Zeit auf eigene Beine stellen.

Wir haben nun 2 Jahre Zeit, dies gut vorzubereiten. Ich wollte mit meinem Bericht einige davor bewahren all zu blauäugig, selbst mit den besten Voraussetzungen, auszuwandern. Nicht alles ist in Canada besser, schöner, und wünschenswerter, als hier in Deutschland. Wir haben es immer noch vergleichsweise gut hier. Aber es sollte jedem Menschen möglich sein, seinen Traum nicht nur zu träumen, sondern mit Mut, Energie und eisernem Willen auch zu leben.

Beste Grüße von Adam und Eva*

* Name auf Wunsch der Autorin in „Adam und Eva" geändert.

DIE DISTANZ-EHE ALS ERFOLGSSTORY
von Nicole Negus - 2003

9 Dec 2003 15:19:48 +0100
Betreff: I'M HERE/THERE!
Good morning, Canada!

Hallo, alle beisammen. Ich bin am Freitag erfolgreich und ohne jegliche Probleme eingewandert. Erstmal hatte ich Glück, dass der Flieger halbleer war. Ich hatte also eine komplette Sitzreihe für mich, die ich dann auch für ein Stündchen entspannten Mittagsschlaf genutzt hatte. Nach dem ganzen Last minute-Stress der letzten Tage in München hatte ich mir das verdient! Hinzu kam, dass ich eine äußerst freundliche, entspannte und routinierte Crew an Bord hatte, welche ihr Übriges zu einem angenehmen Flug beitrug. Das ist bei Air Canada wahrlich nicht immer der Fall...

Nach der Landung kam ich also mit meinen drei Stücken Handgepäck (!) in die Schalterhalle und - siehe da - gähnende Leere!! Wir waren offensichtlich der einzige Flieger um diese Uhrzeit. Ich war baff, denn so leer hatte ich es noch nie erlebt. Glück muss der Mensch haben. Der junge Mann hinter dem Counter lugte kurz in meinen Pass, nachdem ich ihm sagte, dass ich heute gerne Landed Immigrant werden würde und schickte mich nach 20 Sekunden weiter zur Immigration.

Dort das gleiche Bild: fast gelangweilte Mitarbeiter, von denen eine Dame mich sogleich zu sich winkte. Ich legte ihr alle Papiere vor. Sie warf einen Blick darauf und sagte: „Wir müssen neue Fotos machen, auf diesen hier ist der Hintergrund nicht weiß" (er war nämlich hellblau). So sind wir also schnell zur Kamera gegangen und haben ein neues Foto gemacht. Es ist ein echter Mugshot in s/w! Mir wird jetzt schon schlecht wenn ich daran denke, dass ich dieses Bild auf meiner PR Card mit mir herumtragen werde... Ich wartete dann, bis sie die Papiere ausgefüllt und alles weitere arrangiert hatte und wurde nach 15 (!) Minuten mit einem „Welcome to Canada" entlassen.

Am Stand nebenan wurde ich mit einem „Newcomer's Guide", der u. a. Antragsformulare für OHIP + SIN enthält, versorgt. Dann ging ich zum Gepäckband und das Gepäck war auch schon da - alle drei Taschen standen bereits sauber aufgereiht neben dem Band! Jetzt war ich endgültig überzeugt, dass nichts mehr schief gehen konnte.

Ich schob den, ob der Schwere des Gewichts meiner Taschen regelmäßig quietschenden Gepäckwagen, also zur Zollkontrolle, wo ich meine „Goods to follow" Liste abstempeln lassen musste. Ein freundlicher dunkelhäutiger Mensch winkte mich sogleich zu sich und ich legte ihm wiederum alles vor. Die nötigen Kopien hatte ich natürlich schon dabei. Er war recht erfreut darüber und füllte alle nötigen Papiere gewissenhaft aus, schickte mich nach gegenüber zu einem Herren, der mir hinter der Scheibe, die von mir bei der Zollfreimachung benötigten Dokumente zusammenheftete und mich ebenfalls mit einem „Welcome to Canada" entließ.

Der junge Beamte grinste, als ich einen kleinen Jauchzer ausstieß und meinen wirklich schweren Gepäckwagen Richtung Ausgang schob.

Es waren also 35 Minuten vergangen und ich war mit allem komplett fertig! Ist das wohl ein Rekord oder gibt's jemanden, der das vor mir schneller schaffte? Hihihihi.

Ich hatte Steve (meinem Mann) gesagt, er sollte bloß nicht vor 4 pm zum Flughafen kommen, denn mein Flug landete um 3 pm. Ich wollte ihn nicht so lange warten lassen. Fakt war nun, dass ich schon um 3:35 in der Ankunftshalle stand und Leute beobachtete. Aber ein paar Minuten später sah ich bekannte Gesichter: Freunde von mir kamen als Willkommenskommando, mit Kind, Ballon und Kamera, um mich als erstes zu begrüßen. So hatte ich also Gesellschaft und ich erzählte erstmal die Geschichte des Tages.

Steve kam dann endlich um 4:30 und wir fuhren erledigt, aber happy, „nach Hause!"

Von der Beantragung der SIN, OHIP und Austausch des Führerscheins gestern schreibe ich demnächst, denn wir fahren heute Vormittag zu Ikea nach Burlington, weil natürlich - jetzt, wo die Frau im Haus ist - einiges zu erledigen, ändern, reorganisieren ist :)

Ich wünsche allen einen schönen Tag, egal wo ihr seid!
Liebe Grüsse aus Hamilton,
NiNe

Steve schrieb dazu auf seiner Webseite www.stevenegus.com:
Here's a quick update as to what has been happening at the Negus household!!! Nicole has finally made it to Canada as a Permanent Resident, (she landed December 5th) and we have been busy sorting all that stuff out. All my space has been cut in half!!!......a small sacrifice to make for having my darling wife here in Canada with me!!

And, finally, Nicole and I would like to wish everyone a very festive and happy Christmas season, and, we hope that everyone gets what they want from Santa!!!!
Christmas greetings to all,
Frohe Weihnachten!!!!
Steve and Nicole

NiNe wollte ja eigentlich ihre Geschichte selber schreiben, als ich meinen Rundruf Mitte 2006 startete. Wie das Leben aber so ist - sie hatte trotz aller deadline Verlängerungen einfach keine Zeit dazu. Ihre neuen Chefs in Kanada brauchten sie, man könnte sagen: Rund um die Uhr. Darum kam ich auf die Idee mit ihr ein Telefon-Interview zu machen und hier ist nun ihre Geschichte, die auf dem Interview beruht.

Warum erzählen Mitglieder von Foren nach der Einwanderung nicht mehr, wie es ihnen geht. Das hatten die meisten ja vorher angekündigt. Auf diese erste Frage antwortete NiNe: „Das ist vermutlich eine Frage der Zeit, die es braucht, bis man sich zurecht gefunden hat". ... Erst auf meine weiteren Fragen gab sie dann die Arbeitsbelastung als Grund an. Sie war bereits in Deutschland als Exekutive Assistent eines Senior Vice Präsident eines weltweit operierenden Unternehmensberaterfirma tätig und hatte diesen Job beim selben Unternehmen in Kanada angestrebt und erhalten. In Toronto ist sie heute als Executive Assistant für zwei Senior Vice Presidents tätig.

Ihr Mann beansprucht ihre Zeit nicht übermäßig, denn „Der hat seine Karriere ohne mich geschafft und im Griff!" sagte sie. Ihr Mann ist Steve Negus und war Schlagzeuger der Band SAGA, die oft in Deutschland aufgetreten ist. In Augsburg verliebten sie sich 1992 ineinander. Bereits im Dezember 1997 heirateten sie auf Barbados, da die Schwiegereltern dort ein Haus haben. Die Ehe wurde ohne Probleme in Deutschland und Kanada anerkannt.

Allerdings führten sie zu Beginn eine Ehe auf Distanz. Da er mit der Band immer wieder auf Tourneen ging, sie als Deutsche viel Urlaub hatte, konnten sie sich doch sehr oft und ohne lange Unterbrechungen sehen. Ein sehr praktischer Grund kam hinzu, denn sie hatte sich Anfang der Neunziger in München eine Eigentumswohnung als Steuersparmodel gekauft und ein zu früher Verkauf der Wohnung, hätte zu finanziellem Verlust geführt. „Das konnte und wollte ich mir nicht leisten", erzählte sie. Sie hatten aber seit 1999 bereits ein gemeinsames Haus in Hamilton und so war der Aufenthalt in Kanada immer „wie zu Hause".

„So führten wir halt diese Distanz-Ehe und ich verbrachte 6 oder 7 Weihnachten und jeden Sommer mit meinem Mann und seiner Familie zusammen und hatte immer eine gute Zeit", sagte sie. Sie erwähnte, dass sie dadurch die Familie, Kanada und Toronto immer besser kennen lernte und darum bei der Einwanderung im Dezember 2003 keinen Kulturschock erlebt habe.

„Meine Story ist eher eine Erfolgsstory, ich hatte weniger Probleme als viele andere Einwanderer", berichtete sie und führt dies unter anderem auch darauf zurück, dass sie akzentfrei Englisch spricht.

Eingewandert ist NiNe als gesponserte Ehefrau, über die „Family Class". „Um die Distanz-Ehe als eine echte Ehe zu beweisen, habe ich 2 Kilogramm Unterlagen meinem Antrag beigefügt", sagte sie. Vier Monate nachdem sie den Antrag eingereicht hatte, erhielt sie bereits ihr Permanent Residence Visa. Für beide war von Beginn an klar, dass sie nach Kanada ziehen würde. „Ich kann einfach besser Englisch als Steve Deutsch und für mich würde es leichter sein in Kanada Arbeit zu finden, als für meinen Mann in Deutschland",

Nicole ist froh nun ein richtiges Auto zu fahren. Ihr erstes Auto in Kanada war darum ein Jeep Grand Cherokee.

sagte sie mit einem Lachen. Dabei sei es für ihren Mann, als erfolgreichen

Musiker, grundsätzlich unerheblich wo er sein Zuhause habe, meinte sie und sagte weiter: „Meine Firma in München hat ein Office in Toronto und so war es von Beginn an mein langfristiges Ziel nach Kanada zu ziehen. Ebenso konnte ich mich bereits von Deutschland aus für den Job als Executive Assistant in Toronto bewerben."

Auf meine Frage: „Hat dich denn in Kanada nichts mehr überrascht?" dachte sie länger nach und fand zuerst keinen Grund, warum sie hätte überrascht sein sollen. Dann fiel ihr aber doch etwas ein und sie sagte: „Ich dachte immer, bevor ich nach Kanada einwanderte, wir Deutschen sind so Arbeitstiere und da mache ich doch sicher in Kanada alles mit Links. Wir können das ja alles. Aber dann musste ich erleben, dass die Kanadier in meinem Unternehmen ebenfalls extrem hart arbeiten. Das war also nicht so, wie ich es mir vorgestellt hatte. Ich habe damit zwar keine Probleme und betreue heute zwei Chefs. Einer ist dauernd als gefragter Redner auf Vortragsreisen und schreibt dazu auch noch eine Reihe von Büchern, was für mich viel Arbeit bedeutet."

Was sie im Berufsleben noch überraschte war, dass die Kanadier beim „Self assessment" (Der Selbst-Bewertung bei Bewerbungen) sich ohne Probleme selber loben können. Allerdings habe dieses Selbstlob (das von Personalchefs verlangt wird) auf Tatsachen und Fakten zu beruhen, die man zu beweisen hat. Ihr würde auch heute noch schwer fallen zu sagen: „Ich bin Klasse, das kann ich auch tun," sagte sie. „Obwohl die Deutschen, vorsichtig gesagt, doch arrogant seien, haben sie dieses Self assessment überhaupt nicht raus, wenn man das aber überzeugend rüberbringen kann, dann hat man damit Erfolg. Dabei darf man jedoch nicht die typische deutsche Überheblichkeit demonstrieren und zeigen, dass man denkt, dass Deutsche besser sind. Einfach in einer entsprechenden Situation durch die Tat zeigen, dass man es kann und bereit ist den Job zu tun, sei bereits genug, um seine Chancen im Beruf zu verbessern," schließt sie diesen Teil ab.

NiNe lebt heute in Hamilton Ontario und arbeitet in Downtown Toronto. Ich fragte sie danach, welchen Unterschied sie zu Deutschland sieht. Die Menschen seien unglaublich offen, hilfsbereit und freundlich anderen gegenüber, erklärte sie. Auf die Frage nach Rassismus antwortete sie, dass ihr Unternehmen von der Struktur her global ist und darum Multikulturell kein leeres Wort sei. Ebenfalls denke keiner, dass er besser sei als ein anderer, zumindest ist dies ihre persönliche Erfahrung.

Sie benutzte dazu die Formel: Die Menschen sind hier „down to earth people", um dies zu beschreiben. Dass, was sie am Anfang störte, sei nur unwichtiges Kleinzeug und würde ihren Gesamteindruck heute nicht mehr beeinflussen. So habe sie gelernt, dass man sich für vieles bedankt, auch wenn dies nach deutschen Standards nicht notwendig sei. Sie hat fast ausschließlich Kontakt zu Kanadiern, bis auf einige deutsche Freundinnen, mit denen sie sich alle zwei oder drei Monaten zum Diner trifft, um mal nur unter Frauen miteinander zu reden. Die meist wöchentlichen Telefonate mit der Familie in Deutschland mal ausgenommen. Befragt zu ihrem Stiefsohn antwortete sie: „Mein Stiefsohn heisst Stephen jr., ist 13 Jahre und findet es cool, dass er eine Stiefmutter hat, die selbst mal Eishockey gespielt hat und sich schon mal mit den Nachbarskindern in unserer Strasse zum Streethockey trifft... Er spielt selbst Hockey und bestreitet mit seinem Team gerade die Playoffs."

PS - Ich habe mich gewundert wieso Nicole als Hamburgerin Eishockey gespielt hat und frage sie danach. Hier ihre Antwort im Original:

hi maxim,
es gibt eine damen-eishockey-bundesliga in deutschland, von hamburg bis muenchen! ich bin im alter von ca. 13 von kunstlauf- auf eishockeyschlittschuhe umgestiegen und habe schon mal mit sticks und pucks rumhantiert. in muenchen habe ich dann von 92-96 bei den planegg penguins (erst landesliga, dann in die erste liga aufgestiegen) gespielt. der verein war in planneg-wuermtal ansaessig, aber unsere trainingsstaette war in ottobrunn, d.h. nicht so arg weit weg von mir. mittlerweile ist es in 2 teams aufgeteilt, s.

link: http://www.damen-eishockey.de/ es sind jetzt noch 3 maedels dabei, die schon damals mit mir gespielt haben, schoen zu lesen :) - eine meiner mitspielerinnen hat damals einen deutschen bundesliga-spieler gedated, der heute in der nhl spielt. allerdings nicht bei meinem lieblingsverein, den toronto maple leafs fan. never a dull moment, eh? :) so, die drittelpause ist gleich vorbei (die leafs fuehren 3:1 gegen carolina) und ich muss wieder runter - geht ja schliesslich bald in die playoffs!

ach, uebrigens: mein laengst verstorbener opa war mal trainer (oder einer der trainer - bin nicht sicher) der deutschen feldhockey-olympia-mannschaft. vielleicht liegt da die parallele, denn sonst ist niemand aus meiner familie so hockey-verrueckt wie ich!

liebe gruesse, nine

Stehend: Dritter von Links ist Steve, rechts neben ihm Nicole, vor Steve steht Stephan Jr. und weitere Familienmitglieder.

HERE IT GOES - MEINE GESCHICHTE
von Corina Elgiet - 1990 > 2005

Im Alter von 23 Jahren spielte ich mit dem Gedanken auszuwandern, und zwar nach Australien. Nachdem ich sämtliche Informationen vom australischen Konsulat erhielt, es mir genau durchlas, musste ich feststellen, dass ich nun leider die Australischen $ 10.000,00 nicht aufbringen konnte und somit mein Traum „auszuwandern" erst einmal zerplatzte.

Nachdem ich meiner damaligen Freundin mitteilte, dass ich etwas enttäuscht und desillusioniert war, kam sie auf die Idee, dass ich doch als Au-Pair Mädchen nach Amerika oder Kanada gehen sollte. Daraufhin musste ich erstmal fragen, was und wo Kanada überhaupt ist? Also, gesagt, getan, ich bewarb mich im September 1989 bei einer Au-Pair Agentur in Kanada, mit dem Wunsch nach Vancouver oder Toronto zu gehen. Nachdem ich sämtliche Unterlagen ausfüllte, einen Text über mich schrieb, den ich dann mit einem Wörterbuch, Wort für Wort auf Englisch übersetzte und Fotos beilegte, schickte ich alles zu der Agentur nach Kanada und wartete. Am 10. November 1989, genau einen Tag nach dem Mauerfall, bekam ich einen Anruf aus Kanada mit der Frage, ob ich auch nach Ottawa gehen würde. Da musste ich nicht zweimal überlegen. Natürlich gehe ich auch nach Ottawa, gerne, nur erstmal weg aus Deutschland.

Zuerst machte ich mich schlau wo Ottawa liegt, was für ein Wetter mich erwarten könnte und wichtige Informationen, wie z.B. Krankenversicherung usw. Nachdem ich las, das Ottawa die kälteste Hauptstadt Nordamerikas ist, fragte ich gleich in meinem Bekannten- und Freundeskreis nach, ob jemand eventuell ganz dicke Wintersachen für mich hat, die ich nach Kanada mitnehmen könnte. Zum Glück konnte ich eine Daunenjacke ergattern und eine schöne Zipfelmütze und Skihandschuhe.

Dann kam der medizinische Test bei einem Amtsarzt, einschließlich Röntgenaufnahmen, Bluttest usw. Da ich sehr viel rauchte, hatte der Amtsarzt wegen meines Asthmas beide Augen zugedrückt.

Anschließend bekam ich von der kanadischen Botschaft einen Vorstellungstermin in Bonn und es war ein sehr interessantes Interview, da mein Englisch eher dünn war. Der Beamte, der mich interviewte, war unwahrscheinlich nett und hatte mir dann gleich meine vorläufige Arbeitsgenehmigung für ein Jahr überreicht, ohne Aufenthaltsgenehmigung. Jetzt ging es darum meine Möbel zu verkaufen, was wirklich nicht schwer war und das Geld kam erstmal auf die Bank. Das Flugticket musste damals ein einfaches sein (One way) und ich kann mich noch erinnern, dass es mich 1,800.00 DM kostete.

Ich flog dann am 01. Februar 1990 über Toronto nach Ottawa, wo ich erst einmal gemustert wurde und dort die Aufenthaltsgenehmigung erhielt. Am Toronter Flughafen verlief ich mich erst einmal, da mein Englisch nicht sehr gut war und eine nette Stewardess aus Holland half mir den richtigen Flieger zu finden. Der Flug von Deutschland nach Toronto war super, ohne jegliche Probleme, aber der Flug von Toronto nach Ottawa war etwas anstrengender, da das Wetter sehr schlecht war und wir regelrecht durchgeschüttelt wurden.

In Ottawa angekommen, musste ich feststellen, dass ich unglücklicherweise meine Handschuhe und Mütze im Koffer hatte und nicht im Handgepäck, da mich um die -25 Grad erwarteten und mir vor Kälte die Tränen in die Augen schossen.

Nachdem mich die Familie abholte, ins Auto verfrachtete und losfuhr, hatte ich den ersten Gedanken an die Rückkehr nach Deutschland gefasst. Das einzigste was ich aus dem Autofenster sah war Schnee, Bäume und mehr Schnee und Bäume. Wo bin ich bloß gelandet?

Die ersten 7 Tage hatte ich eine Grippe und konnte nicht viel unternehmen. Nachdem ich endlich mal rausgehen konnte, bin ich gleich zu einem kleinen

Geschäft an der Ecke (10 Minuten zu Fuß) gegangen um mir Zigaretten zu kaufen. Mit Schreck musste ich feststellen, dass es in Kanada keine Marlborough gab und somit kaufte ich mir eine andere rote Schachtel „DuMaurier", die es dann eben tun musste. Im Geschäft lernte ich einen Franko-Kanadier kennen, der zum Glück gut Englisch sprach und mir gleich seine Telefonnummer gab, falls ich mal mit dem Bus in die „Stadt" möchte.

In der Zwischenzeit hatte ich schon Kontakt zu anderen Au-Pair Mädchen aufgenommen und dann auch den Französisch Kanadier Dennis angerufen, ob er Lust hätte mir zu zeigen, wie ich in die Stadt komme. Nachdem ich ihn an der Bushaltestelle traf, erklärte er mir, dass wir ungefähr 1 Stunde unterwegs sein würden. Der nächste Schock setzte ein, es ist alles etwas weiter entfernt, als man dachte.

Nachdem ich mich daran gewöhnt hatte, öfter mit dem Bus zu fahren, begann ich auch einen Kurs für Neuankömmlinge, der damals umsonst war, um Englisch zu lernen. Dabei hatte ich Glück, dass mein damaliger Lehrer aus England kam und mein Kauderwelsch verstehen konnte.

Die erste Familie war etwas offen in vielen Sachen und die Mutter war Alleinerziehende von 3 Kindern und hatte einen Freund aus Afrika der meinte, dass mein Hintern zum drauf klopfen gedacht wäre. Nachdem ich ein paar Monate in Kanada wohnte, lernte ich einen Kanadier kennen, der eine Tante hatte, die für die Regierung in Ottawa arbeitet und sich mit dem Arbeitsrecht auskannte. Seine Tante erklärte mir dann, dass ich das Recht hätte die Familie zu wechseln und ich sollte doch mal zum Einwanderungsamt gehen, um mich genau zu erkundigen, was ich tun solle. Nachdem ich beim Einwanderungsamt vorsprach, wurde mir erklärt, dass ich mich nach einer anderen Familie umsehen kann, aber nur als „Live-in Nanny".

Also, Zeitung auf und nachforschen. Innerhalb einer Woche fand ich eine andere Familie, die auch auf Anhieb super nett zu sein schien. Dort hatte ich sogar meine eigene Wohnung im Keller, mit Küche und Bad. Nachdem ich dort für ungefähr 1 Monat arbeitete merkte ich bald, dass der älteste Sohn sehr aggressiv war und ich konnte zuerst nicht verstehen warum. Nach ungefähr 2 Monaten hörte ich spät Abends, wie die Frau schrie und am nächsten Morgen sah ich sie mit einem blauen Auge. Also, das war leider auch nicht das Richtige und ich suchte mal wieder eine andere Familie.

Es war diesmal nicht so einfach, da es in Kanada zu der Zeit nicht genügend Arbeit gab. Die einzige Familie die ich finden konnte, wollte nicht, dass ich bei denen wohne, hatte aber ihr Büro so eingerichtet, dass es so aussah, als ob ich dort wohnen würde. Das Problem war jetzt aber, wo soll ich denn wohnen. Mein damaliger Freund hatte die Idee, dass wir doch einfach zusammenziehen. Mein Gehalt war trotzdem nicht viel höher als vorher, da ansonsten das Einwanderungsamt viele Fragen gestellt hätte und das Risiko wollten weder die Familie noch ich eingehen. Von daher musste ich zu Fuß zur Arbeit gehen, damit ich genügend Geld hatte, um meine Miete und Unkosten zahlen zu können. Das Gebäude in dem wir wohnten war nicht gerade sauber und alles andere als Sicher, aber dafür war die Miete günstig. Jeden morgen musste ich erst einmal die Kakerlaken von der Küchenablage wegscheuchen, bevor ich mir was zum Frühstück machen konnte und die Nutten kamen mir dann auch von ihrer Nachtschicht entgegen. Aber ich war glücklich, da ich so ziemlich machen konnte was ich wollte, eine super nette Familie hatte, für die ich arbeitete und die Kinder mir sogar das Schlittschuhlaufen beibrachten.

Nachdem fast ein Jahr um war und ich in der Zwischenzeit schon meinen Antrag auf Einwanderung stellte, kam mein damaliger Freund mit der Zeitung in der Hand nach Hause und meinte, dass ich mich doch ganz dringend auf einen Job bewerben sollte. Der Deutsch-Kanadische Kongress suchte händeringend jemanden, der quasi frisch aus Deutschland kam und Lust hätte eine Ausbildung als Übersetzerin zu machen. Daraufhin rief ich bei denen an und die sagten mir, dass ginge nur wenn ich eine offene Arbeitsgenehmigung habe. Die Frage war nur wie ich so was bekomme. Mein Freund fragte seine Tante und die meinte, dass es wohl eine gute Idee wäre, wenn wir heiraten würden. Begeistert war ich von der Idee nicht, aber ich konnte das bessere Gehalt gut gebrauchen und in Kanada bleiben wollte ich eh. Das einzige war nur, dass mein damaliger Freund Probleme mit Drogen hatte. Trotzdem hatten wir geheiratet und ich bekam den Job beim Deutsch-Kanadischen Kongress und machte die einjährige Ausbildung.

Bevor ich heiratete, fragte ich das Einwanderungsamt, wie lange es wohl dauern würde, bis ich meinen Einwanderungsstatus bekomme, wenn ich weiterhin als Au-Pair Mädchen arbeite und auch weiterhin in der Abendschule Englisch und Französisch lerne. Daraufhin bekam ich die Antwort, dass es wohl noch 1 Jahr dauern könnte. Die Chance für den Deutsch-Kanadischen Kongress zu arbeiten, wollte ich mir aber nicht entgehen lassen.

Nach einem Jahr beim DKK war Schluss und ich musste mir einen anderen Job suchen. Da, wie schon erwähnt, die Wirtschaft wirklich schlecht war, ging ich mit meinen Bewerbungen in der Hand von Agentur zu Agentur und stellte mich persönlich vor. Mal wieder hatte ich Glück und eine Agentur bot mir einen Teilzeitjob an. Mein damaliger Mann unterstützte mich vollends, nur hatte ich herausgefunden, dass er eine andere Frau nebenbei hatte und darum war es für mich sehr schwierig, mich dann auf einen neuen Job und dieses neue Problem zu konzentrieren. Ich fing über die Agentur an, für eine Firma zu arbeiten, die einen Vertrag mit NORAD hatte und ich wurde sogar eingeschworen, bevor ich meinen Einwanderungsstatus hatte. Nachdem ich ein paar Monate für die Firma arbeitete, bekam ich einen Termin beim Einwanderungsamt, für ein Interview und zur Abholung meiner Einwanderungspapiere.

Leider ging meine Ehe in die Brüche, was auf der einen Seite vorauszusehen war, aber auf der anderen Seite machte ich mir doch etwas Hoffnung. Das Problem war, dass mein damaliger Mann unterschreiben musste, dass er mich für 3 Jahre sponsert. Was nun? Eine Freundin half mir einen guten Rechtsanwalt ausfindig zu machen und der erklärte mir, dass das Einwanderungsamt sich damit zufrieden gibt, wenn ich arbeite. Also, die Scheidung wurde beantragt, erledigt und ich zog in der Zwischenzeit mit einem Arbeitskollegen und seiner Verlobten in eine 3 Zimmer-Wohnung ein.

Nachdem ich mich in der Firma etwas hocharbeitete kam der nächste Schock. Chretien kam an die Macht und das war das „Aus" für mich, da er neue Gesetze rausgab, die besagten, dass nur „Franko-Kanadier" (*) für die Öffentlichkeit arbeiten durften. Da ich weder Französisch noch Kanadierin war, hatte ich mir ausgerechnet, wie lange ich meinen Job noch behalten würde. Leider musste ich kündigen und bin dann schweren Herzens mit einem Bekannten nach Vancouver gezogen. Dass war 1994.

*(*Es wurde durch das Gesetz nur verlangt, dass Angestellte/Officers, sowohl Englisch, wie auch Französisch können müssen, wenn sie für den Staat arbeiteten.)*

In Vancouver angekommen, bekam ich den nächsten Kulturschock. Ich kam mir vor, als ob ich noch einmal ausgewandert wäre. Sooooo viele Asiaten hatte ich vorher noch nicht auf einen Haufen gesehen. Dann war das Problem eine Wohnung zu finden, da wir nicht die einzigen waren, die die Idee hatten von Ontario, New Brunswick, Newfoundland, Nova Scotia und Quebec ihr Glück in Vancouver zu suchen. Wir hatten auch Glück und bekamen eine 3 Zimmer-Wohnung, nicht allzu weit vom Flughafen entfernt. Auch fanden wir gleich Arbeit, nur was wir nicht wussten, dass man sehr viel Glück hat, wenn man seinen Job für mehr als 6 Monate behält, da danach der Arbeitgeber die Krankenversicherung für einen bezahlen muss. Also, andere Provinz, andere Sitten.

Von daher ist es sehr schwer ein neues Netzwerk aufzubauen und auch gute Referenzen zu sammeln. Nach einem Jahr und 2 verschiedenen Mitbewohnern und 1 Mitbewohnerin, traf ich meinen Mann und wir beschlossen nach nur 3 Monaten zusammenzuziehen. Mein Mann hatte seine eigene Firma und renovierte Häuser als Subunternehmer und war eigentlich erfolgreich, bis auf einige Kunden, die einfach nicht zahlen wollten. Wir mussten den einen oder anderen vor Gericht ziehen und haben zwar gewonnen, aber das war noch lange keine Garantie, dass man dann auch sein Geld bekommt.

Nachdem wir 6 Monate zusammen waren, beschlossen wir nach Europa zu fliegen, damit ich seine Eltern in Krakau, Polen und er meine Eltern in Wunstorf, Deutschland kennen lernen konnte. Wir verlobten uns in Venedig, Italien im März 1996 und heirateten in Vancouver im März 1997.

Während mein Mann versuchte sein Geschäft zu erweitern, kam die NAFTA zustande und sehr viele amerikanische Firmen kauften kanadische Firmen auf und somit war es uns unmöglich, an den Grossteil unseres Geldes zu kommen. Beispielsweise, mein Mann renovierte eine Einkaufshalle, die nachdem sie fertig gestellt wurde, an einen amerikanischen Konzern verkauft wurde und folgedessen schuldete der amerikanische Konzern uns nichts.

Da das Geld sehr knapp wurde und ich keinen Job im Büro fand, ging ich Putzen damit wir unsere Miete bezahlen konnten.

Es war in Kanada gang und gebe, dass Leute ihr Geld nicht mehr bekamen und sehr viele kanadische Firmen mussten dadurch ihre Türen schließen, einschließlich uns. Mein Mann wollte nicht nach Ontario ziehen, wegen der langen Winter, und wir beschlossen, für einige Monate nach Europa zurückzukehren, aus denen dann 8 Jahre wurden.

*

Im April 2005 kehrte ich mit meinen Kindern (19.07.1999 und 09.11.2000) nach Kanada zurück, wobei ich mich entschied, dass man in Calgary die besseren Möglichkeiten hat, Geld zu verdienen und dort die Schulbildung eigentlich ganz ordentlich ist.

Kindergeburtstag, 2006

Ich hatte über das Internet (Gott lobe es!) ein Bed & Breakfast in Calgary gefunden, die nichts dagegen hatten, Kinder aufzunehmen und buchte es gleich für einen Monat im voraus. Dann habe ich mich schlau gemacht, bei welcher Firma ich am günstigsten ein Auto mieten kann und tat das auch 3 Tage nach meiner Ankunft in Calgary. Da meine Kinder Kanadier sind, konnte ich sie gleich in der Nähe im Kindergarten anmelden. Meine Jüngste musste bei mir bleiben, da sie noch nicht 5 Jahre alt war. Da die Gegend in der wir waren nicht so gut war, gab es ein Programm für challenged kids und der Kindergarten war dadurch ganztags, was mir half, mit nur einem Kind am Bein eine Wohnung zu finden. Da ich nicht arbeitete, musste ich einem zukünftigen Vermieter eine Sicherheit bieten. Zum Glück fand ich jemanden, der mir eine 3 Zimmer-Wohnung für 6 Monate vermietete und 3 Monate Miete im Voraus annahm, plus 2 Monatsmieten Kaution. Eine Wohnung war also da, jetzt brauchte ich nur noch Möbel. Ikea ist in der Beziehung eine gute Idee, weil ich dort die Kinder für eine Stunde abliefern konnte, besser als nichts. Also, das nötigste wurde gekauft. Dann lieh ich mir nochmals an einem Wochenende einen Wagen aus, um ein Auto zu suchen. Wieder Glück gehabt, ich fand einen Nissan Pathfinder. Ich muss dazu sagen, dass ich genügend Startkapital hatte. Nachdem ich dann Anfang Mai 2005 in die Wohnung einzog, meldete ich beide Kinder im Kindergarten und in der Pre-School an. Der Kindergarten war halbtags und die Pre-School musste nicht nur privat bezahlt werden, sondern war auch nur 3 Vormittage die Woche. Besser als nichts.

Gleich am ersten Tag kam meine Älteste nach Hause, mit wahnsinnig viel Papierkram, den ich ausfüllen musste und beim durchlesen des Newsletters wurde mir bewusst, dass es erwartet wird, dass man Volunteer Arbeit leistet und zwar viel. Außerdem wird man indirekt gezwungen für dies und das zu spenden, wobei ein Teil der Spende an die Schule geht. Zum Glück konnte ich es mir erlauben Volunteer-Arbeit zu leisten und meine Älteste bekam dadurch annehmbare Noten. Auch war es am Anfang sehr schwierig für mich, Kontakte mit anderen Müttern aufzubauen, da mein Mann noch nicht da war und ich als allein stehende Mutter galt, was hier in Calgary nicht so sehr akzeptiert wird.

Nachdem mein Mann dann im Sommer zu Besuch kam und wir für einen Monat in British Columbia zum Zelten fuhren, hatten wir uns endgültig dazu entschieden in Calgary zu bleiben, da B.C. immer noch für „Bring Cash" steht.

Mein Mann kam dann Anfang November endgültig nach Kanada und wir begaben uns auf Haussuche was sehr schwierig war, da Calgary sehr gewachsen ist und die Nachfrage nach Häusern unheimlich gross wurde. Der Durchschnittspreis für ein Haus war im November 2005 schon um die $220,000.00 und es wurde vorausgesagt, dass die Preise noch viel höher steigen werden.

Nachdem wir endlich im Dezember 2005 ein Haus fanden und nur ich gearbeitet hatte, sind wir zur Bank, um einen Kredit aufzunehmen. Wir hatten Glück, dass die Bank uns einen Kredit gewährte, obwohl mein Gehalt nicht gerade sehr gut war und wir von vorne anfangen mussten eine Credit-History aufzubauen, da wir 8 Jahre lang nicht in Kanada wohnten. Hinzu kam, dass für uns ein so genannter welcome credit nicht in Frage kam, da mein Mann Kanadier ist. Also, mit 35% Anzahlung konnten wir uns ein Haus kaufen. Wir kratzten unser Geld zusammen, kauften das Haus und Mitte Januar waren wir stolze Hausbesitzer. Die vorherigen Besitzer konnten erst Ende Februar ausziehen, da ihr Haus noch nicht fertig war und unser Rechtsanwalt setzte einen Brief an deren Rechtsanwalt auf, worin stand, dass die das Haus von uns bis Ende Februar mieten und eine gewisse Summe an Miete zahlen müssen.

Winter in Alberta, 2006

Nachdem wir die Verträge erhielten, so gegen Mitte Februar, bekam ich eine E-Mail von der vorherigen Besitzerin worin stand, dass sie Probleme mit der Finanzierung ihres neuen Hauses hätten und mich bat, dass ich ihr einen Mietvertrag ausstelle. Ich musste ihr erklären, dass das jetzt keinen Sinn mehr macht, da ich ahnte was sie vorhatte. Ich weiß, dass es in Alberta so ist, dass wenn jemand einen Mietvertrag hat und nicht zahlen kann, dann muss man sich einen guten Rechtsanwalt nehmen, zahlt zwischen $600.00 und $1,200.00 und der Prozess kann über 6 Wochen dauern, bis man die Leute aus dem Haus hat.

Das wäre für uns eine sehr teure Angelegenheit gewesen, da wir nicht nur die Hypothek zu zahlen hätten, sondern auch noch unsere Miete. Wenn ich nicht hier gewesen wäre, mein Mann hätte garantiert so einen Mietvertrag aufgesetzt.

Ende Februar bekam ich erneut eine E-Mail von den Vorbesitzern, worin stand, dass sie erst im März ausziehen können. Daraufhin habe ich unseren Vermieter angerufen, mit dem wir uns ein wenig befreundeten und fragte ihn, was ich am besten machen solle. Er meinte ich sollte bei den Leuten anrufen, und eine Nachricht hinterlassen, dass ich am (Datum und Uhrzeit) den Schlüssel abholen werde. Daraufhin kam 2 Tage später eine E-Mail, dass ich den Schlüssel am Samstag spät Abends abholen könnte, was zwar Anfang März war, aber gut. Nachdem die Leute endlich auszogen waren, hatte ich 3 Wochen Zeit, um das Haus zu säubern. Da ich selber nun 3 Tage arbeitete, mein Mann inzwischen Vollzeit arbeitete und meine jüngste Tochter nur einen halben Tag in den Kindergarten ging, hatte ich Stress hoch 10, um das Haus sauber zumachen, unsere Sachen für den Umzug zu packen und dann nach dem Umzug unsere Wohnung zu säubern, damit wir unsere Kaution wieder bekommen.

Bevor wir umzogen, musste ich mir einen neuen Babysitter suchen und das war ein Alptraum. Ich fand zwar eine Frau, die nur 5 Häuser entfernt wohnt, aber nicht gerade die Sauberste war. Mit dem ganzen Stress kommt auch Müdigkeit und dadurch konnte ich mich nicht 100% auf meinen Job konzentrieren und wurde gefeuert, was sich als gut herausstellte, da von mir illegale Aktionen verlangt wurden, wie z.B. Leute nicht zu bezahlen, obwohl denen

1 ½ Bezahlung für das Arbeiten an einem Feiertag zusteht. Ich wurde denen wohl etwas zu unbequem. Da ich die Kinder in der neuen Schule und dem neuen Kindergarten anmeldete und ich für meine Älteste schon die Mittagspause für das ganze Jahr bezahlt hatte, war es egal ob ich sie nun mit nach Hause nahm, während ich arbeitslos war oder nicht. Das Geld war futsch. Auch wird an der neuen Schule verlangt, dass man Volunteer-Arbeit leistet und das wirkt sich wiederum auf die Noten der Kinder in der Schule aus.

Es wurde mir auch am Ende des letzten Schuljahres nahe gelegt, dass es wohl besser wäre, wenn ich erstmal nicht arbeiten gehen würde, da man so was ja nicht macht, wenn man 2 kleine Kinder hat. Bla, bla, bla. Der Druck ist hier in der Beziehung ziemlich gross, da es eben eine sehr konservative Provinz ist. Natürlich arbeite ich im Moment nicht, aber studiere und hole meine Kinder immer schön brav jeden Mittag ab. Zum Glück gibt es immer mehr Mütter, die Ihre Kinder in der Mittagspause dort lassen, was natürlich dieses Jahr $230.00 pro Kind kostet. Für die Schule, einschließlich Bücher, Stifte usw. zahle ich nur $40.00 pro Kind pro Jahr. Meine Kinder fangen morgens um 8:25 an, die Mittagspause ist von 11:50 bis 12:50 Uhr und dann hole ich sie wieder um 15:01 ab. Freitags ist die Schule schon um 14:25 aus. Jede Schule hat aber andere Zeiten. Also, ist es für mich nicht so einfach, einen Teilzeitjob zu finden.

Ich hatte mal wieder Glück, ein paar super nette Damen kennen zu lernen, während ich mal wieder Volunteer-Arbeit leistete. Eine dieser Damen (Südafrikanerin) stellte mich anderen Damen vor usw. und so fort, und schon bin ich in der Clique mit drin. Ich muss natürlich mal hier, mal dort zum Kaffee, ist aber sehr lustig, also beschwer ich mich nicht. Bekomme auch noch sämtliche Tipps, wo ich mich am besten für welchen Job bewerbe und nächste Woche habe ich ein Interview ergattert, um als „Lunchroom Supervisor" an einer anderen Schule für das School Board of Education zu arbeiten. Wenn es klappt verdiene ich $12.00 die Stunde, was heutzutage nicht viel ist, da sämtliche Preise für Lebensmittel, Benzin, Schule, Kleidung usw. hochgegangen sind, aber ich hätte schon mal einen Fuß beim School Board drin, könnte nicht besser sein.

Dann muss ich zwar meine Kinder in der Mittagspause in der Schule lassen, aber dann ist das ja was anderes, da ich dann vielleicht auch zu der Schule meiner Kinder überwechseln könnte und das wäre Wertvoll für die, weil meine Mädels ja erst in der 1sten und 2ten Klasse sind und von daher werden sie noch zumindest bis zur 6ten Klasse in dieser Schule bleiben. Also, Politik rundum.

Es geht nicht darum was man weiß, sondern wen man kennt.

Trotzdem, wenn man dann ein Interview ergattert hat, sollte man super freundlich sein und möglichst das sagen, was der Interviewer hören will, sich also vorher erkundigen. Auch muss man sich hier als Frau ein wenig als Untergebene benehmen, ganz besonders Leuten gegenüber, die in höheren Positionen sind, wie Lehrer, Direktoren, Bosse usw. Auch ist es sehr wichtig, wenn man für jemanden arbeitet und man wird zum Barbecue oder einer kleinen Feierlichkeit eingeladen, egal ob man Kinder hat oder nicht, man geht hin und nimmt die Kinder entweder mit oder besorgt sich einen Babysitter. Man muss hier sehr sozial sein und manchmal sogar trinkfest, ohne sich zu besaufen. Überstunden werden weniger verlangt. Wichtig ist aber, dass man das Gefühl gibt da zu sein, wenn der Boss einen braucht.

Auch muss man sich mit Leuten gut stellen, die einem ansonsten nicht besonders liegen. Mann muss hier von ganz unten anfangen, kann sich aber hocharbeiten. Auch wissen die Leute, die mir helfen, dass ich denen eines Tages helfen werde, da ich wiederum Bekannte von denen, vielleicht mal brauche. Ein Freund sagte mir mal in Kanada „Don't burn your bridges". Wohl wahr. Wie schon erwähnt, sind die Preise hier für alles hochgegangen und im Moment zahle ich durchschnittlich im Monat für Lebensmittel lockere $ 600.00 und dazu kommt das Hundefutter für unseren 5 ½ Monate alten

Mischling (Labrador/Newfoundlander). Aber, die Mietpreise sind hier im Moment Wucher. Sieh es Dir an wenn Du Lust hast: www.homerent.ca . Es ist auch gang und gebe, wenn man ein Zimmer irgendwo mietet, dass die Miete beliebig erhöht wird, da es keinerlei Mietregelungen in Alberta gibt. Bei Wohnungen sieht das anders aus, da man einen Vertrag unterschreibt. Es ist auch oftmals üblich, wenn man eine Wohnung mieten möchte, dass man entweder gute Referenzen braucht oder einige Monate Miete im Voraus, plus die Kaution bezahlt. Oder, man bekommt eine Wohnung durch Beziehungen. Wenn einer einem etwas zum Wohnen anbietet, ist das meistens gut gemeint und man sollte diese Gutmütigkeit nicht ausnutzen. Auch sind die Standards hier bei weitem nicht so hoch wie in Deutschland. Wohnungen sind oftmals im Keller und nicht besonders gemütlich oder sauber, aber zur Zeit nur zu Wucherpreisen zu bekommen. Falls Du noch mehr über die Wohnsituation hier in Calgary wissen möchtest, lass es mich bitte wissen.

Durch unsere Erfahrung in Kanada wissen wir, dass man hier öfter umziehen muss als in Europa und das man sehr viel flexibler sein muss, was die Arbeit angeht. Da wir zwei kleine Kinder haben und einer von uns meistens zu Hause bleiben muss, entschloss ich mich an meinem Zertifikat als „Payroll Practitioner" zu arbeiten und mein Mann wollte im Winter kein Risiko eingehen, kein oder wenig Geld zu verdienen und beschloss darum, für ein wesentlich geringeres Gehalt einen Job als Zimmermann anzunehmen und nicht, wie in England, als Manager zu arbeiten. Dafür hat er aber nicht nur einen Arbeitsvertrag, sondern auch einen Firmenwagen, Lebensversicherung, extra Krankenversicherung und Zahnarztversicherung. Wenn es nicht genügend Arbeit gibt, muss er auch mal für die Firma Lastwagen fahren oder ein Gebäude säubern. Er hätte sich wieder selbständig machen können, aber das Risiko ist zu gross, wenn man Kinder hat.

Mein Ratschlag an alle Neuankömmlinge ist dieser:

Nehmt JEDEN Job an, den Ihr kriegen könnt, auch wenn es unterbezahlt ist, da Ihr Euch ein Netzwerk aufbauen müsst. Volunteer-Arbeit wird hier großgeschrieben und sagt ruhig, dass ihr nicht alles wisst, sondern noch viel lernen müsst und euch hier wohl fühlt, anstatt zu meckern, wie schlecht die Häuser gebaut sind und wie viel man für eine Wohnung zahlen muss, die relativ klein ist.

Man kann hier ein wunderschönes Leben haben, man muss nur lernen zu geben, bevor man etwas nimmt.

In dem Sinne, viel Glück mit Deinem Buch und ich hoffe ich werde dazu kommen es zu lesen.

Liebe Grüsse und Danke für Deine Zeit diesen Bericht zu lesen.

Corina, Janusz, Vanessa und Jessica

Herbst 2006

UNSER GROSSES ABENTEUER
AUSWANDERUNG INS UNGEWISSE
von Jutta Ploessner - 1982

Rhythmisch klatschen die Wellen des Arrow Lake ans Ufer. Die Sonne hat die letzten Morgennebel vertrieben, und das Wasser ist jetzt fast so blau wie der Himmel.

Durchs Fenster unseres Wohnmobils sehe ich, wie ein Fischadler über dem See kreist. Gleich drauf sticht er ins Wasser und erhebt sich mit seiner zappelnden Beute wieder in die Luft.

Das Herz wird mir weit, als ich meine Blicke den See hinunterschweifen lasse, bis er sich am Horizont verliert. Ruhe, Frieden, endlose Weite. Wir sind am Ziel unserer Reise angelangt - einer Reise ohne Rückkehr.

Ich wende mich wieder meiner Schreibmaschine zu, auf der gerade mein dritter Heftroman für den deutschen Bastei-Verlag entsteht. Zwei Manuskriptseiten will ich noch schaffen, bevor ich mich ans Mittagessen mache.

Wenig später lässt mich das näher kommende Geknatter eines Hubschraubers erneut aufblicken. Ich sehe, wie ein Helikopter sich anschickt, am Ufer des Arrow Lake zu landen, nur wenige Meter von dem Rastplatz entfernt, auf dem wir seit über einer Woche wohnen. Von seinem Bauch baumelt ein großes Netz, in dem sich etwas offensichtlich Schweres befindet, das mich zunächst an Steine denken lässt. Aber warum sollten Steine mit dem Hubschrauber in einem Netz transportiert werden?

Neugierig geworden laufe ich hinunter zum Ufer, wo mein Mann unsere jüngste Tochter Irina beaufsichtigt, die dort im Sand spielt. Sohn Boris und unsere ältere Tochter Sandra kommen aufgeregt auf einem Baumstamm angepaddelt, der vor ein paar Tagen angeschwemmt worden war und der ihnen seitdem als Kanu dient. Auch ein bärtiger Mann mit einem Pickup-Truck ist da. Ich bin so in meine Arbeit vertieft gewesen, dass ich ihn gar nicht herfahren hörte.

Einen Augenblick später erfahre ich, dass in dem Netz keine Steine sind, sondern Batterien von den Feuerwachttürmen in der Gegend, die leer waren und von dem bärtigen Mann mit seinem Pickup-Truck nun gegen volle ausgetauscht werden. Mit diesen erhebt der Helikopter sich wieder in die Lüfte und dreht nach Norden ab.

Der bärtige Mann wendet sich uns zu und erklärt, dass er schon von uns gehört habe. Das wundert uns nicht, denn von anderen Ortsbewohnern, die uns seit unserer Ankunft auf dem Rastplatz besucht haben, wissen wir, dass wir zurzeit Gesprächsthema Nummer eins sind. Eine deutsche Einwandererfamilie hat sich in ihr kleines Nest verirrt und will sich dort niederlassen!

„How on earth did you guys end up in Edgewood?", will er wissen.

Die Frage, wie um alles in der Welt wir ausgerechnet in Edgewood gelandet sind, einem abgelegenen kleinen Ort am Arrow Lake im Süden British Columbias, wurde uns in den Jahren nach unserer Auswanderung noch oft gestellt. Wir erzählen dem Mann, wie es dazu gekommen ist, und überhaupt unsere ganze Auswanderungsgeschichte, denn er stellt viele erstaunte Fragen an uns.

Wir, das waren mein damaliger Mann, unsere drei Kinder im Alter von zwölf, neun und fünf Jahren, und ich, Jutta Ploessner, die Verfasserin dieses Berichtes. Früher schrieben wir unseren Namen mit ö und ß. Da die englische Sprache diese Buchstaben jedoch nicht kennt, mussten wir die Schreibweise unseres Namens zwangsläufig ändern.

Nix wie weg - das ist auch bei uns damals die Devise gewesen. Wir sind nicht nach Kanada ausgewandert, weil es unser Traumland war, sondern, weil wir von Deutschland weg wollten. Dabei ging es uns gar nicht schlecht. Mein Mann hatte gerade das Bestattungsinstitut seiner Eltern in Schwabach übernommen, und ich hatte bereits seit etlichen Jahren einen kunstgewerblichen Betrieb, in dem ich mit Hilfe einer Schar von Heimarbeiterinnen Puppen, Stofftiere und Steckenpferde herstellte und einen Bayreuther Großhändler damit belieferte.

Aber wir wollten weg. Neben den allgemeinen Gründen wie zunehmende Umweltverschmutzung, Bürokratie und Kaltherzigkeit, unfreundliche Mitmenschen und schwindende Aussichten auf eine gesunde Zukunft für die Kinder, ist aber auch eine große Portion Abenteuerlust mit im Spiel gewesen.

Schon als Kind hatte ich von fremden Ländern geträumt. Mit sechzehn hatte ich nach Australien gewollt, als ich die Chance gehabt hätte, meine Lehre als Schaufenstergestalterin in Sydney statt in Nürnberg zu absolvieren. Leider hatte meine Mutter mich nicht gelassen.

Auch meinen Mann hatte es früher immer wieder in die Ferne gezogen. Mehrere Jahre lebte er in Indien und Afghanistan. Ende der siebziger Jahre fassten wir dann den Entschluss, auszuwandern. Entweder nach Australien oder nach Kanada, das waren damals die beiden populären Auswanderungsländer. Nach einigem Abwägen entschieden wir uns für Kanada. Keiner von uns war jemals in diesem Land gewesen, und wir kannten keine Menschenseele dort.

Wir hatten einen Bekannten, der in einer Immobilien-Firma arbeitete, die Kanada-Grundstücke vermittelte. Bei diesen handelte es sich ausschließlich um unerschlossene Grundstücke in Alberta. Mein Mann wollte unbesehen eins dieser Grundstücke kaufen, ich dagegen hätte schon ganz gern gesehen, wo wir später einmal landen werden. So flog ich Ende März 1980 nach Edmonton, mietete dort einen Pickup-Camper und fuhr damit durch die Rocky Mountains. Alles lag noch im tiefsten Winter, und in Banff waren es minus 15 Grad.

Immer wieder unterhielt ich mich mit Leuten, die ich unterwegs traf, und stellte ihnen tausend Fragen. Schon rasch wurde mir klar - das Klima in Alberta war doch etwas rau, um eine Farm aufzubauen, wie wir es vorhatten. Jemand schlug mir dann vor, es lieber in British Columbia zu versuchen.

Also machte ich mich auf den Weg in Richtung Süden. Bald sah ich den Unterschied: der Schnee war verschwunden, auf den Feldern fuhren die ersten Traktoren, und eine schon recht kräftige Aprilsonne erwärmte das Land. Je weiter ich nach Süden fuhr, umso überzeugter wurde ich, dass nur British Columbia für unsere Zwecke in Frage kam.

Ich fuhr durchs Okanagan Valley, nahm in Vernon die falsche Abzweigung und landete statt in Kelowna in Cherryville. So hübsch es hier auch war, meine geplante Reiseroute war es nicht, und so kehrte ich wieder um und fuhr auf dem richtigen Highway nach Süden weiter.

Als ich nach zwei Wochen wieder zu Hause war und meinem Mann und den Kindern die vielen Dias von meinem Trip zeigte, waren auch sie begeistert. Bald stand fest: wir wollten uns im Okanagan Valley niederlassen, in Vernon oder Kelowna, und uns etwas außerhalb eine Farm suchen.

Aber erst einmal mussten wir uns um ein Einwanderungsvisum bemühen. Wir ließen uns die entsprechenden Anträge schicken, lasen sie durch - und ließen sie erst einmal liegen. Man könnte vielleicht sagen, wir bekamen ein wenig Angst vor der eigenen Courage. Es war auch ein gewaltiger Schritt ins Ungewisse, vor allem mit drei Kindern, und unsere Angehörigen waren von unseren Plänen verständlicherweise wenig bis gar nicht begeistert.

Dann war auch die große Frage: was wollten wir drüben unternehmen? Womit wollten wir in Kanada unser Geld verdienen? Zwar träumten wir von einer Farm, von deren Erträgen wir uns selbst versorgen wollten, aber irgendein Einkommen brauchten wir trotzdem. Mein Mann hatte keine Lust, in Kanada etwas mit Bestattungen zu machen, und auch ich wollte meine kunstgewerbliche Werkstatt dort nicht unbedingt weiter betreiben. Was einmal als Hobby begonnen hatte, war in einen Betrieb ausgeartet, der mir allmählich über den Kopf wuchs und mir immer mehr Zeit für die Familie raubte. Das wollte ich nicht.

Inzwischen träumte ich auch von einer Karriere als Heftroman-Autorin. Da es mir damit absolut ernst war, begann ich ein Schreibstudium bei einer Autorenschule. Mein Mann hielt es für utopisch, dass ich mit dem Schreiben von Heftromanen in Kanada eine Familie unterstützen, geschweige denn ernähren könnte, aber ich war zuversichtlich.

Dennoch kamen wir überein, dass es am besten wäre, wenn ich den Hauptantrag stellen und angeben würde, ich wollte in Kanada meine kunstgewerbliche Werkstatt neu aufbauen und Heimarbeiterinnen beschäftigen, also Arbeitsplätze schaffen. Damit hätten wir vermutlich die größten Chancen. Später könnte man ja immer noch weitersehen.

Und so hatten wir es dann auch gemacht. 1981 füllten wir die Anträge auf ein Einwanderungsvisum aus und schickten sie an die kanadische Botschaft in Bonn. Dann warteten wir und warteten.

Als während dieser Zeit mein erster Heftroman bei Bastei angenommen und ich gebeten wurde, weitere Exposés, auch für andere Serien, vorzulegen, wusste ich, dass dies mein zukünftiger Beruf werden würde. Ich wollte nicht mehr mit Stoffen, Nadel und Faden, Füllmaterial und hundert anderen Materialien arbeiten, sondern nur noch mit Schreibmaschine und Papier.

Lange Zeit tat sich überhaupt nichts. Wir hatten die Hoffnung schon aufgegeben, als eines Tages ein Brief von der kanadischen Botschaft kam mit der Aufforderung, zum Interview nach Bonn zu kommen. Das war eine ziemliche Aufregung für uns. Was sollten wir machen, wenn dieses Interview positiv ausfiel und wir das Visa bekamen?

Das Interview fiel positiv aus. Auch damals gab es schon das Punktesystem, und natürlich musste man auch eine gewisse Summe Geld haben. Aber das war kein Problem. Ich hatte die nötige Ausbildung und den Betrieb, und mein Mann würde durch den Verkauf seines Bestattungsinstitutes das nötige Geld zusammenbekommen.

Einige Monate später - es war im Februar 1982 - bekamen wir tatsächlich unser Visum. Es wurde also ernst! Wir mussten uns noch einer medizinischen Untersuchung unterziehen und waren zum Glück alle fünf gesund.

In leichte Panik gerieten wir, als wir die Auflage bekamen, Deutschland innerhalb von fünf Monaten zu verlassen und uns bei der Einwanderungsbehörde in Kanada zu melden. Der Gedanke, dass wir bis dahin das große Bauernhaus, in dem wir zur Miete wohnten, ausgeräumt und entschieden haben mussten, was wir mitnehmen wollten und was nicht, versetzte uns in helle Aufregung.

Bevor wir uns ans Packen machten, wurde die Idee geboren, unsere Auswanderung mit einem tollen Urlaub zu verbinden. Warum uns nicht etwas von Kanada und den USA ansehen, wenn wir schon auf großer Reise waren? Auch die Kinder waren von dieser Idee begeistert. Wir sind mit ihnen schon von klein auf in Camping-Urlaub gefahren. Italien, Jugoslawien, Griechenland - wir alle liebten zelten in fremden Ländern. Und so war es beschlossene Sache. Statt nach Vancouver wollten wir nach New York fliegen, uns dort ein Wohnmobil kaufen und uns damit auf in den kanadischen Westen machen.

Ich denke, dass diese Entscheidung uns dann auch den Abschiedsschmerz erleichtert hat, weil wir vor lauter Eifer und Aufregung nur noch nach vorn schauten.

Das Geld für diese Extra-Tour hatten wir. Das heißt, wir waren gewillt, es dafür auszugeben. Was später kam, der Kauf einer Farm und andere Dinge, das lag alles noch in weiter Ferne. Wir hatten etwas über hunderttausend Mark auf der Bank. Zwanzigtausend wollten wir in bar mitnehmen und davon das Wohnmobil kaufen. Der Rest musste reichen, bis wir im kanadischen Okanagan Valley gelandet waren. Ich hatte zu dieser Zeit bereits ein Konto bei der Royal Bank, auf dem ich meine ersten Bastei-Honorare eingezahlt hatte. Außerdem befand sich ein kleiner Zuschuss von meiner Mutter darauf, sowie der Erlös vom Nürnberger Trempelmarkt, auf dem ich alles verkaufte, was wir nicht mehr brauchten, insgesamt an die zehntausend Mark. Das andere Geld blieb einstweilen auf einem Schwabacher Konto.

Mein Mann besorgte einen großen Umzugskarton und zimmerte noch eine Kiste von ähnlicher Größe. Darin verstauten wir alles, was wir unbedingt mitnehmen wollten. Skiausrüstung, Federbetten, Schlafsäcke, Dia-Kästen und Foto-Alben, Spielzeug, Bücher, Kleidung - eben Dinge, von denen wir uns nicht trennen mochten. Möbel, Hausrat, Autos, Fahrräder usw. wurden verkauft.

Außerdem packten wir noch etwa ein Dutzend Postpakete mit Kleinkram und schickten sie postlagernd nach Kelowna. Die Kisten ließen wir nach Vancouver verschiffen.

Anfang Juli 1982 kam dann der denkwürdige Tag, an dem es hieß, Abschied zu nehmen von Familie und Freunden, vom gewohnten Leben in Deutschland. Natürlich gab es auch Tränen. Unsere jüngste Tochter hing sehr an Oma und Opa, und ich ließ meine Mutter und meine Tante zurück, meine einzigen Angehörigen. Aber es sollte ja kein Abschied für immer sein. Sie alle wollten uns besuchen kommen, und auch wir wollten irgendwann mal wieder rüberkommen.

Aber erst einmal stand uns das große Abenteuer bevor. Mit der TWA flogen wir nach New York. Wir hatten nur normales Reisegepäck mit, jeder einen Koffer und einen Rucksack. In einem der Koffer befanden sich meine Schreibmaschine und eine kleine Musterkollektion meiner kunstgewerblichen Spielwaren. Mein Bayreuther Großhändler hatte mir die Adresse eines Geschäftsfreundes in Montreal gegeben, der eventuell Interesse daran haben und mit dem ich ins Geschäft kommen könnte. Eigentlich hatte ich nicht die geringste Lust dazu, denn schließlich wollte ich in Zukunft meine Zeit mit dem Schreiben von Heftromanen und Farmarbeiten verbringen. Aber zur Sicherheit wollte ich es versuchen.

Und dann standen wir also mit unserem Gepäck am Kennedy Airport in New York. Wir wollten uns ein Hotel für die Nacht suchen und uns am nächsten Tag nach einem Wohnmobil umsehen. Eine sengende Hitze schlug uns entgegen, als wir ins Freie traten. Wir fanden einen sehr netten Taxifahrer, einen jungen Griechen aus Korfu. Wir erklärten ihm, dass wir ein nicht zu teueres Hotel suchen, und er meinte, er wüsste genau das Richtige für uns.

Auf der Fahrt dorthin erzählten wir Tom - so hieß unser Taxifahrer - dass wir deutsche Auswanderer und auf dem Weg nach Kanada, unserer neuen Heimat wären. Das schien ihn ziemlich beeindruckt zu haben. Als er hörte, dass wir ein Wohnmobil suchten, erbot er sich, uns dabei behilflich zu sein.

Tom brachte uns zu einem familienfreundlichen Motel mit Swimmingpool und Spielplatz. Wir bedankten uns, entlohnten ihn und machten mit ihm aus, dass er uns am nächsten Morgen abholte und zu einem Autohändler fuhr, der gebrauchte Wohnmobile verkaufte. Dann bezogen wir unser Zimmer. Es hatte drei große Betten und - wie schrecklich - einen Fernseher. Die Kinder wollten sofort zum Swimmingpool, der von kinderreichen Familien bevölkert war. Wir waren im Urlaub.

Pünktlich erschien Tom am nächsten Tag. Er wollte uns zu mehreren Wohnmobil-Händlern fahren und uns auch beraten. Ich fragte ihn, ob er uns bei dieser Gelegenheit nicht gleich ein wenig von New York zeigen könnte. Tom stimmte zu und wurde für die nächsten fünf Tage unser privater Chauffeur, für einen pauschalen Fahrpreis von hundert Dollars pro Tag.

Tom erwies sich als wahrer Schatz. Wahrscheinlich hätten wir gleich das nächst beste Wohnmobil genommen, doch er riet uns davon ab. Auch die Angebote des zweiten Händlers hielt er für zu teuer. Die Fahrzeuge hatten Mängel, die auf den ersten Blick nicht ersichtlich waren, aber Tom kannte sich aus. So fanden wir dann auch einen großen Winnebago, der gut in Schuss und obendrein noch günstig war. Nachdem Tom das Gefährt auf Herz und Nieren geprüft hatte, gab er uns grünes Licht für den Kauf des Wohnmobils, das für die nächsten zweieinhalb Monate unser Zuhause werden sollte.

Tom half uns auch bei der Erledigung der Formalitäten und der Versicherung. Wir bekamen ein Permit zur Überführung, das wir unterwegs wieder erneuern lassen mussten.

Am nächsten Tag nahmen wir Abschied von New York und unserem netten Taxifahrer. Tom fuhr noch etliche Kilometer vor uns her zur Stadt hinaus, um sicherzustellen, dass wir auch auf der richtigen Straße waren. Versehen mit den besten Wünschen für unsere Zukunft und seinem Werkzeugkasten, den er uns zum Abschied noch geschenkt hatte, machten wir uns auf den Weg nach Montreal. Wir hatten nur noch ein paar Tage Zeit, um uns in Kanada zu melden und die Einwanderungsformalitäten zu erledigen.

Kaum hatten wir New York hinter uns gelassen, erstreckte sich vor uns eine wunderschöne Landschaft, was wir nicht erwartet hätten. Rollende Hügel, kaum Verkehr auf den Straßen, nur hier und da ein kleiner Ort. In einem Supermarkt kauften wir ein und bestückten unser Wohnmobil mit dem nötigen Hausrat.

Nie werde ich dieses berauschende Gefühl vergessen, das ich empfunden habe, als wir in unserem Wohnmobil einer neuen Zukunft entgegenfuhren, von der wir noch nicht wussten, wie sie sich einmal gestalten würde. Dieses absolute Gefühl der Freiheit, das Wissen zu genießen, alle Zwänge hinter uns gelassen zu haben, das große Abenteuer erleben zu dürfen - allein das ist für mich die Sache schon wert gewesen.

Am nächsten Tag erreichten wir die kanadische Grenze, das Blackpool Border Crossing. Sehr erstaunt waren wir, als der Immigration Officer, der uns die Einwanderungspapiere aushändigte, ein Schwarzer war. Aber was wussten wir damals auch schon über Kanada?

Als Landed Immigrants und stolze Besitzer einer Social Insurance Card machten wir uns auf den Weg nach Montreal. Dort besuchten wir jenen kunstgewerblichen Großhändler, der zum Glück kein allzu großes Interesse an meiner Musterkollektion zeigte. Das eine oder andere Teil hätte er zwar gern abgenommen, wenn auch in etwas veränderter Form, und ich sagte halbherzig zu, ihm später neue Muster zu schicken. Doch daraus ist nie etwas geworden.

Wir schauten uns Montreal an und fuhren dann weiter in Richtung Ontario. Thousand Islands, Niagara Falls - wir waren beeindruckt.

Danach passierten wir wieder die Grenze und fuhren durch die USA weiter. Kurz vor Chicago, in der Nähe von La Porte, Indiana, hatten wir eine Panne. Die Lichtmaschine gab ihren Geist auf. Dummerweise war es ein Freitagabend. Wir riefen einen Abschleppdienst, und ein netter junger Mann erschien. Er besaß eine Kfz.-Werkstatt, war aber nicht in der Lage, uns eine neue Lichtmaschine einzubauen, da er sie vor Montag nicht von seinem Händler holen konnte.

Tja, was nun? Der Mann mit dem Abschleppwagen - Jim hieß er - hatte schon die Lösung parat. Er lud uns kurzerhand auf seine Farm ein und schleppte unser Wohnmobil dorthin.

Von seiner Frau wurden wir herzlich empfangen. Unsere Kinder stürmten gleich mit dem zehnjährigen Sohn davon. Innerhalb kurzer Zeit erschienen noch mehrere Nachbarskinder, darunter auch ein Mädchen mit einem Pferd, auf dem Sandra zu ihrer großen Freude reiten durfte. Schwierigkeiten mit der Verständigung gab es nicht.

Unsere netten Gastgeber luden uns zu einem Barbecue ein, am nächsten Tag kochte ich ein bayerisches Gericht. Wir blieben insgesamt vier Tage, gingen angeln und reiten, kochten abwechselnd, lernten den Ort und die Nachbarschaft kennen, und hatten eine unvergessliche Zeit. Meinetwegen hätten wir gar nicht mehr nach Kanada weiter zu fahren brauchen. Ich wäre auch in La Porte, Indiana, geblieben...

Doch weiter ging die Reise. In Chaska, Minnesota, besuchten wir eine Bekannte aus unserem Heimatort, die einen Amerikaner geheiratet hatte und ihm sechs Wochen vor unserer Auswanderung in seine Heimat gefolgt war. So hatten wir Gelegenheit, ein wenig in den amerikanischen Alltag hineinzuschnuppern.

Weiter ging es durch South Dakota mit seinen Badlands, zu den Black Hills, wo wir die in den Fels gehauenen Präsidentenköpfe am Mt. Rushmore bestaunten, und nach Wyoming in den Yellowstone National Park, in dem wir ein paar Tage blieben. Aber dann wurden mir die vielen neuen Eindrücke zu viel. Jeden Tag neue Erlebnisse, ich konnte einfach nichts mehr aufnehmen und wollte nur noch nach Hause - nach Kanada, ins Okanagan Valley, in unsere zukünftige Heimat.

Auf dem kürzesten Weg fuhren wir weiter nach Westen. Bei Danville, Washington, passierten wir die kanadische Grenze und legten in Grand Forks, British Columbia, eine Mittagsrast ein.

Nun befanden wir uns also auf dem Hwy.3, dem Crowsnest Highway, der sich an der US-Grenze entlang zieht. Wir erreichten Osoyoos, den südlichsten Ort im Okanagan Valley und fuhren nach Norden, Kelowna entgegen.

Jetzt hieß es sparen, denn leider mussten wir feststellen, dass in Kanada vieles wesentlich teurer war als in den USA.

Das Okanagan Valley, von dem ich so geschwärmt hatte, enttäuschte uns alle maßlos. Als ich dort zum ersten Mal durchgefahren bin, war es Anfang April und ich dachte natürlich, dass die braunen Hügel später noch schön grün wurden. Leider war das nicht der Fall. Die ganze Landschaft war verdörrt, bis auf ein paar grüne Flächen, die künstlich bewässert wurden. Schon damals herrschte im Sommer ein starker Verkehr, und das Okanagan Valley, das mir so still und verschlafen erschienen war, entpuppte sich als laute Touristen-Metropole. Wir machten alle lange Gesichter. Was nun?

Erst einmal holten wir in Kelowna unsere Postpakete ab, die mittlerweile eingetroffen waren. Dann erinnerte ich mich an das Seitental, in dem ich gelandet war, als ich mich damals verfahren hatte. Wir fuhren also hin, und schon kurz hinter Vernon änderte sich die Landschaft und erinnerte plötzlich ans grüne Allgäu. Ein Flüsschen plätscherte munter dahin.

Einstimmig beschlossen wir, hier zu bleiben. In Lumby gingen wir zu einem Immobilienmakler und trugen ihm unsere Wünsche vor. Bruce, ein netter Mann mit einem weinroten Mercedes, fuhr uns durch die Gegend und zeigte uns mehrere Objekte. Dabei erzählte er uns auch, dass er vor einiger Zeit einem deutschen Rockmusiker eine Farm in Cherryville verkauft hatte. Sein Name war Peter Maffay, ob er uns bekannt war? Oh ja, hatten wir doch auch zwei seiner Schallplatten mit nach Kanada gebracht!

Nachdem uns die Objekte in der Gegend um Lumby und Cherryville doch nicht so zusagten, fuhr unser Makler mit uns über den Monashee Pass nach Edgewood am Arrow Lake, wo noch zwei Anwesen zu verkaufen waren. Die Gegend wurde einsamer. Über achtzig Kilometer auf einem Highway zu fahren, ohne einem einzigen Auto zu begegnen, war schon ungewohnt.

Etwa zehn Kilometer vor dem Ort Edgewood lenkte Bruce den Wagen in eine Schotterstraße. Auf der anderen Seite des Tales lag am Fuß der bewaldeten Hügel ein kleines Häuschen mit rotem Dach.

„That's it", sagte der Makler und ich wusste in diesem Augenblick, dass wir unser neues Zuhause gefunden hatten.

Die Besitzer waren an dem Tag nicht da, aber alles stand offen, und Bruce führte uns herum. Als wir die beiden runden Cabins oben auf den Felsen und im Wald sahen, die ebenso ein Grasdach wie die Werkstatt hatten, verliebte ich mich spontan in sie und entschied, dass das vordere Cabin, von wo aus man einen herrlichen Blick übers Tal hatte, mein Schreibbüro werden sollte. In das hintere Cabin wollte mein Sohn einziehen.

Keine Frage, dass wir uns für dieses Grundstück entschieden. Am liebsten wären wir gleich eingezogen, doch erst einmal mussten wir wieder zurück nach Lumby, wo wir auf dem Campingplatz wohnten.

Dort brachen wir wenige Tage später unsere Zelte ab und fuhren nach Edgewood. Wir sprachen mit den Besitzern, die durch Bruce schon von uns erfahren hatten, und wurden rasch einig. Das vier Hektar große Grundstück mit kleinem Wohnhaus, Werkstatt, Carport, Holzschuppen, Hühnerstall, Scheune, den beiden Cabins und einem urigen kleinen „Hexenhäuschen" im hintersten Winkel des Grundstückes, wo Bären und Kojoten sich gute Nacht sagen, sollte $49.000,00 kosten. Wir wollten den Preis gern zahlen, auch wenn dann nicht mehr viel für andere Dinge übrig blieb. Aber wir fanden es sehr günstig. Später erfuhren wir, dass wir für unsere Farm viel zu viel bezahlt hatten und sie auch für $35.000,00 bekommen hätten können, denn normalerweise werden die Preise noch kräftig heruntergehandelt. Aber das hatten wir nicht gewusst. Wir waren auch viel zu glücklich, um uns darüber zu ärgern.

Leider konnten wir nicht gleich einziehen. Die Besitzer wohnten noch im Haus, und es würde eine Weile dauern, bis alles geregelt war. Wir wollten uns gern gedulden, wussten wir doch, dass wir unsere neue Heimat gefunden hatten.

Tja, und nun wohnen wir im Moment noch in unserem Wohnmobil auf dem Rastplatz am Arrow Lake und warten voller Ungeduld darauf, dass wir in ‚unser' Haus einziehen können ...

„Great story", sagt der bärtige Mann beeindruckt und wünscht uns viel Glück für unseren neuen Start in der zukünftigen Heimat.

*

Edgewood ist nur ein kleines Nest. Im Ort selbst leben etwa hundertfünfzig Leute, auf den im Tal verstreuten Farmen noch mal um die zweihundertfünfzig. Es gibt keinen Durchgangsverkehr - die Inonoaklin Valley Road endet im Ort am See. Eine richtige Idylle.

Im General Store mit Tankstelle findet man das Nötigste, was man so zum Leben braucht. Ferner gibt es im Ort ein Postamt, eine kleine Bank, eine Kirche, die große alte Legion Hall für Veranstaltungen, eine Grundschule mit Spielplatz und öffentlicher Leihbücherei, und ein kleines Hospital mit zwei Betten und einer Nurse, die auch mal Zähne zieht und einen von einem Puma angefallenen Hund wieder zusammenflickt.

Wir fühlen uns bereits richtig wohl hier. Jeden Tag schauen neue Leute bei uns auf dem Rastplatz vorbei, stellen sich vor, geben uns Informationen und heißen uns in ihrer kleinen Gemeinde herzlich willkommen. Sie sind ganz nach unserem Geschmack. Freundlich, unkompliziert, und unglaublich hilfsbereit. Viele von ihnen sind Hippies, die in den siebziger Jahren ins Tal kamen, sich hier niederließen, gemeinsam Land kauften und es bebauten. Sie kamen aus dem Osten Kanadas, aus dem Westen der USA, aus England, Frankreich und Deutschland, wie wir nach und nach erfahren.

Allmählich müssen wir daran denken, dass die Kinder bald in die Schule müssen. Beim Einkaufen im General Store werden wir darauf aufmerksam gemacht, dass der junge Mann in den bunten Bermudashorts und der Baseballmütze, der gerade mit einer Kiste Bier den Laden verlassen will, der Principal der Edgewood Elementary School ist. Wir werden mit ihm bekannt gemacht, und er begrüßt uns wie alte Freunde - er hat schon viel von uns gehört.

Die Kinder fassen sofort Vertrauen zu ihm. Sie freuen sich auch schon auf die Schule und die Kids, von denen sie schon so viele kennen gelernt haben. Nur Irina, die Kleine, hat ein wenig Angst vor all dem Neuen und dem Kindergarten, in den sie bald gehen wird.

Wir machen einen Termin aus, zu dem wir die Kinder in die Schule bringen, damit der Schuldirektor sich mit ihnen unterhalten und sie testen kann. Boris, unser Ältester, der in Schwabach in die sechste Klasse ging, ist erstaunt - den meisten Unterrichtsstoff hatte er schon in der vierten Klasse durchgenommen! So kann er sich mehr auf die Sprache konzentrieren. Er kann von der Schule her bereits ein wenig Englisch, und auch die Jüngste plappert schon munter drauf los. Nur Sandra, die Mittlere, tut sich mit der Sprache ein wenig schwer.

Einige Male besuchen wir ‚unsere' Farm, plaudern mit den Besitzern, erkundigen uns nach den Fortschritten. Sie bieten uns an, unser Wohnmobil auf dem Grundstück vor der Scheune abzustellen, worüber wir uns sehr freuen. Sie versorgen uns mit Strom, ein Wasserhahn befindet sich im Garten, und das Bad im Haus dürfen wir auch benutzen. Abends sitzen wir auf ein Bier mit ihnen zusammen.

Einmal ist ein älterer Mann mit Cowboyhut und Cowboystiefeln bei ihnen zu Gast. Gönnerhaft meint er zu uns, dass wir von Glück reden können, dass wir Deutsche sind. Denn wären wir beispielsweise Türken, würden die Einheimischen uns das Haus über dem Kopf anzünden. Wir würgen schwer an diesem Brocken, wissen nicht, was wir darauf erwidern sollen. Das können wir uns bei den netten, herzlichen Menschen, die wir in Edgewood kennen gelernt haben, wirklich nicht vorstellen. Als wir das unseren neuen Hippie-Freunden erzählen, meinen sie nur, wir sollen uns von diesem ‚Redneck' nicht einschüchtern lassen. Solche Idioten gäbe es überall, aber in Edgewood zum Glück nur wenige. Da waren wir schon beruhigt.

Die Kinder gehen bereits in die Schule und in den Kindergarten, als wir immer noch in unserem Wohnmobil wohnen. Ich bin inzwischen mit meiner Schreibmaschine in das Cabin auf den Felsen gezogen und vollende dort das Manuskript, das ich auf unserer Reise begonnen habe.

Endlich ist es so weit - der Kauf wird perfekt gemacht und wir ziehen ins Haus ein. Mit dem Anwesen haben wir auch ein Dutzend Hühner und einen Hund übernommen, den die Leute nicht mitnehmen wollten. Außerdem überließen sie uns Tisch und Stühle, sowie ein dreibeiniges Sofa, das als viertes Bein einen untergelegten Holzklotz hat. Küchenschränke und Spüle sind vorhanden, Lampen und Vorhänge ebenfalls. Im Kinderzimmer steht ein aus Holz gezimmertes Etagenbett. Das Gemüse im Garten ist reif zum Abernten, und die Hühner legen fleißig Eier. Wir haben also einen einfachen Start.

Enttäuscht waren wir nur, dass die Leute den großen gusseisernen Holzofen mitnahmen und uns dafür ein verbeultes, zum Ofen umfunktioniertes Blechfass hinstellten. Es sah alles andere als vertrauenswürdig aus. Aber es war Ende September, und wir mussten damit schüren, zumindest in den ersten Tagen, bis wir uns einen ordentlichen Ofen kaufen konnten.

Zwei Tage, nachdem wir ins Haus eingezogen sind, haben wir ein Kaminfeuer. Dicke schwarze Qualmwolken wälzen sich aus dem Kamin das Dach herunter. Panik packt uns. Zum Glück sind die Kinder in der Schule.

Mein Mann klettert aufs Dach und schüttet eimerweise Wasser in den Kamin, etwas, das man in einer solchen Situation keinesfalls tun sollte. Die Gefahr ist zwar gebannt, doch anschließend müssen wir einen neuen Kamin bauen.

Von einem Nachbarn erfahren wir, dass es in Edgewood keine Feuerwehr gibt. Was tun, wenn das Haus brennt?, frage ich ihn.

„Let it go", ist die von einem Schulterzucken begleitete Antwort.

Nach und nach lernen wir auch die weiter entfernt wohnenden Nachbarn kennen. Fast täglich stellen sich neue Besucher bei uns vor und bringen kleine nützliche Geschenke mit. Wir erzählen zum x-ten Mal unsere Geschichte und werden nur so bestaunt.

Auch später schaut immer wieder mal jemand auf einen Kaffee vorbei. Die Kinder bringen ihre Freunde mit, die dann auch mal bei uns übernachten, wie das hier so üblich ist. Zum Glück kann ich mich in mein Cabin zurückziehen, sonst käme ich zu keiner Arbeit mehr. Wir werden zu Parties, Potluck Dinners und anderen Veranstaltungen eingeladen, und lernen dabei die restlichen Bewohner von Edgewood und des Inonoaklin Valley kennen.

Eines Tage kommt ein Auto in unseren Driveway gefahren und ein Mann steigt aus, den wir auf einer Party kennen gelernt haben. Wir laufen hinaus, um ihn zu empfangen. Er hätte gehört, dass Deutsche gern Schweinsköpfe zu Sülze verarbeiten, erklärt er. Er und seine Frau hätten gerade frisch geschlachtet, ob wir an zwei Schweinsköpfen interessiert wären, da sie sonst nur weggeworfen würden. Oh ja, sage ich, denn in Deutschland hatte ich mir öfters mal vom Metzger einen frischen Schweinskopf geholt.

Der Mann öffnet den Kofferraum und hievt einen Müllsack heraus. „There you go", sagt er mit einem liebenswürdigen Lächeln und stellt mir den Sack vor die Füße. Er greift hinein und holt einen der Schweinsköpfe heraus, um uns zu zeigen, dass es sich dabei tatsächlich um zwei Prachtexemplare handelt.

Mit einem Schrei zucke ich zurück. Es sind beileibe keine sorgfältig gesäuberten und halbierten Schweinsköpfe, wie ich sie vom deutschen Metzer gewohnt bin, sondern die abgetrennten Köpfe zweier Schweine, die mit ihrem dicken schwarzen Borstenfell eher wie Wildschweine aussehen. Die Gurgel hängt heraus, ebenso die Zunge, und durch die Augenschlitze kann man die Pupillen sehen. Der Anblick ist einfach grausig und mir stülpt sich der Magen um.

Der Mann holt einen ebenso schwarzborstigen Schweinsfuß heraus, an dem noch der Dreck klebt. Er betont, nicht vergessen zu haben, dass zur Schweinskopfsülze auch Schweinsfüße gehörten, damit die Brühe gut geliert.

Ich will laut schreiend ins Haus laufen, höre mich aber stattdessen sagen: „Oh, great - thanks a lot!"

Und da habe ich also meine Schweinsköpfe. Mit Füßen zum Gelieren. Die Kinder sind längst in alle Windrichtungen davongerannt. Mein Mann schleppt den Sack kopfschüttelnd ins Haus.

Ich mache mich gleich an die Arbeit. Erst mal die Zunge entfernen, dann das Fell abziehen und die Augen ausstechen. Mein ganzes Inneres kringelt sich bei dieser blutigen Tätigkeit, aber ich überwinde mich. Das Endergebnis ist ein großer Topf herzhafte Brühe, Sülze für mehrere Tage, wovon ich dem Mann später welche bringe, und leckeres Backenfleisch fürs Sauerkraut.

Bei unseren Streifzügen durch die Nachbarschaft - auch Leute, die über einen Kilometer entfernt wohnen, sind hier Nachbarn - haben auch wir es uns angewöhnt, bei dem einen oder anderen auf einen Kaffee hineinzuschauen. Dabei erfahren wir immer wieder interessante Dinge. Man erzählt uns vom Food Co-op, wo man zweimal im Jahr Grundnahrungsmittel günstig einkaufen kann. Sie werden in großen Mengen angeliefert, und man teilt sich die Sachen untereinander auf. Natürlich machen auch wir mit und tragen uns in die Liste ein.

Die Häuser der Hippies haben einen urigen, eigenwilligen Stil. Hier baut fast ein jeder sein Haus selbst. Von einer Baugenehmigung haben die wenigsten gehört. Ich bedaure es, dass auf unserem Grundstück bereits ein Haus in Form eines schlichten quadratischen Kastens stand. Viel lieber hätte ich so ein fantasievolles Hippie-Haus selbst gebaut. Auch auf Strom und Telefon hätte ich verzichtet, was viele hier nicht haben.

Bei jeder Gelegenheit finden hier Parties statt, zu denen der halbe Ort erscheint. Man muss nur seine eigenen Getränke und etwas zu Essen mitbringen, ebenso Teller, Besteck und einen Stuhl, wer sitzen will. Vom Säugling bis zur Urgroßmutter ist auf diesen Parties jeder vertreten. Kinder tanzen mit ihren Lehrern, die bösen Buben mit den Ladies vom Women's Institute.

Nirgendwo habe ich mich wohler gefühlt als hier. „You fit right in", erklärt mir eine Hippie-Frau mit einem strahlendem Lächeln, und ich strahle zurück. Ja, auch ich habe das Gefühl, von Anfang an in diesen illustren Haufen gepasst zu haben. Auch die Kinder sind hellauf begeistert, dass es hier noch legerer zugeht als früher bei uns zu Hause.

Die Leute hier sind auch unwahrscheinlich kreativ. Viele musizieren, töpfern, machen die verschiedensten Handarbeiten, stellen Schmuck und Holzarbeiten her, und verkaufen ihre Produkte auf Märkten.

Ein Haupteinkommen der Hippies ist jedoch das Tree Planting - Bäume pflanzen - ein begehrter Job, der schon damals gut bezahlt wurde. Von dieser Möglichkeit des Geldverdienens hatten wir keine Ahnung gehabt, ebenso wenig von den Pine Mushrooms, für die man damals $120,00 pro Pfund bekam. Bei diesen handelt es sich um weiße Pilze mit festem Fleisch und eigenartigem Geruch, die bei den Japanern sehr begehrt sind und in großen Mengen nach Japan exportiert werden. Die Leute haben ihre festen Sammelplätze, die sie niemandem verraten, und viele machen in der Pilzsaison so viel Geld, dass sie den Rest des Jahres davon leben können. In einem Ort wie Edgewood braucht man auch nicht viel zum Leben.

Manche der Häuser hier sind so klein, dass drinnen kein Platz für Kühlschrank oder Kühltruhe ist und sie draußen untergestellt werden müssen. Dann müssen sie jedoch mit Schlössern oder besser noch mit Ketten gesichert sein, sonst bedienen sich die Bären darin, was schon öfter passiert ist.

Von denen gibt es jede Menge hier. Ungeniert wandern sie durchs Grundstück und erschrecken uns zu Tode. Auch vor Pumas werden wir gewarnt.

Wie Bären schmecken, erfahren wir schon wenige Wochen nach unserem Einzug. Beim Nachbarn ist einer in den Hühnerstall eingedrungen und musste diese Frechheit mit dem Leben bezahlen. Ob wir das Fleisch haben wollen?, werden wir gefragt. Der Nachbar will nur das Fell behalten.

Wir stimmen zu. Der abgezogene Bär wird gebracht, hängt bei uns im

Hof ein paar Tage ab. Dann legt mein Mann ihn mir auf den Küchentisch zum zerteilen. Nachdem ich schon mit den Schweinsköpfen so gut fertig geworden bin, sollte der Bär für mich kein Problem sein, meint er.

Ich fange also zu schnippeln an und verarbeite den Bären im Laufe des Tages zu Koteletts, Gulasch, Braten, Schnitzel, Suppenfleisch und Hackfleisch. Auch einen Sauerbraten lege ich ein. Als ich am Abend das erste Bären-Menü auf den Tisch bringe, sitzen wir alle vor unseren Tellern und keiner macht Anstalten, den ersten Bissen zu nehmen. „Du zuerst", sagen wir zueinander, doch keiner traut sich. Bis ich mutig ein Stück Fleisch auf meine Gabel spieße und es mir in den Mund schiebe. Erst auf mein „Mhmm - lecker!", greifen alle zum Besteck und wir stellen fest, dass Bärenfleisch zwar ungewohnt, aber trotzdem gut schmeckt. So bekommen die Kinder Bear-Burger als Lunch in die Schule mit, und die Spaghettisoße aus Bärenhack, die ich am nächsten Tag koche, wird auch nicht verachtet.

Ansonsten ist es mit dem kanadischen Essen so eine Sache. Das meiste ist sehr gewöhnungsbedürftig für uns. Wir kaufen alles, was wir nicht kennen, man muss es ja zumindest mal ausprobieren. Vieles schmeckt so furchtbar, dass es gleich in den Mülleimer wandert. Nur Sohn Boris gewöhnt sich mühelos an Erdnussbutter mit Marshmallowcreme, Cheese Whiz, Ichiban, Kraft Dinner, Root Beer und gesalzenes Popcorn. Die Wurst besteht zum größten Teil aus Fett, Zucker, Bindemitteln und Farbstoff. Plätzchen, Schokolade und Cornflakes dagegen schmecken salzig. Das ist nichts für unseren fränkischen Gaumen.

Und dann dieses entsetzliche Schaumgummibrot, von dem die Leute noch die sogenannte ‚Kruste' abschneiden, weil sie es sonst nicht beißen können! Der orange gefärbte Käse schmeckt uns auch nicht. Wir wollen Appenzeller und Le Tartare. Und bayerisches Bier!

Bald sind unsere Finanzen erschöpft. Um die erste Zeit überleben zu können, müssen wir einen Kredit aufnehmen, den wir von der kleinen Credit Union Bank in Edgewood problemlos ohne Einkommensnachweis bekommen. Davon kaufen wir uns unter anderem auch einen alten Pickup-Truck, damit wir unser eigenes Feuerholz im Wald holen können und auch nicht immer mit dem Wohnmobil herumfahren müssen.

Die neuen Freunde unseres Sohnes fragen uns, ob er mit ihnen jagen gehen darf. Wir schauen uns an. Jagen? Mit einem richtigen Gewehr? Wir haben ja nicht mal eins.

No problem, meinen die Jungs. Innerhalb weniger Tage werden wir zu Besitzern mehrerer Flinten, die man uns von allen Seiten bringt. Waffenschein braucht man nicht. Nach kurzen Instruktionen kann das Schießen losgehen. Nachdem wir erfahren, dass hier schon Zehnjährige mit dem Gewehr losziehen und zur Versorgung der Familie beitragen, lassen wir unseren Großen schweren Herzens mitziehen.

Wir gewöhnen uns daran, dass Boris den Speisezettel mit selbst erlegten Grouse, einer Art Birkhuhn, bereichert. Er erklärt, dass man zum Grouse töten eigentlich gar kein Gewehr brauchte, sondern ihnen nur einen Stein an den Kopf werfen musste, und schon fielen sie tot um. Ich überlege, ob ich nicht lieber zum Vegetarier werden soll.

Auch zum Fischen geht Boris mit seinen Freunden. Er bringt uns leckere Forellen und einen elfpfündigen Ling Cod, eine Art Quappe. Wir werden also nicht verhungern.

Aber es gibt auch unerfreuliche Dinge in unserem neuen Leben. Das Geld verdienen erweist sich als äußerst schwierig. Mein Heftroman-Honorar ist noch gering und der Wechselkurs entwickelt sich so ungünstig, dass ich nur ein paar Hundert Dollars für ein Manuskript bekomme. Auch die Puppen- und Stofftierproduktion bringt nicht den erhofften Erfolg. Wir ziehen damit von einem Markt zum anderen, verkaufen auch einige Sachen, aber große Sprünge können wir von dem Erlös nicht machen.

Auch Anfragen meines Mannes bei Bestattungsinstituten im Okanagan Valley und anderen Städten verlaufen negativ. Das hier übliche Einbalsamieren kannte man damals in Deutschland nicht, und mein Mann hätte es erst lernen müssen. Keins der Bestattungsinstitute im Umkreis von etwa 300 km war an einem Bestattungshelfer interessiert, der das nicht konnte und überhaupt eine ganz andere Routine gewohnt war.

Zum Glück hat meine Schwägerin inzwischen meinen VW-Bus verkauft und schickt das Geld herüber. Ich muss mir notgedrungen meine Lebensversicherung auszahlen lassen, damit es hier weitergeht.

Einen Schrecken bekommen wir, als wir gewarnt werden, dass Hanford im US-Staat Washington, die nukleare Wiederaufarbeitungsanlage und der größte radioaktive Müllplatz in Amerika, nur einige hundert Kilometer von uns entfernt ist, und dass der Mica Dam, einer der größten Erddämme der Welt, der wie unser Arrow Lake zum Columbia River Water System gehört, jeden Moment bersten und Edgewood und das gesamte Tal mit meterhohen Wellen überfluten kann, auch wenn er ein paar Hundert Kilometer entfernt ist. Wir denken ernstlich daran, das Weite zu suchen und uns woanders niederzulassen. Doch der Gedanke, Edgewood wieder verlassen zu müssen, bricht mir das Herz. Wir informieren uns über die Situation, was den Mica Dam anbetrifft, und auch die Kinder werden in der Schule über den Notfallplan unterrichtet. Wir beschließen, zu bleiben. Gefahren gibt es überall auf der Welt.

Am 31. Oktober ist Halloween, was wir bis dahin nicht kannten. Unsere Freunde weihen uns in den Brauch ein, laden uns zu Halloween-Parties ein und leihen uns Kostüme. Wir besorgen tütenweise Süßigkeiten und ich backe dazu noch Plätzchen, denn natürlich wollen wir nicht, dass man uns die Mülltonne die Robinson Road hinunterrollt oder die Fenster mit Seife beschmiert. Auch mit faulen Eiern wollen wir nicht beworfen werden, nur weil uns die Treats ausgegangen sind. Unsere drei sind natürlich begeistert von Halloween. Zusammen mit ihren Freunden ziehen sie von Haus zu Haus, während an unsere Tür unablässig neue „Trick or Treaters" klopfen. Mir verschlägt es die Sprache, als ein Knirps im schauerlichen Monster-Look mir statt einer Tüte gleich einen Kissenbezug hinhält, um die Süßigkeiten einzusammeln.

Bevor wir es uns versehen, steht Weihnachten vor der Tür - das erste Weihnachtsfest in Kanada! Ich bereue zutiefst, dass ich unseren deutschen Christbaumschmuck nicht mitgenommen habe, denn was die Kanadier an ihre Bäume hängen, gefällt mir nicht.

Wir fahren zum Weihnachtseinkauf ins 130km entfernte Vernon, unsere nächste größere Einkaufsstadt. Ich breche in Panik aus, als wir in keinem der Geschäfte Christbaumkerzen und Halter bekommen können. Man kennt diese nicht einmal, und die deutschen Delis hatten wir zu dem Zeitpunkt noch nicht alle gefunden. Was nun?

Uns bleibt nichts anderes übrig, als eine elektrische Lichterkette zu kaufen, was ich entsetzlich finde. Die roten Kugeln und bemalten Holzfigürchen, die wir erstehen, sind ja okay. Eigentlich hätten wir noch mehr Sachen gebraucht, aber der Weihnachtskommerz, der uns von allen Seiten entgegenschlägt, treibt uns wieder nach Hause. Wir wissen - Weihnachten wird nicht so werden wie gewohnt.

Natürlich können wir auch keine Weihnachtsgans auftreiben und müssen mit einem gefrorenen Truthahn vorlieb nehmen. Das erste Weihnachten meines Lebens ohne frische Gans vom Bauern! Auch die restliche Familie ist enttäuscht. Am Heiligen Abend sitzen wir vor dem mickrig geschmückten Baum. Die Lichterkette hat sich als viel zu kurz erwiesen. Sie hätte dreimal so lang sein müssen. Ich vermisse den Duft der Bienenwachskerzen. Stumm und niedergeschlagen sitzen wir herum. Keinem schmeckt es so recht. Ich lege die Flöte zur Seite, denn niemand ist in der Stimmung für Weihnachtslieder. Ich denke, dass wir wohl alle ein wenig Heimweh nach Deutschland hatten. So bereitwillig wir uns auch dem neuen Leben hier angepasst haben, die deutsche Weihnachtstradition war doch tief verwurzelt, vor allem in mir.

Im Januar hat Sandra Geburtstag. Wie ihre Geschwister hat auch sie viele Freunde gefunden. Da wir nicht so viel Platz haben, darf sie nur fünf Freunde zum Geburtstag einladen, die mit ihr nach der Schule zu einer kleinen Birthday Party bei heißer Schokolade und Geburtstagstorte kommen sollen.

Der Schulbus hält an unserem Driveway. Durchs Fenster sehen wir, wie unsere Kinder aussteigen, gefolgt von Sandras Freunden, die zum Geburtstag erscheinen. Aber hatten wir nicht fünf Freunde gesagt?

Uns klappt die Kinnlade herunter, als wir zusehen, wie die Schar der Kinder, die der Schulbus ausspuckt, kein Ende nimmt. Schließlich ist der Bus leer, und achtundzwanzig Kinder stürmen in unser Haus - nein, Häuschen. Denn im Grunde ist es nur ein großer Raum, in den die Küche U-förmig integriert ist. Außerdem gibt es nur noch zwei Schlafkammern und das Bad - nicht gerade ideal, um große Parties zu feiern. Aber Platz ist in der kleinsten Hütte. Wir schaffen es, die Geburtstagstorte in achtundzwanzig Stücke zu schneiden - ein wahres Kunststück. Um uns herum ist Gedrängel und Geschnatter. Besonders gefällt mir, dass man hier noch einfache Geschenke mitbringen kann und die Leute sich darüber ebenso freuen. Ein bunter Radiergummi, ein selbstgemaltes Bild, was zum Naschen - Ein-Dollar-Geschenke eben.

Der erste Winter ist mild, schneereich und lang. Unsere mitgebrachte Skiausrüstung kommt nicht zum Einsatz, denn alpines Skifahren ist hier nicht so üblich. Dazu müssten wir zu einem der Skigebiete in Vernon oder Kelowna fahren, und das können wir uns nicht leisten. Dagegen fährt hier fast ein jeder Langlaufski. Es gibt gespurte Loipen, oder man macht sie sich selber. Von Nachbarn und Freunden bekommen wir die nötige Skiausrüstung, teils zu einem geringen Preis, teils sogar geschenkt.

Im Frühjahr legen wir uns Tiere zu. Zu den Hühnern, dem Hund und der Katze gesellen sich ein weiterer Hund, mehrere Katzen, Gänse, Truthähne, Hasen, zwei Pferde, und eine Ziege für die Milch. Wir ziehen zwei Schweine auf, Max und Moritz. Wir haben viel Freude, aber auch Aufregung mit den Viechern. Die Truthähne folgen uns auf Schritt und Tritt, die Gänse erweisen sich als die besten Hofhunde und lassen keinen aus dem Auto steigen, der in unsere Einfahrt kommt. Die Ziege reißt immer wieder aus und wird uns jeden Tag von jemand anders zurückgebracht, die Hasen sind allerliebste Kuscheltiere.

Alles ist wunderbar - bis es ans Schlachten geht. Mir zerreißt es schier das Herz, und die Vegetarier-Idee nimmt konkrete Formen an. Der Schlachttag wird zum Horrortag. Einmal und nie wieder!

Unser deutscher Führerschein wurde hier nur für sechs Monate anerkannt, dann mussten wir die Fahrprüfung neu machen. Die theoretische Prüfung war ein Kinderspiel im Vergleich zur deutschen Prüfung, aber bei der praktischen Prüfung wären mein Mann und ich beinahe beide durchgefallen. In all den Jahren, die wir schon Auto gefahren sind, hatten wir uns eine etwas zu lockere Fahrweise angewöhnt, womit wir den Fahrprüfer alles andere als beeindrucken konnten. Beide Hände unten auf dem Steuer oder gar nur eine Hand, beim Losfahren nur ein höchst flüchtiger Blick in den Spiegel, Ortsgeschwindigkeit leicht überschritten - so was hatte der Herr Fahrprüfer nicht so gern. Mit tadelnden Blicken und allerlei Ermahnungen gab er uns letzten Endes aber doch die Fahrerlaubnis. Ärger gab es mit der Versicherung, als man unseren 40% Schadenfreiheitsrabatt nicht anerkennen wollte. Es kostete uns viel Mühe, bis wir es doch endlich durchsetzen konnten, aber wir hatten es geschafft. Nur nicht nachgeben ...

Zusammenfassend kann ich sagen, dass vieles ganz anders war, als wir es erwartet hatten, aber vieles auch so, wie wir erhofft hatten, und sogar noch besser. Die ersten Jahre waren zwar hart, aber es hat eben alles seinen Preis. In herrlicher Natur zu leben und von lieben Menschen umgeben zu sein, die einen nicht im Stich lassen, hat uns dabei sehr geholfen. Und obwohl wir nicht viel Geld hatten, fühlten wir uns doch reich.

Ein paar Jahre später trennten mein Mann und ich uns und gingen eigene Wege. Er stieg ins Tree Planting Business ein, ich etablierte mich im Bastei-Verlag. Die Kinder wurden erwachsen, haben heute eigene Familien. Keiner von uns würde jemals wieder nach Deutschland zurückgehen, zumindest nicht für ganz.

Heimweh nach Deutschland? Ich schüttle den Kopf, wenn ich danach gefragt werde. Meine Heimat ist hier. Wenn ich nach Deutschland zu Besuch komme, fühle ich mich als Tourist. Vieles ist mir fremd geworden, bedeutet mir nichts mehr. Aber Kanada ist meine Heimat - war meine Heimat von dem Moment an, in dem wir nach Edgewood kamen.

Ob ich noch einmal auf diese abenteuerliche Weise in ein fremdes Land auswandern würde? Jederzeit, wenn man davon absieht, dass ich ganz gewiss nicht mehr von hier fortgehen werde.

Gern würde ich zukünftigen Auswanderern den Rat geben, sich anfangs noch nicht festzulegen und alles erst einmal auf sich zukommen zu lassen, um zu sehen, welche Möglichkeiten man im fremden Land tatsächlich hat. Aber das geht schon deshalb nicht mehr, weil die Bestimmungen sich inzwischen geändert haben. Auch muss jeder für sich allein entscheiden, ob ihm gesicherte Verhältnisse wichtig sind, oder das große Abenteuer ...

ENDE

Nun noch ein wenig über uns persönlich. Dale *(Ihr heutiger Mann)* und ich haben auch noch unsere Hauptberufe, die wir ausüben, wenn wir gerade keine Gäste haben.
www.cedartrailsguestfarm.com

Dale baut alles, was aus Holz ist, von Häusern, Scheunen und Kanus über Bilderrahmen, Wanderstöcke und kunstvolle Blumengestecke. Seine Arbeiten könnt ihr auf seiner Homepage bewundern. www.cedartrailsguestfarm.com/ChippinDale.htm

Ich selbst schreibe seit 1981 hauptberuflich Heftromane für den Bastei-Verlag. Vor drei Jahren habe ich über Books on Demand den ersten Band meiner Jugendbuchserie „Unsere Farm am Arrow Lake" veröffentlicht, in der es um die Abenteuer einer deutschen Auswandererfamilie in Kanada geht. Mehr darüber erfahrt ihr auf meiner Autoren-Homepage, wo ihr mein Buch auch bestellen könnt: www.monasheebooks.com

Bilder von oben nach unten: Blick über den See, Deer an der Feuerstelle im Garten, die Back Cabin von Jutta Ploessner.

Lower Arrow Lake - Unten: Das Haus von Jutta Ploessner am Waldrand. Dort unten ↓ der weiße Fleck im Wald, das ist die Back Cabin von Jutta.

Mein Ontario „Unsere 23 Jahre in Ontario"
Gudrun Lundi - 1982

Kurze Einführung: Fast genau auf den Tag, d.h. am 5. Dezember 1982, ist unsere Familie in Ontario „gelandet". Unsere Familie war mein Mann, ich und unsere vier Kinder, damals 10, 8, 6 und 2 Jahre alt.

Wir hatten Ontario einmal zuvor gesehen und haben deshalb unsere ersten Monate am gleichen Ort verbracht, wo wir Jahre zuvor Urlaub gemacht hatten, in Goderich, einem bildhübschen kleinen Ort, am Lake Huron, wo unsere Freunde wohnten und uns für die ersten Monate ein kleines Haus gemietet hatten.

Da wir zwar unser Geschäft, aber noch nicht unser Haus in England verkauft hatten, waren unsere Geldmittel sehr beschränkt und wir konnten noch nicht unsere geschäftlichen, d.h. selbständigen Pläne verwirklichen, mit denen wir nach Kanada eingewandert waren. Deshalb hieß es, erst einmal Geld verdienen und mein Mann belegte einen mehrwöchigen Kurs an der Uni in London/Ontario, um sein kanadisches Lehrerzertifikat zu bekommen; sein britisches war hier nicht gültig. Da zu der Zeit Lehrerstellen in Ontario knapp waren, konnte er am Anfang hier und da nur Aushilfsstellen bekommen, wo ein Lehrer krank war, aber nach 6 Monaten bekam er endlich eine Stelle an der Hochschule in Belleville am Lake Ontario, im Osten Ontarios wo er Maschinenbau unterrichtete.

Genauso schnell wie mein Mann dort eine Stelle bekam, hat er sie auch wieder verloren, in typisch gewerkschaftlicher Art „Last one in, first one out", so dass er nach etwa anderthalb Jahren wieder auf Aushilfsstellen - wo immer jemand ausfiel - angewiesen war. Aber uns gefiel Belleville sehr gut, eine herrliche Gegend wo wir viele Wochenende mit den Kindern Tagesausflüge machen konnten, angefangen von Belleville selbst, mit dem schönen Lake Ontario, bis über die Brücke auf die wunderschöne Halbinsel

Prince Edward Peninsula, mit dem großen Provincial Park Sandbanks, das einen herrlichen Sandstrand, Campingplätze und Waldungen hat, sowie kleine Städte wie Picton, mit seinem hübschen kleinen Hafen oder die kleinen Dörfer mit ihren vielen B & B's und Häuschen, die etwas an holländische Bauten erinnerten.

Oder wir fuhren etwas nördlich von Belleville, nahe dem Transcanada Highway # 7, wo man viele kleinere Seen findet, oder östlich in die Thousand Islands Gegend am St. Lawrence Strom, der tatsächlich Hunderte von kleinen bewohnten und unbewohnten Inseln hat, die größten von ihnen durch öffentliche, kostenlose Fähren zu erreichen, die kleinsten nur durch Privatboote.

Ich persönlich habe immer den Osten Ontarios mit seiner vielseitigen Landschaft, hügelig, viel Wasser und Wälder, dem übrigen Ontario vorgezogen. Die Sommer sind auch heiß, die Winter zwar kälter, aber trockener, was wesentlich angenehmer ist. Den Kindern gefiel Belleville (ca. 60.000 Einwohner) ausgesprochen gut; die kleine Volksschule in der Nähe unseres Hauses war gut, und sie gewöhnten sich schnell ein und fanden auch schnell Freunde in der Nachbarschaft. Goderich war zwar ganz schön, aber für Neuankömmlinge wegen seiner Grösse (ca. 7000 Einwohner), nicht ganz so einfach, um sich einzugewöhnen. Man darf nicht vergessen, dass man es hier mit Einheimischen zu tun hat, die seit Generationen bereits in Goderich gewohnt haben und die Neulinge, wie uns zwar akzeptieren, aber nicht unbedingt mit offenen Armen empfangen.

Insbesondere in Belleville war es üblich, dass man selbst von den Nachbarn mit offenen Armen empfangen wurde, und es dauerte nicht lange, bis man sich gegenseitig besuchte oder an den Nachbarschaftskaffees der anderen Mütter teilnahm, eine Erfahrung, die wir eigentlich nur in Belleville gemacht haben. Zwar hatten wir immer gute Nachbarn, aber wir haben nie wieder eine so freundliche Nachbarschaft gehabt, dass man sich von Anfang an mit Namen usw. kennen lernte!

Leider mussten wir dann aber von Belleville fortgehen, weil mein Mann halt keine neue Lehrerstelle dort finden konnte. Aber wir hatten Glück im Unglück, weil wir inzwischen unser Haus in England verkauft und jetzt die nötigen Geldmittel hatten, uns endlich, wie vorgesehen, selbständig zu machen. Nach vielem Suchen fanden wir dann im Juli 1985 dieses etwas verlotterte kleine Motel (12 Zimmer mit Bad) und mit Campingplatz in Simcoe (15,000 Einwohner), im südwestlichen Teil Ontarios, wo wir Potential zum Aufbau sehen konnten. Zum Motel gehörte auch ein kleines Häuschen, natürlich auch verlottert, aber wohl baulich o.k., und in drei Jahren hatten wir alles so gut aufgebaut, auch umsatzmäßig, dass wir das Motel mit Trailerpark mit sehr gutem Gewinn verkaufen konnten.

Mein Mann hatte sich auch inzwischen als Locksmith, wie vorgesehen, mit einem Sicherheitsgeschäft selbständig gemacht und alles florierte gut. Zwischendurch unterrichtete er auch schon einmal und wurde sogar mehr oder weniger Vollzeit eingestellt, was ihm immer noch genug Zeit ließ, sein Sicherheitsgeschäft nebenbei zu betreiben. Die Kinder fühlten sich auch wohl, kamen gut in der Schule voran und konnten in den 17 Jahren unseres Aufenthalts in Simcoe viele Freunde gewinnen. Nach Schulabschluss in Simcoe besuchten sie die Universität und Hochschule in den größeren Städten.

Ich selbst habe eine Maklerausbildung nach dem Verkauf des Motels absolviert, viele Häuser, Geschäfte usw. verkauft, mich nach fünf Jahren selbständig gemacht und auch diesen neuen Beruf mit Begeisterung und Erfolg ausgeübt.

Simcoe selbst war, wie gesagt, eine Kleinstadt, vielleicht nicht so attraktiv wie Belleville oder Goderich, aber doch auch ziemlich nahe am Lake Erie gelegen (10 km entfernt) und hatte vor allen Dingen den Vorteil, dass es nicht ganz so kalt im Winter war, weniger Schnee bekam, aber die Kälte war mehr nasskalt. Auch von dort aus konnten wir schöne Ausflüge machen, mal nach Long Point oder anderen kleineren Orten am Lake Erie gelegen, aber Long

Point war m.E. der schönste Ort mit Provinzialpark, schönem langem Sandstrand und nicht ganz so überlaufen wie einige andere Orte, die besonders von Leuten aus der 2 Std. entfernt gelegenen Grosstadt Toronto aufgesucht wurden. Auch hatten wir in Simcoe das Gefühl, dass unsere Kinder dort gut aufgehoben waren und nicht unbedingt den Gefahren von Alkohol und Drogen ausgesetzt waren, die man schon mehr in den Großstädten findet.

Einige Male sind wir auch in den Norden Ontarios gefahren, so zum Beispiel Manitoulin Island an der Georgian Bay, eine wunderschöne kleine Insel, nur spärlich besiedelt, sehr einfach, aber schön zum Fischen und Faulenzen. Oder wir sind auch schon mal nach Elliot Lake gefahren, noch weiter nördlich, auch schön mit seinen Wäldern und glasklaren Seen, aber zum Wohnen und Geldverdienen wohl nicht geeignet, und ich würde allen Einwanderern empfehlen, wenn sie sich in Ontario niederlassen, sich dort anzusiedeln wo sie ihr Geld verdienen können. Meines Erachtens sind dafür die wunderschönen nördlichen Teile Ontarios nicht geeignet. Zwar sind dort Immobilien spottbillig, aber es würde schon äußerst schwierig sein, sich dort seinen Lebensunterhalt zu verdienen!

Wenn wir gefragt würden, was wir anders tun würden, wenn wir heute noch einmal einen Standtort für die Einwanderung suchen würden, würde ich sagen, dass wir zwar einiges anders gemacht hätten, aber in unserem Fall wohl immer noch eine kleine Stadt wie Simcoe gewählt hätten. Ob das aber auch so für andere Einwanderer gewesen wäre, möchte ich anzweifeln. Allerdings sollte ich auch sagen, hätten wir Ottawa, wo wir uns vor zwei Jahren mehr oder weniger zur Ruhe gesetzt haben, vor Simcoe gesehen, hätten wir uns wahrscheinlich doch wohl von Anfang an für Ottawa entschieden, weil Ottawa uns „the Best of Both Worlds" geboten hätte. Ottawa ist gross genug, um dort genügend kulturelle Angebote zu finden, die auch den anspruchsvollsten Geschmack befriedigen, und klein genug, dass man schnell, dank der Schnellstrasse, in die Innenstadt kommt. Eine Bevölkerung von 785.000 erscheint zwar gross, wenn man dann aber bedenkt, dass diese Zahl die des

Großraums Ottawa ist, das heißt sich aus vielen kleinen Orten zusammensetzt, die sich über viele Quadratkilometer hinziehen, bedeutet diese Zahl eigentlich wenig. Die eigentliche Innenstadt ist dank ihrer im englischen Stil erbauten vielen Verwaltungsgebäude, zu denen auch Parlament Hill gehört, sehr attraktiv und vielseitig und von allen Randgebieten mehr oder weniger in einer halben Stunde zu erreichen.

Dann ist Ottawa landschaftlich sehr attraktiv, mit seinem Ottawa River im Norden, der Ottawa von Quebec teilt, und seinem Rideau Kanal, auf dem sich im Sommer die Boote tummeln und im Winter die Schlittschuhläufer, die fast 8 km von Norden bis Süden den Kanal entlang gleiten können. Auch bietet es neben den Gewässern weitläufige Parkanlagen mit Fahrradwegen, ausgezeichnete öffentliche Verkehrsmittel und vor allem Immobilienpreise, die noch erschwinglich sind.

Und durch seine Lage im Nordosten von Ontario ist es wieder als Ausgangspunkt für den Besuch vieler landschaftlicher Schönheiten geeignet. Im Norden ist Quebec mit seinen vielen Waldungen und Seen, im Westen der Transcanada Highway 7, über den man bis B.C. fahren kann (aber wohl wenige tun) und im Süden nur etwas über eine Autostunde, bis man wieder am Lake Ontario ist und den Thousand Islands mit ihrer Schönheit, Kingston mit seinem alten Charme und dann wieder nicht weit bis Belleville, wo wir unseren Anfang und mehr oder weniger unsere ersten Erfahrungen in Kanada gemacht haben.

Nicht zu vergessen, dass Ottawa, wie auch viele andere Grosstädte Ontarios, ausgezeichnete Universitäten (2) und eine Hochschule hat, was in unserem Fall bedeutet hätte, dass unsere vier Kinder nicht Tausende von Dollars für Unterkunft bezahlt hätten, als sie nach ihrer Schulzeit in Simcoe nach Ottawa, Waterloo und Stratford zogen, um dort ihre Studienzeiten zu absolvieren.

Wenn mich jemand fragt, was ich von Toronto als Anfang halte, würde ich

Einwanderern raten, äußerst vorsichtig zu sein, ehe sie sich in dieser Großstadt mit über 3 Millionen Menschen niederlassen. Nicht nur sind die Immobilienpreise sehr hoch, die Anfahrtswege äußerst langwierig (bis zu zwei Stunden in Stosszeiten), sondern meinem Erachten nach, ist es besonders für Selbständige wesentlich schwieriger, sich dort niederzulassen, weil sie mit vielen anderen ähnlichen Betrieben und Berufen konkurrieren. Auch würde ich mir sehr überlegen, den Anfang in einer Großstadt, wie Toronto, Vancouver oder einer anderen Grosstadt, zu machen, wenn ich eine Familie mit schulpflichtigen Kindern hätte. Die Kinder sind meines Erachtens den Gefahren einer Grosstadt (Drogen, Alkohol, Bandentätigkeit usw.) wesentlich mehr ausgesetzt, als in einer kleineren Stadt, wo jeder jeden kennt.

Zwar ist Toronto auch reizvoll, es liegt am Wasser, hat viele kulturelle Möglichkeiten und mag wohl auch gute Verdienstmöglichkeiten bieten für Leute, die gesuchte Berufe haben und sich bereits vor Ankunft einen Job dort gesucht und gefunden haben. Aber als Standort für Selbständige ist meines Erachtens eine kleinere Stadt wesentlich mehr geeignet.

Anmerkung - Der obige Bericht wurde von Gudrun Lundi extra für das Buch geschrieben. Die folgenden Zeilen von ihr sind aus der Kanada Mailing Liste, wo sie auf Berichte anderer Mitglieder antwortete. Im ersten Bericht sind ebenfalls, wie bei Jutta Ploessner, die schönen Seiten der Einwanderung hervorgehoben.

19 Jan 2001 18:52:38 -0500
Re: Erfahrungen/Leben in Kanada

Ausgezeichnet .... und so wahr, Peter. Kanada ist kein Traumland, sondern ein sehr reales Land, in dem man vielleicht viele seiner Träume verwirklichen kann, wenn man bereit ist, hart zu arbeiten und sich umzustellen. Und dass man flexibel sein muss, u.a. wohl auch seine Tätigkeit zu ändern usw., hat unsere Familie selbst am besten lernen müssen. Wen es interessiert - und wir zählen uns auch zu den erfolgreichen Auswanderern - hier ist eine kurze Chronik, was wir hier machen wollten, und dann tatsächlich gemacht haben: 1982: Visum bekommen mit dem Ziel, uns hier als Selbständige niederzulassen. Träume: Mein Mann (ausgebildeter technischer Lehrer in GB) als „Locksmith" (Sicherheitsgeschäft) sich hier niederzulassen, während ich als Teilzeitsekretärin/Hausfrau arbeite.

Realität: Oh, nein!! Kein Mensch ist an europäischen Referenzen, Erfahrung, Ausbildung usw. interessiert (d.h. keine Arbeit für mich, um die Durststrecke eines beabsichtigten Sicherheitsgeschäfts durchzustehen). Ehe wir uns umgesehen und richtig eingelebt haben, hat mein Mann eine gefundene Dozentenstelle wegen Lehrerüberfluss und fehlender Seniority am Community College verloren. Ehe wir die ersten zwei Jahre überstanden haben, leben wir für etwa 6 Monate mit 6 Personen von $ 280.00 wöchentlichem Arbeitslosengeld und fühlen uns inmitten „der höflichen Kälte" hier ziemlich einsam. Mein Mann will nach England zurück. Ich sage: „No Way!!!", und die Kinder wollen auch nicht ihre neu gefundenen Freunde verlassen. Freunde raten uns zu der „$ 1,000 Kur" (Flug nach Europa und drei Wochen Ferien dort). Wir genießen die Zeit, hatten aber ganz vergessen wie bedrängt alles in Europa ist, dass der Himmel in Kanada wesentlich blauer ist, viele Häuser in Deutschland durch Umweltverschmutzung doch sehr schmuddelig aussehen, der Hemdkragen nach ein paar Stunden tragen waschreif ist, die Fenster alle 14 Tage schmutzig sind und gewaschen werden müssen. Und, von der politischen Lage in Europa ganz abgesehen, so vieles mehr woran man sich einfach nicht mehr erinnert, wenn man eine Zeitlang in Kanada gelebt hat!

Fazit: Wir verkaufen schweren Herzens unser Haus in Ontario (keine weiteren Barmittel vorhanden) und kaufen ein verlottertes Motel/Trailerpark und machen endlich das Sicherheitsgeschäft auf. Wir schuften wie die Wilden, bauen den Umsatz um 120 + % auf und verkaufen mit sehr gutem Gewinn.

Um die Story kurz zu machen, die meisten in der Liste wissen, dass ich inzwischen über 10 Jahre selbständige Immobilienmaklerin bin, allerdings - aus diversen Gründen - seit zwei Jahren keine 60 - 80 Stunden-Wochen mehr mache, weil wir es uns u.a. auch seit einigen Jahren leisten können, so zu leben wie wir wollen, einschl. Freizeitgestaltung, Reisen und vielem anderem mehr. Unsere vier Kinder haben alle - aus eigener Kraft und mit Mitteln, die sie durch Putzen von Motelzimmern und Arbeiten bei McDonalds zusammengespart haben - studiert und fühlen sich hier sehr wohl. Sie haben sogar vergessen, wie sehr sie anfangs in der Schule, wegen ihres englischen Akzents, von ihren Mitschülern gehänselt worden sind!

Wenn ich jetzt zurückblicke und mich frage, ob es sich gelohnt hat, nach Kanada auszuwandern und ob wir es noch mal machen würden, wenn wir vor der gleichen Frage stünden: Dreimal „Ja, Ja, Ja"! Unsere ganze Familie (auch mein Mann) würde nie mehr in Europa leben wollen. Wir sind sehr zufrieden hier, hätten allerdings vieles anders gemacht, wenn wir heute noch einmal auswandern würden. Aber so ist halt das Leben: Man muss bereit sein, seine eigenen Erfahrungen zu machen.

Was Peter, ich und andere in der Liste hier versuchen, ist nur den „Neulingen" und „Kanada-Fans" klarzumachen, dass „jeder seines Glückes Schmied" ist, ob dies in Kanada, Deutschland, Asien oder „Timbuktu" ist!!

In diesem Sinne ein schönes Wochenende aus Simcoe

Gudrun

Einwandergeschichten und Würstchenbuden

Übrigens im Ernst: Das mit Würstchenständen usw., ist gar nicht so eine schlechte Idee! Viele dieser Leutchen haben hier sehr gut gehende Geschäfte in dieser Hinsicht, arbeiten nur im Sommer und ziehen von einem Jahrmarkt zum anderen und im Winter überwintern sie entweder in Florida oder Mexiko, weil sie soviel Geld im Sommer gemacht haben. So haben es mir etliche Budeninhaber in Simcoe erzählt, die immer mit schöner Regelmäßigkeit zur County Fair (mit ca. 120,000 Besuchern während der 7 Tage!) nach Simcoe im Oktober kamen und die wir damals in unserem Motel beherbergten (letzter Jahrmarkt im Oktober und danach Mexiko!).

Oder andere haben in Port Dover einen Würstchenstand aufgemacht und haben das gleiche im Winter gemacht. Nur gibt es heute keine Plätze mehr wo man Würstchenstände aufmachen kann, und die bestehenden „Goldgruben" werden, wenn überhaupt, mit über $ 500,000 bis zu einer Million oder mehr Dollars zumindest in Port Dover (manche nur etwas mehr als 20 m2 Arbeitsfläche!) verkauft! Und einige dieser Leutchen haben diese kleinen Grundstückchen für ein paar Dollars vor etwa 20+ Jahren gekauft und für ein paar weitere wenige Dollars ihre Bude draufgesetzt.

Der Standort ist allerdings das größte Problem! Zwar gibt es auch heute noch in Ontario Grundstücke am See (gelegentlich auch mit der richtigen Zoning für ein solches Vorhaben), aber viele liegen in Orten, wo ich starke Bedenken hinsichtlich starken Touristenzuwachses habe. Für so etwas muss man eine Nase haben. Unsere Nase hat sich vor 20 Jahren als richtig erwiesen (wir haben eigentlich immer gute Nasen in der Hinsicht gehabt, auch in England!), als wir in Simcoe ein kleines verlottertes Motel mit Trailerpark gekauft und heraufgewirtschaftet und nach drei Jahren - mit 120 % Umsatzsteigerung - mit 120 % Gewinn verkauft haben. So etwas würde ich allerdings heute nie mehr machen, denn die guten Zeiten für kleine Motels, vielleicht nicht so sehr Trailerparks, sind m.E. in Ontario - und wahrscheinlich auch in den anderen Provinzen - vorbei. Die großen Franchiseketten (a la „McMotel/McHotel" -:) haben die kleinen „Mom-and-Pop-Motels" ganz schön ausgewischt!

Gruss aus Simcoe. Gudrun.

Jan 8 16:11:00 GMT 2007
Makler - Realität

Interessant, Maxim! ... Ein klein wenig erinnert mich das übrigens auch an einige - wenige - Maklerfirmen in Kanada, die Anfang der 90er Jahre (Rückgang im Immobilienmarkt mit bis zu 40 % Wertverlusten von Häusern und Eigentumswohnungen, Erhöhung der Mortgage Rates bis zu 12++ %!) es zuließen, dass einige bei ihnen angestellte Makler, so tief bei der sie beschäftigenden Firma in der Kreide saßen, dass sie diese Firma nicht verlassen konnten ohne persönlichen Konkurs zu erklären bzw. ihr Haus zu verlieren, bei dem die (Franchise)-Firma oftmals als Gläubiger grundbuchamtlich eingetragen war!

Wie das kam? Damals war mehr oder weniger der Beginn des Systems, dass angestellte Makler ihre eigenen Kosten tragen mussten (und zusätzlich noch oftmals ihrer Firma eine „Desk Fee" pro Monat bezahlen mussten) und dafür den Löwenanteil (bis zu 95 %) ihrer verdienten Provision behalten durften. Dies alles ist heute gang und gäbe im Maklergeschäft; allerdings erlauben die individuellen Franchisees im Allgemeinen nicht mehr, dass ihre Makler solch hohe Schulden auflaufen lassen! Und man darf nicht vergessen, dass der Umsatz und damit die Preise von Immobilien ab Mitte der 90er Jahre jährlich gestiegen sind, also damit auch die Provisionen! Man kann natürlich nicht wissen wie lange das noch gut gehen wird, erste Anzeichen sind schon vorhanden, dass die Preise sich langsam dem Stillstand nähern, in einigen Gegenden sogar bereits rückläufig sind! Ich habe Ende 1989 meine erste Maklerprüfung gemacht und kann mich noch gut an die Horrorgeschichten anderer Makler erinnern, die mit mir zusammen (Weiterbildung-) Maklerkurse gemacht haben und bei denen diese Fälle zur Sprache kamen! Damals war es schon so, dass von 5 neu zugelassenen Maklern, nur noch einer nach 2 Jahren im Geschäft war und die anderen meist „viel Haar" haben lassen müssen! Wer allerdings denkt, dass die Makler heute gutes Geld verdienen, liegt auch falsch (wir hatten, glaube ich, ein oder zwei Deutsche in der Liste, die sich hier, nach kanadischer Ausbildung, als Makler versuchen wollten!). Die Erfolgsrate (einigermaßen gut davon zu leben) ist selbst heute noch gering, und während es früher hieß, dass 20 % der Makler 80 % der Geschäfte abwickelten, ist es heute inzwischen schon so, dass ca. 5 - 10 % der Makler ca. 90 % der Geschäfte machen, also Millionenumsätze haben, während der Rest - oftmals mit Hilfe des Verdienstes der Ehepartner - gerade eben über die Runden kommt.

Gruss aus Ottawa. Gudrun.

13 Apr 2005 00:03:26 -0400
Betreff: Re: Heimweh? No way...?????

Wir standen auch vor der Entscheidung Australien oder Kanada. So haben wir eigentlich nicht zu viele Leute, die wir in D bzw. GB vermissen. Australien wollte, dass wir uns erst Australien ansahen. Heute sehen wir das als vernünftig an; damals taten wir das nicht, und da wir bereits einmal (für ganze 2 oder 3 Wochen !:-) in Kanada gewesen waren (nur Ontario!) und uns eigentlich ON gut gefallen hatte (es gibt auch wesentlich attraktivere Gegenden als „weite kahle Wiesenflachen" wie z.B. wunderschöne Seen, Wälder, hügeliges Land usw.!), sind wir in ON hängen geblieben! Genau wie Ihr haben wir auch nie unseren Schritt bereut, aber auch - wie Ihr - nicht geahnt wie hart der Anfang sein kann und hätten sicherlich vieles anders gemacht.
But who has a crystal ball?

Gruss aus Ottawa nach Lac La Biche. Gudrun.

13 Jul 2004 13:55:19 -0400
Betreff: Re: Auswanderungsabbrecher

Aber, wie ich bereits schon einmal vor etwa 3 Jahren in dieser Liste gesagt habe, mir aber damals nicht abgenommen bzw. von einigen anderen hier ansässigen langjährigen Einwanderern abgestritten worden ist, bleibe ich dabei, dass es bei europäischen Einwanderern wahrscheinlich eine Abbruchrate von ca. 5 - 10 % (m.E. näher 10 %!) gibt, die irgendwann während ihres Hier seins ihre Zelte abbrechen (die meisten innerhalb der ersten zwei Jahre) und nach „Zuhause" zurückgehen! Zu ethnischen Bevölkerungsgruppen, wo ich insbesondere mehr an den Mittelosten, Asien etc. denke, kann ich nicht viel sagen; da wird Dir sicher Doris mehr sagen können. Ich möchte aber fast vermuten, dass die Zahl der Enttäuschungen genauso hoch wenn nicht höher ist, aber weniger Einwanderer in dieser Gruppe in ihr Heimatland zurückkehren, weil erstens oftmals selbst schlecht bezahlte Jobs in Kanada noch besser sind als z.B. die Bezahlung mancher Akademikerjobs in Entwicklungsländern und zweitens diese Bevölkerungsgruppe weiß, dass die Kinder hier eine bessere Zukunft haben werden. Aber auch hier gehen gelegentlich Leute in ihr Heimatland zurück, kann dies aber auf dem Ottawa-Immobilienmarkt nicht so genau verfolgen weil das Gesamtbild in Ottawa soviel grösser ist (1800 Makler!).

Meine Erfahrung basiert auf meinen 22 Jahren hier, die meisten davon im Immobiliengeschäft, wo ich dies zwangsläufig mitbekommen habe, weil diese Einwanderer auch oftmals ihre Häuser verkaufen mussten, um in ihre Heimat zurückkehren zu können, dies mehr in meinem früheren Wohnort Simcoe und Umgebung von 50 km, weil dies eine Kleinstadt war und man praktisch jedes Haus kannte, das auf den Markt kam und von einem der 130 Makler dort angeboten wurde.

Deshalb rate ich ja auch immer, während der ersten Zeit kein Haus zu kaufen, weil viele Einwanderer ihren Standort während der ersten 2 oder 3 Jahre wechseln und der Immobilienmarkt sich schnell ändern kann (z.B. Anfang der 90er Jahre in ON um ca. 30+ % Wert gesunken) und ein Wiederverkauf bei einem $ 200,000 -Haus und Nebenkosten eines erneuten Kaufes in der Preislage rund $ 15,000 bis 20,000 betragen können. Meine Erfahrungen basieren auf persönlichen Erfahrungen im Bekanntenkreis, ja selbst im Verwandtenkreis, denn auch 3 Verwandte meines Mannes haben in den letzten 30 Jahren ihre Zelte nach verhältnismäßig kurzer Zeit wieder abgebrochen.

Diese Zahl mag hoch erscheinen, aber da sollte man auch bedenken, dass viele dieser Heimkehrer nicht unbedingt heimgekehrt sind, weil sie nicht Fuß fassen konnten, sondern auch viele weil sie entweder „domestic problems" (Trennung/Scheidungen etc.) hatten bzw. auch viele, die sich hier nicht akklimatisieren (alltägliches Leben, Arbeit etc.) konnten bzw. einfach Heimweh hatten. Wie ich auch bereits vor 3 Jahren gesagt hatte, sind die ersten zwei Jahre die härtesten, und wer sich durch diese beiden Jahre gekämpft hat, bleibt auch meistens hier. Siehe auch hierzu etliche Beispiele in der Liste!

Die alte Regel, die uns bei Ankunft gesagt wurde, gilt auch heute noch: Wer wirklich glaubt, dass es hier so schlecht ist, sollte die „$ 2,000 Kur" machen, d.h. sich ein Flugticket kaufen und für 2 oder 3 Wochen Urlaub in der Heimat machen. Dann erst stellt man fest, dass die vielen „pros" hier bei weitem die „cons" überwiegen!

Gruss aus Ottawa. Gudrun.

Sep 15 18:50:49 GMT 2006
Hallo,

Ja, das Lernen fällt uns nicht mehr so leicht, wenn wir erstmal ein gewisses Alter erreicht haben. Ich habe ja damals auch noch (aus lauter Langeweile bzw. weil ich mich an die englische Schreibmaschinentastatur gewöhnen wollte) kurz nach Ankunft mein kanadisches Abitur nachgemacht und war damals immerhin auch bereits in meinen Enddreißigern. Man hatte mir aber mein deutsches Abi anerkannt, so dass ich nur ein paar Credits brauchte, und da habe ich die mir am leichtesten fallenden Fächer genommen, Englisch, Accounting u. Keyboarding, die mir wegen meiner deutschen Ausbildung noch ziemlich geläufig waren. Da war das dann nicht so weltbewegend, und ich konnte meinen Kindern mit meiner Endnote beim kanadischen Abi ein Kompliment hervorlocken, habe natürlich zugegeben, dass ich das Ganze - und wesentlich mehr- schon bereits einmal in Deutschland durchexerziert hatte! Ich hatte es also ohnehin wesentlich einfacher. ...

Gruss aus Ottawa. Gudrun.

Die Familie von Gudrun Lundi cirka 1988/89

Ein Leben in der Neuen Welt
von Gertrud Evans geb. Flauger - 1956

Fast 45 Jahre musste ich zurückdenken, um die nachfolgenden Seiten aufschreiben zu können. Am Anfang ging alles sehr langsam, musste ich doch nach langer Zeit wieder deutsch denken und schreiben. Aber je mehr ich schrieb, um so besser und schneller ging es. Die folgenden Ereignisse haben sich alle zugetragen, allerdings kann es sein, dass ich manche nicht in die richtige Reihenfolge eingeordnet habe. Ich stelle auch fest, dass ich mich nur an das erinnere, was für mich von Bedeutung war und mich beeindruckt hat.

1956

Ich habe ganz schnell geheiratet. Im Alter von 23 Jahren arbeitete ich als Sachbearbeiterin bereits mehr als drei Jahre im Arbeitsamt Nürnberg, wo fast ausschließlich Männer beschäftigt waren. Im Winter 1956 lernte ich hier meinen späteren Mann Werner Popp kennen, der gelernter Kürschner war, aber auf Druck seines Vater im Beamtendienst arbeiten musste, obwohl er diese Tätigkeit nicht ausstehen konnte. Kanada suchte Mitte der 50er-Jahre in vielen europäischen Ländern Einwanderer, die in der Neuen Welt eine neue Heimat finden und sich einen Traum erfüllen sollten. Werner war daran sehr interessiert und so gingen wir zu einem Lichtbildervortrag, um uns über dieses Land zu informieren. Danach wollte Werner unbedingt nach Kanada und ich glaube, er wäre sogar zum Nordpol gegangen, nur um von seinem Vater weg zu kommen. Jung und unerfahren ging ich auf das Abenteuer mit ein - es war mal etwas anderes. Allerdings wäre es besser verheiratet zu sein, denn die spätere Einreise nach Kanada ginge dann für uns schneller. Am 1. September 1956 wurden wir im Standesamt getraut, bei mir zu Hause wurde nicht viel Trara gemacht und Werner wohnte dann gleich bei uns, weil er sich mit seinem Vater verkracht hatte.

Auswanderung nach Kanada

Werner reiste bereits am 15. September 1956 mit einem Schiff von Hamburg ab. Zuvor hatte ich Verbindung mit meinem Halbbruder Franz in Montreal aufgenommen und Werner durfte die erste Zeit bei ihm wohnen. Nun arbeitete er wieder als Kürschner und sparte Geld für meine Einreise. Nach ein paar Monaten wollte ich eigentlich nicht mehr auswandern und hätte mein Ex-Freund gesagt, ich soll in Deutschland bleiben, wäre ich nicht ausgewandert. Ich wollte mich ihm aber nicht an den Hals schmeißen und so bin ich schließlich am 28. Februar 1957 von Nürnberg über Amsterdam, New York und Gander nach Montreal geflogen. Dreimal musste ich umsteigen, sprach kein Wort Englisch und die Propeller der Maschine machten mich fast taub. Montreal war zu Beginn eine große Enttäuschung. Ich hatte mich gleich erkältet und auch das Heimweh war sofort da. Nach ein paar Tagen bei meinem Halbbruder zog ich mit Werner in eine eigene Wohnung mit Kühlschrank und Waschmaschine, einem Komfort, der für mich wie ein Wunder war. Wie schwer hatte es meine Mutter mit der Hausarbeit und hier waren solche Geräte ganz selbstverständlich.

Montreal, 1958, Rue St-Catherine

Beruflich hatte ich immer großen Erfolg

Natürlich musste auch ich Arbeit finden, denn Werner hat schon damals viel Geld verschwendet, was ich aber nicht wusste, denn ich konnte ja noch nicht Englisch sprechen oder lesen. Er brachte mich in einer Pelznäherei unter, in der viele deutsche Frauen beschäftigt waren. Also lernte ich Pelz in Handarbeit nähen. Es war Stückarbeit und nach zwei Jahren war ich die Schnellste. Während der zwei Jahre als Pelznäherin hatte ich mir Englisch selbst beigebracht. Ich kaufte ein Wörterbuch und übersetzte kleine Artikel aus der Zeitung. Auch das Fernsehen hat viel geholfen. Jedenfalls konnte ich auch alles schreiben was ich lernte. Nachdem der Pelzinhaber dann sein Geschäft einfach geschlossen hatte, habe ich mich in einem englischen Restaurant als Serviererin beworben. Die hatten mich vier Wochen eingearbeitet und ich stellte fest, dass mir die Arbeit mit Publikum sehr gefällt. Ich verdiente auch mehr als vorher, denn wenn man jung ist, schnell serviert und zu den Gästen besonders freundlich ist, bekommt man sehr viel Trinkgeld zugesteckt.

Meine Mutter habe ich nicht mehr gesehen
Dann kam das Jahr 1960 und der Tod meiner Mutter. Ich konnte einen Flug nach Deutschland erst zwei Tage später erhalten und so verpasste ich Mamas Beerdigung um vier Stunden. Eigentlich war ich froh, dass ich Mama nicht mehr gesehen habe, ich habe sie immer noch so in Erinnerung, wie sie am Tag meiner Auswanderung aussah. Aber ich weiß, wie schrecklich es für sie gewesen sein musste, mich nicht mehr zu sehen. Auch jetzt muss ich wieder weinen. Ich bin dann eine Woche bei meinem Bruder in Nürnberg geblieben und wollte nicht mehr zurück nach Kanada, aber ich musste feststellen, dass meine Heimat nicht mehr so, wie vor drei Jahren war. Deutschland hatte sich zwar nicht verändert, aber ich hatte mich schon an das kanadische Leben gewöhnt. Also flog ich wieder zurück.

Mit Werner gab es immer große Probleme
Mein Mann verbrachte immer häufiger seine Freizeit in den Pubs, wo er sich dem Alkohol hingab. Mein Neffe Robert aus Deutschland erinnert sich, dass er bei seinem Besuch in Kanada im Sommer 1966 nicht verstehen konnte, dass er von seinem Onkel in einen dieser Pubs eingeladen wurde, während ich im Auto warten musste, weil der Zutritt für Frauen nicht möglich war. Ein Jahr später arbeitete ich als Bedienung in einem deutsch-kanadischen Bierkeller. Wir servierten deutsches Essen und Bier aus Deutschland. Die Kanadier kannten weder deutsche Spezialitäten, noch bayerische Musik. Beides gefiel ihnen aber so gut, dass sie an den Wochenenden vor dem Bierkeller

Schlange stehen mussten. Ich hatte damals eine sehr gute Zeit, denn ich erinnerte mich an meine Heimat und sang beim Servieren der Bierkrüge mit der Kapelle mit. Leider gab es auch hier viele betrunkene Gäste. 1967 fand in Montreal die Weltausstellung EXPO statt. Seit dieser Zeit, so sagen wir, ist Montreal endlich auf der Landkarte sichtbar. Mein Mann Werner wurde aber Alkoholiker und besaß kein Geld mehr. Zweimal hatten wir uns schon getrennt, doch ich hatte immer Mitleid mit ihm und kehrte zu ihm zurück. Beim dritten Mal war die Trennung endgültig. Auch habe ich damals meinen jetzigen Mann David kennen gelernt. Er ist fünf Jahre jünger als ich und Betriebsleiter bei einer Zigaretten-Kompanie.

Mit David in die Provinz Ontario
David und ich lebten insgesamt schon sieben Jahre zusammen, bevor wir dann im Dezember 1975 heirateten. Wir wohnten in Montreal bis 1977. Beruflich hatte ich in all den Jahren sehr viel gelernt. Als Servierin arbeitete ich für vier verschiedene Restaurants, das letzte war in einem Hotel in der Innenstadt, wo ich den Speisesaal geführt habe. David wurde dann von seiner Firma nach Brampton (Ontario) versetzt, weil er als sturer Engländer nicht französisch lernen wollte. So landeten wir in Orangeville, 90 Kilometer nördlich von Toronto. Der Kauf von Häusern war dort billiger als beispielsweise in Toronto und die Stadt ist nur eine halbe Auto-Stunde von Brampton entfernt. Orangeville hatte zu dieser Zeit nur 12.000 Einwohner und kein geeignetes Restaurant, in dem ich hätte arbeiten können. In einem Zeitungsinserat suchte aber jemand eine Näherin und ich bewarb mich auf diese Stelle.

Für sieben Jahre habe ich dann hier als Heimarbeiterin gearbeitet. Wir fertigten Topflappen, Schürzen etc., alles für die Küche und dann fingen wir mit Stofftieren an. Es war wieder Stückarbeit und ich arbeitete 7 Tage - 12 Stunden am Tag - und verdiente viel Geld. Obwohl die Stücke nur für den Großhandel hergestellt wurden, musste ich auch Einzelstücke für Ausstellungen fertigen. Eine der größten Ausstellungen findet in Toronto statt, zu der sehr viele nordamerikanische Käufer kommen. Eines Tages wollte meine Chefin einen riesengroßen Krautkopf haben, damit sie ihre kleinen Cabbage Dolls (Krautpuppen) darauf setzen kann. Also begann ich einen Krautkopf zu entwerfen, was mir nicht schwer fiel. In die Blätter zog ich einen starken Draht, damit sie schön aufrecht stehen. Der Kopf war so groß, dass ich alles auf meinem Bett zusammennähen musste. Und dann ging das Ungetüm nicht durch die Tür. Also habe ich ihn wieder aufgetrennt und in der Garage erneut zusammengenäht. Aus diesen kleinen Puppen entstanden dann die großen Cabbage Dolls. Eine der größten Spielzeugfabriken in den Staaten (Mattel) entwickelte daraus eine große Puppe, natürlich mit Plastikköpfen, und patentierte sie. Diese Puppen waren für viele Jahre das Geschenk Nummer Eins an Weihnachten. Es gibt sie auch heute noch.

Eines Tages rief mich meine Arbeitgeberin an und teilte mir mit, dass sich eine Fernsehstation bei mir melden wird, um mich beim Nähen zu filmen. Es erschien bei mir wirklich ein Team mit Kamera, Mikrofon, Scheinwerfern und vielen Kabeln. Vor dem Haus versammelte sich die ganze Nachbarschaft, die wissen wollte, weshalb bei mir gedreht würde. Die zehnminütige Aufnahme mit meinen Nähkünsten, gehörte zu einer halbstündigen Sendung über Menschen, die ohne staatliche Hilfe eine eigene Existenz aufgebaut haben. Es dauerte nicht lange, und ich bekam einen Anruf von der Inhaberin der Konkurrenz, um mich zu fragen, ob ich nicht bei ihr arbeiten wolle. Sie hatte ein großes Lagerhaus gemietet und bereits drei Frauen angestellt.

Diese Unternehmerin stellte ähnliches her, aber mit mehr Spitzen und Rüschen. Also fing ich bei ihr an, obwohl das Geschäft außerhalb meines Ortes war und ich eine halbe Stunde mit dem Auto fahren musste. Auch hier gefiel es mir sehr gut, nicht nur weil ich nähen konnte, sondern auch Schnitte entwerfen durfte. Eines Tages kaufte diese Frau viel Stoff zu einem sehr günstigen Preis, wusste aber nicht, was sie daraus machen sollte. Ich kam dann auf die Idee, dass wir Sommer- oder Freizeitkleidung daraus schneidern könnten. Gesagt - getan und ich entwarf Hosenanzüge, Kleider, lange Hosen, kurze Hosen, Blusen und Jacken. Meine Chefin freute sich so darüber, dass sie sogar eine Modenschau veranstaltete. Wir hatten so viele Bestellungen, dass wir zusätzliche Aushilfen einstellen mussten. Eines Abends, als ich mit dem Auto nach Hause fuhr, sah ich am Horizont ganz dunkle Wolken am Himmel. Ich hoffte, vor einem drohenden Gewitter noch rechtzeitig nach Hause zu kommen. Zum Glück habe ich es rechtzeitig geschafft, denn sonst könnte ich jetzt nicht hier sitzen und meine Erlebnisse aufschreiben. Ein Tornado durchzog unsere Gegend, so auch die Bundesstraße, auf der ich noch fünf Minuten vorher mit meinem Auto fuhr. Dieser Tornado vernichtete alle Gebäude links und rechts der Straße, die Autos flogen durch die Luft und landeten viele Meter weiter am Straßenrand. Unsere nächstliegende Ortschaft wurde vollkommen zerstört und es gab zahlreiche Tote. Orangeville wurde verschont, wir hatten nur große Sturmschäden.

Nach sieben Jahren in diesem Unternehmen ruhte ich mich etwas aus, konnte aber auch nicht zu Hause ruhig sitzen und suchte wieder Arbeit. Orangeville war inzwischen auf 18.000 Einwohner gewachsen. In einer Kaufhalle wurden Verkäuferinnen gesucht, also begann ich hier zu arbeiten. Ich musste auch Warenbestellungen machen und landete schließlich im Büro, was mir sehr gefallen hat. Leider machte die Firma 1994 pleite, weil der Walmart einen Laden eröffnete. Das Arbeitsgericht hat uns zwar eine Abfindungssumme gegeben, aber ich hatte keine Arbeit mehr.

Immer wieder besuchte ich meine Heimat
In all diesen Jahren besuchte uns meine jüngere Schwester Elfi und ihr Freund Karl. Ab 1989 flogen wir auch zu meinen Geschwistern nach Deutschland und begannen in Österreich und Italien das Bergsteigen. In den folgenden fünf Jahre verbrachten wir unseren Sommerurlaub in den Alpen und machten viele Bergsteigerabzeichen mit Urkunde. Mit meinem Bruder haben wir zahlreiche kleinen Ortschaften Bayerns erkundet, Ehrenhallen, Klöster, Schlösser, aber auch viele Kirchweihen und Volksfeste besucht. Ich bin ganz verrückt nach Schießbuden, denn ich bin ziemlich gut im Schießen. Auf einem Schüt-

zenfest war ich bei über 200 Schützen die Drittbeste. Meinem Mann gefällt dies alles, weil Engländer so etwas nicht kennen. In Montreal und Toronto habe ich auch an öffentlichen Gameshows für das Fernsehen teilgenommen, wo ich allerdings nach einigen Runden verlor. Dennoch brachte ich lukrative Preise mit nach Hause. Seit 1994 besitzen wir einen Wohnwagen und verbringen unseren Urlaub meistens in den Staaten. Deutschland muss also noch etwas warten. Ich bin immer noch deutsche Staatsbürgerin und meine Angestelltenrente bekomme ich von Berlin, die nach Orangeville überwiesen wird.

Natur und Tiere stehen bei mir an erster Stelle
Ich selbst bin ja immer schon für die Natur und Tiere gewesen. Jedes Haus, in dem ich wohnte, musste einen schönen Garten haben und als wir das erste Mal in Orangeville wohnten, gestaltete ich einen Vorgarten, der dreimal als „Schönster Garten in Orangeville" ausgezeichnet wurde. Wir verkauften das Haus 1989 und der jetzige Inhaber hat alles wieder herausgerissen und Rasen angelegt. Die Nordamerikaner sind ziemlich phlegmatisch, nur nicht zu viel arbeiten. Wir wohnten dann für sieben Jahre in Brampton, in einer Eigentumswohnung im 18. Stockwerk, sind aber dann 1996 wieder nach Orangeville gezogen, wo wir auch heute noch leben. Das Haus war neu, wir haben aber nicht viel Gartenfläche. Vorne gibt es nur einen schmalen Streifen mit Rasen, der Rest ist eine doppelte Einfahrt. An der Seite des Hauses habe ich einen Blumengarten angelegt, der sich um das ganze Grundstück herum fortsetzt. Ich pflanzte auch zwei Ahornbäume. Gemüse lohnt sich nicht, weil wir im Sommer nie da sind.

Ich lebe nun viel bewusster.
Heute arbeite ich als Rentnerin noch zwei Tage in der Woche ehrenamtlich für die hiesige Heilsarmee. Die haben hier einen großen Laden, nur drei Minuten von meinem Haus entfernt. Hier verkaufen wir alles, was uns die Leute geben, zu einem spottbilligen Preis. Ich sitze an der Kasse, muss aber noch einen Haufen anderes Zeug tun. Außerdem bin ich immer noch ein sehr

großer Sportliebhaber: Baseball, Schifahren, Football, Eishockey, Tennis und Golf. Wenn kein Sport im Fernsehen ist, bin ich fast krank. Und natürlich Fußball, aber diese Sportart ist in Kanada nicht sehr populär, außer wenn Weltmeisterschaften stattfinden. Kanada ist ja eine Eishockey-Nation. Ich muss noch zugeben, dass ich eine leidenschaftliche Kasino-Besucherin bin. Einmal im Monat spiele ich mit meiner Freundin an der Slotmaschine (25 Cents) die ganze Nacht hindurch. Bis jetzt habe ich dreimal groß gewonnen, aber manchmal verliere ich auch. Eines Tages werde ich Las Vegas besuchen, denn ich habe viel Spaß beim Spielen, fast wie beim Schießen. Gesundheitlich kann ich mich überhaupt nicht beklagen. Ich bin immer noch sehr aktiv, allerdings ohne meine eigenen Zähne. Habe etwas Rheuma im Winter, aber sonst ist alles o.k.

Nachwort
Meine ersten 24 Jahre lebte ich in Deutschland, in Kanada werden es bald 43 Jahre sein. Zeitmäßig habe ich also in der Neuen Welt mehr erlebt, worüber ich wirklich ein Buch schreiben könnte. Der Unterschied zwischen Kanada und Deutschland ist die Größe und Weite des Landes. Als Besucher kann man das nicht begreifen, man muss hier mindestens ein paar Jahre leben. Kanada hat 2 Territorien und 10 Provinzen, wovon Quebec die größte ist, 4 1/2mal größer als Deutschland. Es sind sehr große Unterschiede zwischen den einzelnen Provinzen, der Sprache, dem Klima und auch der Regierung. Ich lebe jetzt in Ontario, der zweitgrößten Provinz Kanadas. Die Niagara Fälle sind nur 200 Kilometer südlich von Orangeville. Seitdem die Regierung das „Las Vegas Stil Casino" genehmigte, ist Niagara 12 Monate lang ein Touristenort. Viele Besucher kommen aus den Staaten, weil die Gewinne steuerfrei sind, während man in den USA 20% Steuer auf die Gewinne bezahlen muss. Ontario liegt auch an den vier großen Seen Superior-, Erie-, Ontario- und Huron See. Die kleinste Provinz ist Prince Edward Island im Atlantischen Ozean, die ich mit meinem Mann vor ein paar Jahren besuchte. Die Erde auf dieser Insel ist rötlich und es werden überwiegend Kartoffeln angebaut, die in Nordamerika sehr berühmt sind. Auch besuchten wir New Brunswick, eine zwei-

sprachige Provinz, die für ihre Produktion von Meeresfrüchten weltberühmt ist. Ich beobachtete in einer Hummerfabrik, wie Transportkisten mit Hummerfleisch in Dosen, in einen Lufthansa -Container verladen wurden. Britisch Columbia an der Westküste ist die wärmste Provinz und ein Flug von Toronto nach Vancouver dauert genau so lange wie nach Frankfurt .

In den 50er-Jahren wurden wir Europäer in Kanada mit offenen Armen aufgenommen, hatten wir doch alle eine abgeschlossene Berufsausbildung, die es hier immer noch nicht gibt. Man konnte sehr gut Geld verdienen, das man als Deutscher fleißig spart oder in Immobilien investiert. Heute, nach über 40 Jahren, sind viele Einwanderer Millionäre geworden, zu denen ich aber nicht gehöre. In Montreal (Quebec) lebte ich fast 20 Jahre. Die Landessprache ist hier Französisch. Ich selbst lernte diese Sprache nie, nur ein paar Wörter, die für meinen Beruf notwendig waren. Man kam ja leicht mit Englisch zurecht. Ich stelle fest, dass ich hier mehr schlechte, als gute Zeiten erlebt habe. Dies änderte sich aber von heute auf morgen, denn nachdem meine Schwester Elfi gestorben war und ich mich nach ihrer Beerdigung auf dem Heimflug nach Kanada befand, hatte ich viel Zeit zum Nachdenken.

Warum musste meine jüngere Schwester so früh sterben?
Was hatte sie von ihrem kurzen Leben? Hatte sie noch Zukunftspläne? Und dann dachte ich an mein eigenes Leben, dass auch ich im nächsten Moment tot sein könne, sollte mein Flugzeug abstürzen. Warum also nehme ich alles so ernst, ärgere mich über andere Leute oder streite manchmal mit meinem Mann? Warum mache ich Pläne für die nächsten Jahre? In einer Sekunde kann ja alles vorbei sein! Ich bin ein Mensch geworden, der sich über nichts mehr aufregt, vor allem nicht über andere Menschen, sei es mein Mann oder ein Nachbar, seien es Politiker oder Verwandte. Ich sage was ich meine, doch manchmal kommt es schneller heraus als mein fertiger Gedanke. Ich lebe jetzt nur für den Augenblick und genieße Tag für Tag. Ich kenne keinen Stress und bin am glücklichsten, wenn ich soviel Arbeit habe, dass ich nicht weiß, wo ich zuerst hinlangen soll. Dabei beginne ich zu singen und flitze

hin und her. Ich kenne keinen Hass, entweder mag ich einen Menschen oder nicht. Wenn nicht, dann existiert er für mich nicht und ich verschwende keine Gedanken an ihn. Wenn ja, und der Mensch ist in Not, kann er mein letztes Hemd haben, denn er braucht es mehr als ich.

Wenn mich Menschen das erste Mal sehen, können sie mich wegen meiner direkten Art nicht ausstehen, aber wenn sie merken, dass ich ja gar nicht so bin, werden sie alle meine Freunde - und ich habe sehr viele. Ich bin jetzt ein sehr glücklicher Mensch und es ist eigentlich langweilig mit mir zu leben, immer das Gleiche, keine Aufregungen oder Bosheiten. Ich tue endlich das, was mir gefällt, ohne zu berücksichtigen, was vielleicht andere Menschen darüber denken und ob es recht ist. Und nachdem ich Tiere den Menschen sowieso vorziehe, habe ich meine finanzielle Unterstützung für vier Tierschutzvereine erhöht und den Rest meiner Rente verspiele ich im Kasino. Ich kann ja Geld in mein nächstes Leben nicht mitnehmen. Würde ich meine Altersjahre in Deutschland verbringen? Nein! Sogar während meiner Besuche in Deutschland fühle ich mich eingeschränkt, denn alles liegt zu nahe beieinander. Ich habe mich also an das freie Leben in Kanada sehr gewöhnt. Eine Sache habe ich aber dennoch geplant: Sollte mein Mann mich überleben, bitte ich ihn, meine Asche in das gemeinsame Grab von meiner Mutter und meiner Schwester Elfi nach Deutschland zu überführen.

Gertrud Evans geb. Flauger

Werbung für Touristen, 1938, Canadian Travel Bureau

ICH BIN 100-PROZENTIGER KANADIER
von Peter Iden - 1954

Ich fühle mich hier seit mehr als 50 Jahren sehr, sehr wohl (23. April 1954).

Ich bin 100-prozentiger Kanadier, bereichert durch mein früheres -und immer noch vorhandenes - Deutschtum, meine deutsche Erziehung, meine Aufrechterhaltung der deutschen Kultur und Sprache. Bereichert auch durch die Vielfalt und Qualität des Lebens hier, durch den Multikulturalismus und all das, was Kanada zum besten Land der Welt macht. Diese Aspekte darf man niemals vergessen, sondern muss sie in seine Neue Welt integrieren!

Ich bin stolz darauf, akzentfrei kanadisches Englisch zu sprechen, obwohl ich mit Oxford-Englisch nach Kanada kam (Engländer, Schotten und Iren verlieren niemals ihre Akzente!). Aber dann und wann fragt mich doch noch ein sprachbegabter Mensch, wo ich herkomme, weil er meine minimal andere Intonierung erkennt.

Auf meinen (bisherigen) Lebenslauf kann ich zwar mit viel Erfolg zurück blicken, aber für den zeitlichen Ablauf ist er kein gutes Beispiel für potentielle Einwanderer. Außer guten Sprachenkenntnissen und einer guten Schulung hatte ich bei meiner Ankunft 1954 keine anderen Qualifikationen.

Nun, ich fing als Bürstenschneider in einer Fabrik und dann als „Mailboy" an der University of Toronto an. Habe auch dann noch Asphalt-Fahrwege verkauft, für Magazine geschrieben und nebenbei einige andere Sachen gemacht, wie bei Umzügen helfen (harte Arbeit bei den damals riesigen Möbeln und den engen Treppen der Häuser!). Dazwischen lag manchmal eine recht harte Zeit, mit dem Aufbau einer 5-köpfigen Familie. Es dauerte 8 Jahre nach unserer Hochzeit, bis wir uns 1968 als 5-köpfige Familie ein Haus leisten konnten. Die Selbstständigkeit kam erst 14 Jahren nach der Heirat. Es dauerte seit der ersten Landung 20 Jahre und ich ging durch mehrere Firmen, bevor ich mir genügend Wissen zur Selbstständigkeit angeeignet hatte.

Unsere Firma ist eine Partnerschaft, und meine Frau, eine gelernte deutsche Buchhalterin - ohne die ich es nie geschafft hätte - ist meine Partnerin. Außer die Erwartungen unserer Kunden zu erfüllen, sind wir nur uns selbst verantwortlich. So war es von Anfang an geplant, und wir sind mit unserem Erfolg sehr zufrieden. Sämtliche unserer drei Töchter haben ebenfalls für uns gearbeitet, und unsere mittlere Tochter ist noch heute unser „Office Manager". Ich bin dankbar, kein „Super-Manager" und Spielzeug von Direktoren und Aktionären einer großen Firma zu sein.

Das ist nicht der normale Lauf bei Einwanderern heute, obwohl die Einwanderer von damals alle ziemlich lange warten mussten, bis sie die richtige Zeit und Gelegenheit fanden, etwas Eigenes anzufangen.

LEBENSANSICHTEN
„und wollen Peter oder John nicht auch mehr Geld ????"

Es mag dich überraschen, Maxim, aber ich bin mein ganzes Leben niemals hinter Geld hergelaufen. Das heißt, wenn ich Jobs angeboten bekam (und sämtliche meiner 5 Jobs wurden mir angeboten - ich habe nie nach einem Job suchen müssen), nahm ich sie nicht wegen höherer Bezahlung, sondern wegen der Herausforderung eines neuen oder erweiterten Arbeitsfeldes.

Bessere Bezahlung kommt von selbst, aber nur wenn man sich in seinen Job hinein kniet und sich laufend neues Wissen sucht und aneignet.

Ich komme aus armen Verhältnissen, weil meine Familie alles während des Zweiten Weltkrieges verlor. Ich weiß, was es heißt, zu hungern. Auch hier in Kanada mussten meine Frau und ich in den ersten Jahren unserer Ehe oft die leeren Milchflaschen zusammen sammeln, um mit dem Pfand mehr Milch und Esswaren für unsere drei Kinder zu kaufen.

Nach 20 Jahren Arbeit für andere, machten wir dann den Schritt in die Selbstständigkeit. In Kanada heißt das, wenn man gut in seinem Arbeitsfeld ist, dass man viel Geld verdienen kann und finanziell von den Entscheidungen anderer unabhängig wird - hauptsächlich natürlich von den (oft falschen) Entscheidungen seiner Arbeitgeber!

Reichtum ist relativ. Für einige heißt es, dass sie sich für 20 Millionen Dollar ein Haus bauen, oder für 100 Millionen Dollar eine Yacht kaufen.

Für mich ist Reichtum, wenn ich mir, ohne mit der Wimper zu zucken, einen neuen Fernseher oder sogar ein Auto mit Bargeld kaufen kann, anstatt diese, so wie vor vielen Jahren, mühsam über eine lange Zeit „abstottern" zu müssen.

Geld allein aber macht nicht glücklich. Wer sein Leben wegen des Geldes lebt, ist selten glücklich. Glück ist das, was man aus seinem Leben ohne Geld macht, was man alleine oder mit einem Partner schafft und erlebt, was man in der Welt sieht, wenn man sie mit offenen Augen aufnimmt, und was man der Welt und ihren Menschen wieder geben kann.

Besonders auf dem letzten Gebiet kann man schon mit wenig Geld allerhand Glück an andere Menschen abgeben!

Mit besten Grüssen,
Peter Iden.

23 Apr 2005 13:20:20 -0400 (EDT)
TRÄUME - NACH 51 JAHREN IN KANADA

Hallo, Ralf:
„wenn ein Traum in Erfüllung geht: hat man plötzlich keinen Traum mehr..."
Erst einmal vielen Dank für deinen netten Bericht. Er geht umso näher, weil

die ersten Jahre nach meiner Einwanderung 1954, ähnlich liefen wie bei euch! Heute, am 23. April 2005, bin ich genau 51 Jahre in Kanada. Also genau 3/4 meines Lebens in diesem Land, das so viel für mich und meine Familie bedeutet!

Ich kam mit meinen Eltern nach Kanada, obwohl ich eigentlich in Deutschland nach meinem Schul-Abschluss 1955 zur Uni gehen wollte. Aber mit 17 Jahren ist man noch (aus geldlichen und anderen Gründen) irgendwie verpflichtet, sich an seinen Eltern festzuhalten!

Mein Traum, anstatt in Deutschland nun in Kanada die Uni zu besuchen, wurde nicht wahr. Mein Vater war 11 Monate arbeitslos, bis ich ihm eine Stelle als Raumpfleger (Cleaning Man) in meiner Firma besorgen konnte, wo ich jetzt jeden Tag zusehen musste, wie er (als gelernter Flugzeug-Ingenieur) mit Eimer, Feudel und Besen für die Sauberkeit des weltberühmten medizinischen Labors sorgte!

Aber das mir selbst gegebene Versprechen, nach 3 Jahren wieder nach Deutschland zu gehen, hielt ich ein. Im Rahmen einer Weltreise (Traum Nr. 1) besuchte ich zuerst Skandinavien und mehrere westeuropäische Länder, bis mich das schon auf ein Minimum reduzierte Geld in meiner Tasche zwang, zu meiner Familie in Hamburg zu fahren (per Anhalter, natürlich!) und dort nach einem Job zu suchen. Es war 1957, ebenfalls im April.

Zuerst einmal musste ich aber als aktiver Pfadfinder (seit meinem 9. Lebensjahr 1946) einen Traum (Nr. #2) verwirklichen und das Boy Scout Jamboree in Sutton Coldfield mitmachen, nachdem ich bereits 1955 im Jamboree in Niagara-on-the-Lake als „Quartermaster" (in der Verpflegung) mitgewirkt hatte. Also ging's im August 1957 nach Liverpool, und von dort nach Sutton-Coldfield, wo ich als Gast des kanadischen Boy Scout Kontingents einen Platz in einem ihrer Zelte erhielt. Aber das Geld wurde immer knapper, also zog ich nach London und versuchte zusammen mit meinem Freund Bud (ein

Arbeitskollege aus Toronto) dort Arbeit zu finden. Er war Kanadier und fand sofort einen Job. Ich wurde überall abgewiesen, denn als Deutscher durfte ich ohne Arbeitsvisum nicht in England arbeiten!

Also mit dem letzten Geld auf die Fähre von Harwich nach Hök van Holland und wieder per Anhalter nach Hamburg. Ich kam bei meiner Familie (Oma, Tante und Onkel) mit 6 Pfennig in der Tasche an!

Ich fand wegen meiner Englischkenntnisse sofort einen Job in der „Flight Control" (Flugkontrolle) bei der Lufthansa. Sehr interessant, einigermaßen gut bezahlt, und der Anfang einer lebenslangen Verbindung mit dem Fluggeschäft, welche 20 Jahre später zur Gründung unserer eigenen Firma auf diesem Gebiet führte.

Im Juli 1957 kam die Zukunft, in Gestalt einer Kollegin meiner Tante, in mein Leben. Ich wollte mich allerdings noch nicht binden, denn schließlich war ich auf „Weltreise" und wollte mir nur genügend Geld für die Weiterreise ersparen. Aber das Schicksal erkennt solche Träume nicht an. Es arrangierte mein Leben nach seinen eigenen Plänen, genau so wie es einige Monate später in mir das Heimweh nach Kanada erweckte.

Im März 1958 verabschiedete ich mich von meiner Familie und meiner inzwischen Verlobten in Hamburg und flog über Paris nach New York und fuhr von dort mit dem Bus über Buffalo nach Toronto. Zwei Monate später folgte mir meine heutige Frau nach Kanada, und 18 Monate später heirateten wir, ohne unsere deutschen Familienmitglieder, im Kreise unserer zahlreichen deutschen Jugendgruppen-Mitglieder und meinen Eltern in der deutschen St. Georgsgemeinde in Toronto.

Wird fortgesetzt, je nach Gefühl und Stimmung!
Mit besten Grüssen aus Toronto,
Peter Iden.

Diskriminierung damals

Ich kam zu einem Zeitpunkt hier an (1954), als der letzte Weltkrieg noch ziemlich frisch in der Erinnerung der Kanadier war. Deutsche waren „Gerries" oder „Nazis", Italiener waren „Wops", Polen waren „Pollacks", Spanier „Spics", Engländer „Limeys", und andere Nationalitäten gab es kaum.

Spätere asiatische Einwanderer wurden als „Pakis" zusammengefasst, auch wenn das geographisch unkorrekt war. Turban tragende Sikhs, die erstmals vor etwa 30 Jahren hier auftauchten, waren „Ragheads" (Lumpenköpfe), die Chinesen waren „Chinks" und die Japaner „Japs".

Als Sammelbegriff wurden Einwanderer aus nicht-britischen Ländern als „DP's" tituliert (DP = Displaced Person oder Vertriebene Person, böswillig auch als „Deported Person" = Deportierte Person).

Die Briten dagegen schlugen sich untereinander. An ihrem „Trinkabend" (Freitagabend) waren Schlägereien zwischen Engländern und Schotten, Iren und Engländern, Schotten und Iren hier in den Bars (und manchmal auch auf der Strasse) nicht selten.

Im Gegensatz zu heute, wo z.B. in Toronto und Brampton die Hälfte oder mehr der Bevölkerung dunkelhäutig ist, gab es diese Vielfalt damals nicht. Brampton war fast total angelsächsisch.

Ich traf den ersten „Schwarzen" 1969, als ich einen Kariben bei der Firma Oetker einstellte. Innerhalb kurzer Zeit wurde ich vom Chef gebeten, ihn wieder „rauszuschmeißen", weil seine (schweizerischen und deutschen) Mitarbeiter keine Toleranz für seine Hautfarbe aufbringen konnten. Das liegt mir noch heute auf meinem Gewissen!

Aber selbst Franzosen und Französisch-Kanadier wurden als „Frogs" (Frösche) betitelt, weil sie nach Meinung der „Kanadier" (die zum größten Teil selbst „Limeys" waren), Froschbeine aßen!

19 Jan 2001 17:14:01
Kanada, das Land meiner Träume.....?

Die Grundsätze des Auswanderns, nicht nur nach Kanada, sondern auch in jedes andere Land, sind scheinbar vielen Leuten nicht klar.

Ihr alle habt Träume von Kanada. Das Problem ist nur, dass viele von euch erwarten, dass diese sofort nach eurer Ankunft Wahrheit werden! Die echte Wahrheit kommt aber erst dann auf euch zu, und meistens ist sie nicht so, wie ihr es erwartet habt. Träume sind nicht unmittelbar; sie brauchen länger, um wahr zu werden!

Die „gescheiterten" Einwanderer sind Menschen, die meistens mit sehr unrealistischen Träumen hierher gekommen sind, nur um dann zu finden, dass diese Träume nicht oder nur sehr schwer realisierbar sind.

Eine „Ranch in Kanada"? Eine fantastische Idee! Aber nicht unbedingt reell, selbst mit größeren finanziellen Rücklagen. Fragt Markus, der weiß es!

Hubschrauberpilot in Kanada? Coole Sache! Möglich schon, aber nicht sofort nach der Ankunft!

Sofort ein Haus auf einem großen Stück Land, an einem schönen See in den Bergen? Natürlich, aber nur wenn ihr auch zwei Hunderttausender oder mehr mitbringt und euer Einkommen gesichert ist!

Die „erfolgreichen" Einwanderer (dazu zähle ich mich auch) machen fast niemals das, wovon sie vor ihrer Auswanderung geträumt haben. Sie sind flexibel genug, um an allem zu arbeiten, was ihnen geboten wird. Für Träume ist da zuerst weder Zeit noch Platz. Erst kommt die Realität. Irgendwann, manchmal früher, meistens später, präsentieren sich dann Möglichkeiten für Erfolg, und die muss man ergreifen, sobald man sie sieht. Leider ist das nicht jedermanns Sache, denn es ist oft mit erheblichem Risiko verbunden. Realistische Träume kann man sich erst leisten, wenn man die Zeit (und das Geld) dazu hat.

Wer aber die ersten harten Jahre durchhält, der wird auch träumen können. Die meisten unserer Bekannten leben hier ihren Traum, auch wenn er fast immer anders aussieht, als am Anfang.

Dass du von unserer Sorte scheinbar noch niemanden hier getroffen hast, erklärt sich wohl daraus, dass der gewöhnliche Kanada-Besucher uns selten kennen lernt, obgleich es hier ein ganzes Land voll von uns gibt! Und die meisten Kanadier kommen sehr gut über die Runden, ihre Lebensqualität ist eine der höchsten der Welt, sie haben viel Freizeit und wissen auch, wie man sie genießt. Etwas anderes zu behaupten, setzt eine Unkenntnis des Landes und der Menschen voraus, die leider bei vielen Kurzzeit-Besuchern weit verbreitet ist. Diese Tatsache lassen die Kommentare einiger Listenmitglieder immer wieder durchblicken.

Ein paar Mal in diesem Land gewesen zu sein, macht scheinbar viele zu absoluten Experten in Sachen Kanada. Aber um ein Land und seine Menschen richtig kennen zu lernen, muss man erst längere Zeit dort leben. Selbst dann reflektieren die Meinungen und Auffassungen einiger Menschen nicht immer die Wahrheit!

Dass man hier mehr arbeiten muss, um etwas zu werden, mag sein. Wer seine eigene Existenz aufbauen will und selbstständig werden will, muss auch hier schwer daran arbeiten. Sage mir keiner, dass es in Deutschland anders ist! Aber im Gegensatz zu Europa sind hier die Möglichkeiten tatsächlich unbegrenzt.

Ein letzter Gedanke: Wer neu in ein Land einwandert, muss sich auch diesem Land voll verschreiben. Wer nicht Staatsbürger werden will, der hat auch nicht das Recht, sich über Regierung, Politik und anderes zu beschweren. Wer nur das Beste beider Welten haben will, der wird auch hier kaum zufrieden sein; höchstwahrscheinlich auch nicht erfolgreich.

Das ist meine Meinung. Nur eine von vielen!
Peter Iden.

Erster richtiger Job

Mein erster „richtiger" Job in Kanada vom 1. Juni 1954 bis 31. Mai 1975 (vorher arbeitete ich kurz in einer Bürstenfabrik) war bei den Connaught Medical Research Laboratories, ein Teil der University of Toronto.

Die ersten 18 Monate war ich „Mailboy", d.h. ich musste die Post zwischen den verschiedensten Laboratorien der Universität austragen, unter anderem auch zum und vom „Banting & Best Institute". Dort arbeitete das Team von 1921 bis 1922, um Insulin zu entwickeln: Dr. J.J.R. Macleod, Dr. Frederick Banting, Dr. Charles Best und Dr. J.B. Collip, die „Mit-Erfinder" des Insulin.

...

Die Polio Vaccine, der Impfstoff der Kinderlähmung weltweit ausmerzte, wurde von dem Amerikaner Dr. Jonas Salk erfunden. Es war jedoch im Connaught Laboratory in Toronto, wo die Massen-Herstellung des Polio-Impfstoffs erfunden wurde, und zwar in dem Jahr, in dem ich nach Kanada kam und bei Connaught anfing zu arbeiten. Connaught hatte kurz vorher das Salk Institute gekauft.

Kurz nach meiner Ankunft in Kanada am 4. April 1954, begann ein gewaltiges Projekt zur Bekämpfung der Poliomyelitis-Seuche, unter der Millionen von Kindern weltweit litten. Alleine in Nord-Amerika wurden 1.800.000

Kinder mit der Connaught Polio Vaccine geimpft, um sie vor der Kinderlähmung zu schützen.

Ich bin kein Freund von Impfungen, aber meine 3 Jahre bei Connaught haben doch bei mir den unauslöschlichen Eindruck hinterlassen, dass bestimmte Impfmittel wie z.b. gegen Polio oder die Smallpox (Pocken) absolut zum Wohle der Menschheit beitragen. ...

30 16:03:04 GMT 2006
Karriere im ersten Job
Hallo, Anette:

Dein Bericht erweckt lang vergessene Erlebnisse aus dem Hinter-Stübchen.

Mein erster „richtiger" Job nach meiner Ankunft 1954 (und nach den wenigen Wochen in der Bürstenfabrik) war als „Mailboy" (Postjunge) im Medizinischen Labor der Universität von Toronto.

Da ich die Post-Abholung und Anlieferung in der Hälfte der Zeit erledigte, die der vorherige Mail Boy dazu brauchte, hatte ich zuviel Freizeit und fragte meinen Boss, was ich denn sonst noch machen könnte.

So bekam ich das Assignment, den Ablage-Raum der Firma aufzuräumen, zusammen mit einem anderen jungen Mann. Der Raum war ein riesiges, düsteres Giebelzimmer des alten Gebäudes, wo etwa 100 Jahre Korrespondenz und anderer Mist gelagert war. Nach etwa 3 Monaten, mit ein paar Stunden jeden Tag, hatten wir es geschafft. Alles, was keinen geschichtlichen oder medizinischen Wert hatte, verschwand im Müll. Meine Briefmarken-Sammlung bekam einen enormen Zuwachs an alten Briefmarken (Umschläge waren an fast alle Briefe angehängt wegen der genauen Adressen). Kurze Zeit später beförderte mein Boss und erster Mentor mich in die Buchhaltungs-Abteilung, von der ich nach 18 Monaten einen Teil übernahm.

Mein lieber deutscher Schullehrer hatte mir zwei Ratschläge auf den Weg nach Kanada mitgegeben:

1.) „Wer auswandert, tut das nur, weil er in Deutschland nichts geworden ist (ich war ja sowieso noch nichts, also war das wohl auf meine Eltern gemünzt!)

2.) „Aus dir wird jedenfalls niemals ein Buchhalter werden, wegen deiner schlechten Mathematik-Noten" (ich hatte eine 3). Well, ich bin kein Buchhalter geworden, aber als ich ihn nach 3 Jahren besuchte (weil ich ihm etwas zu sagen hatte!) hatte er nichts mehr zu sagen!

Der erste Job meiner Frau war, wie auch meiner, in einer Fabrik, wo sie am Fliessband Schokolade und andere Sachen fabrizierte (Heute heißt die Firma Hershey). Nach etwa 3 Monaten fragte sie, ob für sie eine Anstellung im Büro möglich wäre (sie ist gelernte Buchhalterin). Sie wurde zuerst damit beauftragt, den Ablage-Raum der Firma total neu zu organisieren. Auch sie schaffte das vollzeitlich in weniger als 3 Monaten und wurde dann in die Buchhaltung befördert.

Während dieser Arbeit kam sie eines Tages weinend nach Hause: ein Mitarbeiter hätte sie eine „Old Cow" (Alte Kuh) genannt. Wir lachten noch Jahre später darüber, nachdem ich ihr erklärte (ihr Englisch war noch nicht so gut), dass der Mann, als er die Sauberkeit und Ordnung des Ablage-Zimmers sah, erstaunt „Holy Cow!" ausgerufen hatte, hierzulande ein Zeichen äußerster Überraschung!

Fazit: Ein Aufräum-Job in einer Firma kann der erste Schritt zu einem besseren Job sein! Mach weiter so, Anette. Deine Berichte sind eine erfrischende Brise in dieser oft sehr gleichlaufenden Umgegend der Liste!

Beste Grüsse,
Peter Iden.

Die Karriere des Stiefvaters

Die Flugzeug-Industrie in Kanada lag 1954 am Boden, dank des Ostenhassers Diefenbaker aus Alberta *(Mit Osten meint Peter hier Ontario und Québec).* Niemand wurde eingestellt, der aus Europa kam, denn der „Kalte Krieg" hatte bereits angefangen. Mein Vater - ein Flugzeug-Ingenieur - hatte es genauso schwer, wie es heute ein deutscher Arzt oder Akademiker hat, der nach Kanada kommt. Das sind aber gleichzeitig Berufe, die Kanada derzeit dringend benötigt.

Daran hat sich seit 1954 nichts geändert. Mein Stiefvater hatte das sehr schnell gelernt, aber als zurückhaltender Mensch hat er auch nicht mit seinem Wissen aufgetrumpft, sondern nach dem Motto gearbeitet „machen anstatt reden". Das hat ihn im medizinischen Labor (als Flugzeug-Ingenieur) vom „Boden-Reinigungs-Ingenieur" (Cleaner) zum Spezialisten in der „Maintenance and Repair" komplizierter medizinischer Geräte und Maschinen gebracht und dies erlaubte uns nach wenigen Jahren bereits ein Haus zu erstehen (das Auto musste natürlich von Anfang an da sein, als kanadische Notwendigkeit!).

Staatsbürgerschaft

Mein Vater wusste von Anfang an, dass er in Deutschland begraben werden wollte. Aber das konnte er auch als Kanadier (und er fühlte sich als Kanadier). Er wusste, dass er an einem Gehirntumor sterben würde.

Allerdings haben auch wir längere Zeit (15 Jahre nach Ankunft meiner Frau) gewartet, bevor wir die kanadische Staatsbürgerschaft annahmen. Aber ich fühlte mich schon nach 3 Jahren hier als Kanadier. Bei meiner Frau dauerte es etwas länger, denn sie hatte ihre Familie in Deutschland zurück gelassen. Der Richter fragte uns nur eines: „Warum habt ihr so lange gewartet?" Unsere Antwort: „Wir waren zu beschäftigt mit unserer jungen Familie, und die Zeit vergeht einfach zu schnell!" Also nochmals: Welcome, Fellow-Canadians!

12 Jul 2003 10:34:25
Kommentar zum Einwandern

Der Grundunterschied heute ist, dass die Einwanderer (wohlgemerkt, die aus den westlichen Ländern!) aus dem „Haben" kommen. Damals gab es nur „Nichthaben". Niemand kam hier mit mehreren Hunderttausend Dollars an. Wer das hatte, blieb „drüben"! Die Konditionen hier waren die eines Kolonialstaates im Entwicklungsstadium. Es gab nichts, an das selbst der ärmste Immigrant in seinem Heimatland gewöhnt war. Der Schock dieser Realität war ein wirklicher „Kulturschock", denn es gab keine Vorbereitung durch irgendwelche Medien, an die wir heutzutage gewöhnt sind. Ein Einwanderer in den 50'er Jahren war total unvorbereitet. Die heutigen Einwanderer sind „übervorbereitet" und halten gerade das, was hier trotz allem anders ist, für den größten „Kulturschock"!

Ein volles Jahr zermürbender Arbeitslosigkeit für meinen Vater, Arbeit in Fabriken und in diversen „niederen" Jobs für mich (aber welche Erfahrung daraus hervorging!), zwanzig Jahre für andere arbeiten, bevor Selbstständigkeit Tatsache wurde - das sind nur einige der zahlreichen großen Meilensteine, welche in unserem Weg lagen!

Wem die Flexibilität fehlt, mit den heutigen, weitaus kleineren Meilensteinen fertig zu werden, der wird es auf langer Sicht auch hier nicht schaffen. Von Zeit zu Zeit tauchen solche Typen hier in dieser Liste auf, werden gelobt oder beschimpft - je nach Glaubensrichtung der Kritiker - und verschwinden wieder, weil das „große Mitleid" über ihre selbst verschuldete Situation fehlt!

Es war anders für Einwanderer in den 50'er Jahren, aber nicht so, wie es heute oft angenommen wird! Das alte Kolonialland Kanada wurde von UNS zu dem gemacht, was es heute ist. Wem das nicht gefällt, der sollte daran denken, dass wahrscheinlich zu viele der Einwanderer - besonders die Späteren - es genau so umformen wollten, wie sie ihre vorherige Heimat erinnerten. Das kann und darf man von keinem Land der Welt erwarten!

Aber darin waren sie Gott sei Dank nicht 100% erfolgreich!

21 Jan 2001 13:01:45
Experten aus Europa

Das mit den deutschen „Experten", welche öfter nach USA oder nach Kanada geschickt werden, ist so eine Sache. Bei Chrysler hat der Mann nicht gerade geholfen, zumindest nicht vom Standpunkt der Verkäufe gesehen, die augenblicklich in USA und Kanada schwer leiden! Wir haben eine riesige Chrysler-Fabrik nur wenige Minuten entfernt von hier, und Nachbarn von uns arbeiten dort (oder auch nicht, denn sie bekommen andauernd „Ferien", weil nicht mehr Autos gebaut werden dürfen und tausende Autos unverkauft auf dem Hinterhof stehen, genau wie bei Ford und GM).

Aus meiner eigenen Erfahrung mit unseren Kunden kann ich nur sagen, dass solche Leute vielleicht Kapazitäten auf ihrem Gebiet in Deutschland oder anderswo sind, aber hier sind sie, was kanadische Verhältnisse und Geschäftsmethoden angeht, total verloren. Beispiele:
1) Eine sehr bekannte deutsche Firma baute in der Nähe Toronto's vor einigen Jahren eine 1.5 Millionen-Dollar-Fabrik, um alkoholische Getränke zu produzieren und zu vertreiben. Leider vergaßen sie, sich vorher die Alkohol-Gesetze hier anzusehen. Nach einem Besuch bei der Firma in Deutschland wurde ich heran gerufen, um ihnen diese sowie auch die Zollgesetze mit Bezug auf Alkohol zu erklären. Als ich bei der bereits fertigen Fabrik ankam, standen draußen etwa 30 nagelneue Autos. Auf meine Frage, wofür die denn da wären, führte mich der Manager aus Deutschland zu einer hübschen Landkarte, auf der Ontario bis in den leeren Norden in saubere kleine Quadrate eingeteilt war. Erklärung: das sind die Arbeitsgebiete unserer zukünftigen Verkäufer in Ontario. Auf meinen Hinweis, dass es in vielen dieser Quadrate

nur sehr wenig Ortschaften, kaum Menschen und meist keine Strassen gäbe, sagte er mir, dass es in Deutschland gut funktionierte und dass es in Kanada ebenso gehen würde. Es wurde niemals eine einzige Flasche Alkohol dort produziert, und Fabrik sowie Autos wurden etwa ein Jahr später mit großem Verlust verkauft.

2) Ein großer deutscher Kunde von uns entschied, ohne irgendwelche Basis, den kanadischen Vertrieb ihrer High Technology Produkte von Toronto nach Dallas zu verlegen. Innerhalb weniger Monate waren ihre Verkäufe in Kanada um die Hälfte gesunken. Dann wurde die Firma auf Anregung von deutschen „Experten" nach Chicago verlegt. Die Verkäufe blieben schlecht. Darum wurde sie nach Detroit (gegenüber Windsor) verlegt, „weil es dichter am kanadischen Markt ist". Die Verkäufe in Kanada blieben weiterhin schlecht, denn Kanadier kaufen zwar viele nicht-kanadische Produkte, aber am liebsten nur von Firmen in Kanada (wegen der Dollarkurse, Zoll, Serviceprobleme usw.). Inzwischen ist die Firma wieder nach Kanada zurück verlegt worden."

3) Einer unserer deutschen Kunden kaufte sämtliche seiner Konkurrenten in Kanada und USA auf, strich deren Namen und ließ ihre Produkte jetzt nur noch unter seinem eigenen Namen vertreiben. Die Kunden, die jetzt nur noch EINEN Namen in Nordamerika zur Auswahl hatten, aber Produkte mit diesem Namen nicht haben wollten, kauften fortan ihre Geräte von Firmen in Japan.

Das sind nur einige von dutzenden Beispielen, von dem Unheil, das deutsche „Experten" allein unserer Kundschaft angetan haben. Diese Leute mögen drüben die größten Experten auf ihren Gebieten sein, aber wer in einem anderen Land dessen ökonomischen Pulsschlag nicht kennt, der kann auch für dieses Land nicht derartig wichtige Entscheidungen treffen!

Natürlich schicken deutsche und andere Firmen regelmäßig ihre eigenen

„Experten" nach Kanada, um dort ihre Interessen zu vertreten. Die Fehler dieser Leute, allein in unserem Kundenkreis, sind legendär. Und in vielen Fällen, wenn der erhoffte Erfolg ausbleibt, werden sie abgesägt oder nach Timbuktu versetzt! Natürlich gibt es auch „Experten", die sich adaptieren, das kanadische Geschäftsklima kennen lernen, ihren kanadischen Managern zuhören und vertrauen, und dementsprechend erfolgreich sind. Auch davon haben wir einige in unserer Kundschaft.

Nebenbei trifft das auch auf Qualifikationen von „Experten" aus anderen Ländern zu, inklusive der USA. Auch wenn wir „direkt nebenan" sind, so haben viele der südlich von uns getroffenen Entscheidungen für die kanadischen Niederlassungen von US-Firmen katastrophale Folgen für das Geschäft dieser Firmen in Kanada gehabt. Drei unserer amerikanischen Kunden, mit Umsätzen zwischen $ 15 und $ 35 Millionen in Kanada, beschlossen, ihre Warenhäuser und Büros in Kanada zu schließen, und ihre Verkäufe in diesem Land direkt aus den südlichen USA zu tätigen. Das liegt zwischen 3 bis 5 Jahre zurück. Als Resultat dieser von angeblichen „Experten" getroffenen Entscheidungen haben heute keine der Produkte dieser Firmen noch eine Präsenz in Kanada.

Warum dieser langatmige Kommentar? Weil er in direktem Zusammenhang mit der Frage steht, die in diesem Forum immer wieder aufkommt: „Warum werden meine Qualifikationen in Kanada nicht anerkannt?" Eben darum, weil diese den kanadischen Umständen oft nicht angepasst sind. Und selbst wenn sie beinahe 100% oder sogar besser sind, muss das erst einmal bewiesen werden. In einigen Berufen gibt es zwischen „Hier" und „Dort" gewaltige Unterschiede. In anderen hat wiederum eine Gewerkschaft oder eine Dachorganisation das Sagen, wer wo und wann arbeiten kann/darf. Bei Handwerkern ist das schon etwas anderes. Unter unseren Freunden und Bekannten geht es den Handwerkern sehr gut, solange sie natürlich auch den Ehrgeiz haben, zu wachsen. Einer von ihnen hat gerade seinen Betrieb für $ 3 Millionen verkauft. Deutschsprachige Handwerker-Unternehmer, wie z.B. die

Gründer der Husky und Magna Firmen, gehören zu den reichsten Menschen in Kanada.

Es gäbe noch sehr viel mehr dazu zu sagen, aber dies genügt erst einmal. Es wird auch nicht jeden in diesem Kreise interessieren, aber das Thema „Qualifikation" taucht doch immer wieder auf!

Gruss,
Peter Iden.

18 Apr 2005 11:12:05
ALLER ANFANG.....

Hallo, John:

So wie du deinen Bruder beschreibst, haben viele Einwanderer der 1950'er Jahre hier angefangen. Holzfäller, war eine der Arbeiten, mit der man viel Geld verdienen konnte. In den Minen gab es zahlreiche gut bezahlte Jobs. Hart und gefährlich, aber die meisten bauten sich so ihr „nestegg".

Heute kann man immer noch viel Geld im Norden verdienen, nur dass die Jobs jetzt im (Erd-) Öl und im Hydro-Elektrizitäts Business vorhanden sind. Die „Oil Sands" in Alberta sollen ja jetzt wieder auferweckt werden, aber das ist schon einmal „im Sande verweht"!

Aber die heutigen Einwanderer wollen nicht mehr so hart für ihre Dollars arbeiten, und darin liegt der Haken. Zu erst wollen sie in ihrem Arbeitsgebiet eine Anstellung finden, aber das ist alles andere als leicht hier. Wenn dann das Geld ausläuft, muss man eine niedrig bezahlte Stellung irgendwo annehmen (wenn man sie findet). Und das ist der erste Schritt in die Unzufriedenheit.

Die erfolgreichen Einwanderer - sie müssen natürlich eine gute Geldrücklage haben - suchen und finden Möglichkeiten, ihre Talente anders als in ihren gelernten Berufen anzuwenden. Und das ist heute genau so schwer wie „damals", auch wenn es niemand wahr haben will. Ich weiß es. Mein Vater war 11 Monate lang arbeitslos und musste als gelernter Flugzeug-Ingenieur als „Cleaning Man" (Raumpfleger) an der U of T anfangen!

Der Anfang kann da sehr hart sein, aber besonders die Selbstständigkeit ist zwar zuerst erschreckend, besonders für Leute, die bisher nur im Angestellten-Verhältnis arbeiteten, kann aber durch kluges Management recht lukrativ werden!

Beste Grüsse aus dem immer noch sonnigen Brampton,
Peter Iden.

12 Feb 2004 14:28:29
BEAMTENWISSEN

Hallo, Peter (K):

„Sicher liegt da manches in einer Grauzone, wo sich nicht viele Beamten Gedanken drüber gemacht haben und manche Dinge sind einfacher (Schlupflöcher), weil keiner dran gedacht hat."

Damit hast du dem Nagel den Kopf abgeschlagen (und das ist besser als ihn nur auf den Kopf zu treffen!)

Bevor hier wieder irgendetwas missverstanden wird: ich schreibe über das Beamtentum in Kanada generell, nicht über Führerscheine oder irgendeine Provinz. Ich habe seit mehr als 30 Jahren TÄGLICH mit diversen Behörden aller Klassen zu tun. Federal, Provincial, Municipal - Zoll, Transport, Gesundheit, Agriculture, allerdings sehr selten mit Immigration, Polizei, RCMP, und mit Konsulaten anderer Länder.

Um nur meine Spezialität - den Zoll - zu kommentieren: Die Gesetze sind dieselben in ganz Kanada, aber die Interpretation dieser Gesetze ist mit jedem Beamten verschieden. Ich will nicht sagen, dass Beamte dumm sind. Aber sie werden täglich mit so vielen Informationen und Situationen bombardiert (genau wie wir), dass es eine Grenze für ihre „Aufnahmefähigkeit" gibt.

Da wurden mir oft 3 bis 4 verschiedene „Übersetzungen" desselben Gesetz-Paragrafen präsentiert. Am Anfang meiner Firma flog ich mehrmals monatlich nach Ottawa, um dort Informationen und Entscheidungen einzuholen. Nach kurzer Zeit lernte ich, dass das nichts als enorme Geldverschwendung war! Die Infos konnte man auch auf Papier bekommen. Entscheidungen gab es selten, bevor nicht 6 bis 12 Monate verstrichen waren! Und dann oft: „Nein, das geht so nicht!"

Seit etwa 28 Jahren suche ich mir meine eigenen Infos, mache meine eigenen Entscheidungen, Übersetzungen und Regeln, was seit etwa 1992 durch das Internet noch viel leichter geworden ist. So konnte ich mein Wissen und meine Informationen in den vergangenen Jahren an zahlreiche große kanadische, amerikanische und europäische Firmen weiter geben und ihnen als „Consultant" viel Zeit und Geld ersparen."
Beamte in Kanada bleiben niemals lange genug in einem Aufgabengebiet, um dort Profizienz zu erreichen. Sie sind praktisch dazu gezwungen, ihre Position (und ihr Gehalt) durch regelmäßige „Ausschreibungen" zu verbessern, womit sie dann in ein total anderes Gebiet wechseln!

Ich muss allerdings noch einmal Führerscheine erwähnen. In den meisten Provinzen werden diese nicht von der Regierung direkt ausgegeben, sondern durch Privat-Firmen oder Organisationen wie das Chamber of Commerce oder die Canadian Automobile Association. Die Angestellten dieser Organisationen haben nur ein sehr geringfügiges Wissen der Gesetze - weitaus weniger als die Angestellten der Regierungen selbst. Ich bezweifle sehr, dass sie jemals mehr lernen, als nur ein Formular auszufüllen! Nicht umsonst müssen sie bei Sonderfällen immer ihren „Supervisor" rufen! Noch mehr bezweifle ich, dass sie jemals die (sehr ausführlichen) Gesetze der Provinz-Ministries of Transport gelesen haben!

Die Gesetze in allen Provinzen sind dieselben, mit einigen - nicht sehr schwerwiegenden - Unterschieden.

Der Unterschied der Erfahrungen und Meinungen liegt (auch nach der Ansicht vieler Listenmitglieder), in der Interpretation der Gesetze! Das ist natürlich wieder meine Meinung, aber sie steht nach 50 Jahren in Kanada auf, ziemlich festen Beinen!

Mit freundlichen Grüssen,
Peter Iden.

Hallo, „Ingrid mit Family":

Ich schließe mich deinem Gedanken an, dass Kanada ein „Wohlfühl-Land" ist. Ich fühle mich hier jetzt seit mehr als 50 Jahren sehr, sehr wohl (23. April 1954). Für die wenigen, die immer wieder etwas an diesem wunderbaren Land auszusetzen haben, sowie für die ewigen Kritiker der kanadischen Kultur, der Arbeitsmethoden, der Gelassenheit der Kanadier gibt es immer noch die alte kanadische Redewendung: „If you don't like it here, why the hell don't you go back to where you came from!".

Für die von uns, die es geschafft haben, ist Kanada immer noch das beste Land der Welt!

Mit freundlichen Grüssen,
Peter Iden.

(Und wieder ein Stück des Puzzle)

Mar 15 23:20:25 GMT 2007
Hallo,

Als „Junger Spund" arbeitete ich einige Zeit (an Wochenenden) für einen Indianer im Algonquin Park (Indian Joe). Einer meiner Jobs: Ojibwa Feder-Kopfschmuck zu machen. Er sagte mir, ich wäre zwar kein Ojibwa, aber meine Kreationen wären viel besser als die seiner Ojibwa-Helfer. Ich habe irgendwo ein Bild von einem dieser von mir kreierten „head-dresses" auf dem Kopf meiner damaligen Freundin und werde versuchen, es zu finden. Andere Sachen, die ich damals (von 1954 bis 1957) für ihn herstellte waren kleine, mit Perlen bestickte Ledertaschen, Perlen-Halsbänder und Gelenk-Bänder sowie andere Kreationen aus Perlen. Aber schon damals kamen z.B. die kleinen „Tomahawks", Indianer-Puppen und viele andere Sachen von außerhalb, und das war nicht China wie heute, sondern Japan.

Ein paar echte Ojibea-Moccasins brachte ich 1957 mit nach Deutschland und schenkte sie meiner neuen Freundin, die drei Jahre später meine Frau wurde. Der Pfennig, den sie mir dafür bezahlte, sollte nach altem deutschem Brauch vermeiden, dass sie mir in diesen Schuhen davon lief. Es war erfolgreich!
„Indian Joe" wollte damals, dass ich mich wie ein Indianer verkleide (meine große Hakennase hätte vielleicht dabei geholfen), mich farbig anmale und seine und meine „Produkte" an die wenigen Touristen verkaufe, aber ich weigerte mich. Seine Stammesleute waren damals nicht daran interessiert, ihre „Kultur" an Touristen zu verkaufen, und für mich war es eben nur ein (unbezahlter) Wochenend-Spaß! Als Neuankömmling im richtigen Alter für Indianer-Romantik, war es für mich damals eine Super-Erfahrung und meine Verbindungen mit den Ojibwas gingen noch bis in die späten 1960'er Jahre. Wir verbrachten viele schöne Zeiten auf den Ojibwa-Reservationen in Ontario, hauptsächlich in der Bruce Halbinsel nördlich von Owen Sound.

Toronto, cirka 1938 - Peter Iden spricht davon, dass die Immigranten Kanada zu dem gemacht haben, was es heute ist. Der Vergleich der beiden alten Fotos zu neuen Fotos der Stadt, verdeutlich seine Aussage. Rechts ist die King Street, Toronto, in einem Bild von cirka 1958.

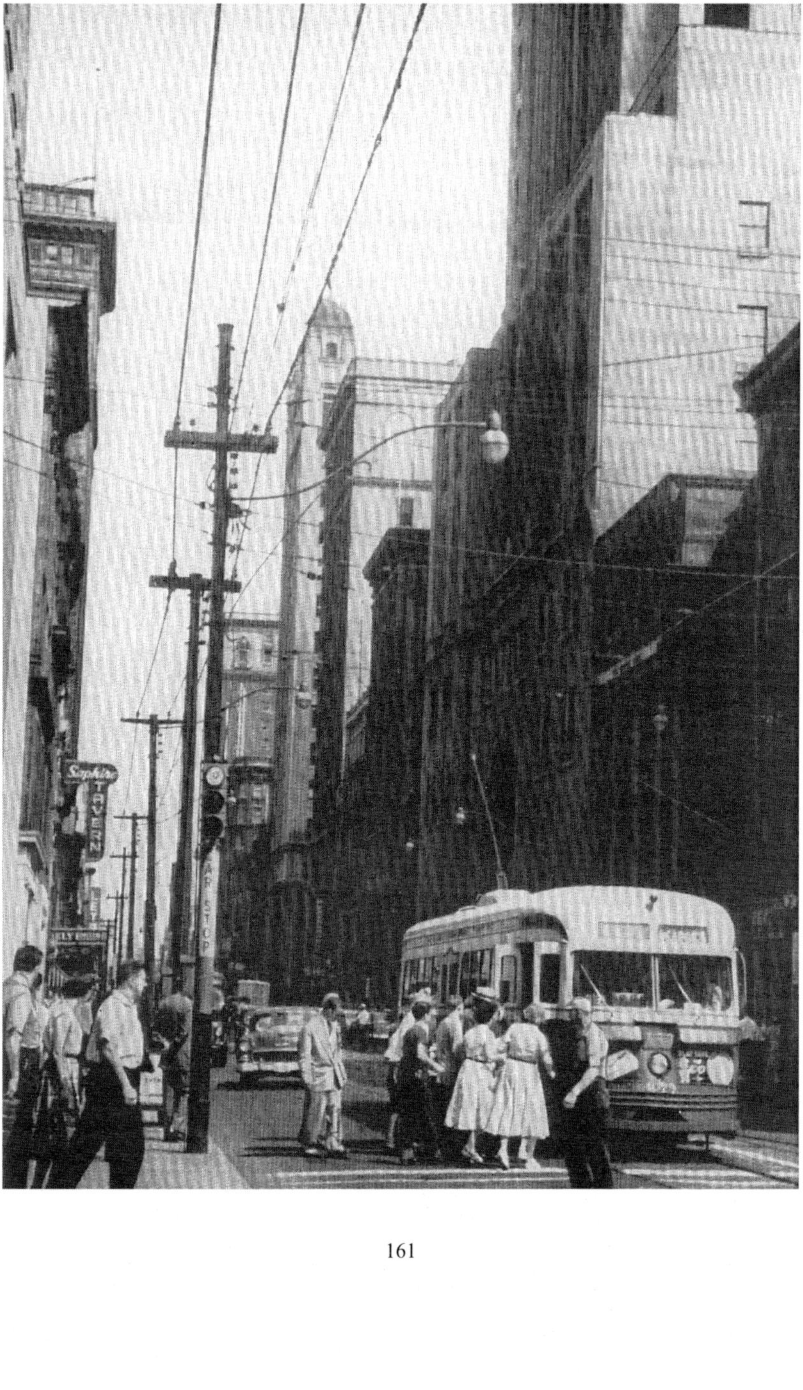
TAVERN

Der Malergeselle aus dem Münsterland
von Maxim Pouska

Der ältere Bruder von Georg Vörding ist, Mitte der Fünfziger des letzen Jahrhunderts, nach Kanada ausgewandert. Auf den Rat des Bruders hin zog Georg ebenfalls nach Montréal, Québec, Kanada. Zur damaligen Zeit lebten in der Stadt bis zu 75.000 deutsche Einwanderer. Es gab dort für sie einen „Löwenbräukeller", wo sie bei bayerischer Blasmusik ihr Maß trinken konnten und ebenso gab es dort deutsche Gerichte. Der Löwenbräukeller existierte bis 1994. Zu diesem Zeitpunkt lebten immer noch rund 25.000 deutschstämmige Einwanderer im Großraum Montréal.

Ich habe Georg ebenfalls in einem Café in Montréal getroffen. Diesmal aber nicht im französischen Teil der Stadt, sondern im englischsprachigen Teil von Montréal. Wie üblich sitzt man an einem Tisch, trinkt seinen Café, liest eine Zeitung und wenn nebenan jemand Deutsch spricht, so wird man aufmerksam und beginnt ein Gespräch. Er saß mit seiner Frau in einem Café an der Ave. Du Parc Ecke Rue Prince Arthur und ich saß ein oder zwei Tische entfernt. Wir trafen uns danach öfter in diesem Café oder in anderen Cafés und lernten uns so etwas näher kennen. Das war 1995 und Georg war zu dieser Zeit bereits über Siebzig Jahre alt.

Er war Malergeselle und stammte aus dem Münsterland. Sein Vater, ein alter Nazi, der bereits vor 1933 der Partei angehörte, war Malermeister und so wurde er, wie sein älterer Bruder Maler. Der Bruder zog als erster nach Kanada und berichtete Georg, dass es in Montréal sehr viel Arbeit gäbe und er auch nachkommen solle. Georg folgte dem Ratschlag seines Bruders und landete 1956 in Montréal.

Trotzdem es sehr viel Arbeit in der Stadt gab, fand Georg zunächst keine Arbeit in seinem Beruf. Das ärgerte ihn bereits nach 14 Tagen so sehr, dass er beschloss sich sofort selbstständig zu machen. Dieser Schritt war für ihn ausgesprochen erfolgreich und er kaufte sich bereits sechs Monate später sein erstes Auto. Nach einem Jahr kaufte er seinen ersten Jaguar. Er strahlte über das ganze Gesicht, als er mir erzählte, wie erfolgreich er in dieser kurzen Zeit geworden war und was es für einen Spaß machte, mit dem Jaguar zu fahren.

Montréal, cirka 1950

Dazu gibt es eine Geschichte, sagte er. Eines Tages sei er zu einer bürgerlichen Familie gebeten worden, um die Wohnung zu streichen. Er fuhr mit seinem Jaguar vor, die Hausfrau schaute sich das Auto an und sagte: „Ich bin doch nicht bereit ihr Auto zu finanzieren, bei ihren Honoraren." George erwiderte: „Liebe Frau, ich bin so beschäftigt, dass ich keine Zeit habe, mit ihm darüber zu diskutieren. Sie können gerne einen meiner Kollegen beauftragen, die mit ihren alten Klapperkisten ihren Geschäften nachgehen." Die Hausfrau zögerte kurz und danach durfte Georg die Wohnung streichen.

Georg war im Zweiten Weltkrieg Soldat gewesen. Mit 16 hatte er sich freiwillig zu den Gebirgsjägern gemeldet. Als Flachländer aus dem Münsterland, wurde er daraufhin von den Gebirgsjägern zur Aufnahme in die Kompanie in das Restaurant „Zum Füchschen" in Düsseldorf geladen, wie auch die anderen Freiwilligen aus der Umgebung, um ihre neuen Kameraden kennen zu lernen. Von diesem Festabend hatte Georg einen Kaffeelöffel mitgebracht, den er mir zeigte. Der Löffel war mit dem Zeichen des Restaurants schön geschmückt und Georg war ganz stolz darauf, ihn über die Zeit gerettet zu haben. Er wurde schwer verwundet, als er mit seiner Einheit vor Leningrad kämpfte und mit dem Zug zurück geschickt. In der Nacht des Bombenangriffs auf die Stadt Dresden, stand der Lazarettzug irgendwo auf den Gleisen in oder um Dresden. Er überlebte auch diese Nacht und in Süddeutschland wurde er danach gesund gepflegt und erlebte dort das Ende des Krieges.

Ich erwähne dies hier, da Georg mir erzählte, dass er in Montréal für viele jüdische Familien und Geschäftsleute gearbeitet hatte. Dazu erzählte er mir, dass er eines Tages zu einem alten Juden eingeladen wurde, um mit ihm über den Krieg und seinen Einsatz im Krieg zu sprechen. „Der wusste ja alles über die Bewegungen und Einsätze sämtlicher Einheiten in Russland", sagte Georg. Er erinnerte sich, dass das Gespräch in einer ruhigen und angenehmen Atmosphäre stattfand, auch wenn er sehr nervös war. Der Mann, der dieses Verhör, so kann man sagen, durchführte, blieb freundlich und machte keine Anstalten Georg als ehemaliges Mitglied der Wehrmacht zu diskriminieren. Das Resultat dieses Gespräches war, dass Georg danach keine Probleme hatte, wenn er für jüdische Auftraggeber, wie beispielsweise die Familie Bronfman, Besitzer der Firma Segram oder andere Mitglieder der jüdischen Gemeinde arbeitete. Dazu ist anzumerken, dass damals über 100.000 Juden in der Stadt lebten. Ihr Leben beschrieb Mordecai Richler in seinen Büchern.

Als Handwerker war Georg eine Kapazität auf seinem Gebiet und es macht ihm besonders viel Spaß, dass er keinen Meisterbrief brauchte, um in Kanada sein Geschäft gründen zu können. Er beherrschte eine handwerkliche Spezialität sehr gut und zwar: gerade Striche mit dem Pinsel zu ziehen, ohne dafür ein Lineal oder sonstige Hilfsmittel zu brauchen. Er konnte dies freihändig und verdiente damit immer wieder ein Extra-Geld. So erzählte er, dass er mit einem Rechtsanwalt über einen Auftrag diskutierte und dieser wollte gerade Linien in seinen Büroräumen haben. Georg forderte einen sehr hohen Preis, der Anwalt protestierte, rechnete dann aber nach und kam zu der Überzeugung, dass Georg mindestens drei Tage brauchen würde, um diese Arbeit auszuführen. Der Anwalt ging davon aus, dass Georg Hilfslinien und entsprechende Hilfsmittel nutzen musste, um diese Arbeit durchzuführen. Georg machte die Arbeit aber an einem Tag, da er ja keine Hilfslinien brauchte. Der Anwalt wollte den ausgemachten Betrag nicht zahlen, versuchte erneut zu verhandeln, aber schlussendlich bezahlte er doch den vereinbarten Preis.

Georg hat also den Esprit, der notwendig ist, um als Unternehmer erfolgreich zu sein. Sein Bruder sei nicht so erfolgreich, sagte er mit Bedauern und fand das sehr schade. Er arbeitete all die Jahre als selbstständiger Unternehmer und Beschäftigte in der Hochzeit des Booms bis zu 40 Angestellte.

Damals 1956, bis zum ersten Erfolg der stillen Revolution in Québec Ende der Siebziger, waren die frankokanadischen Québecer für die Anglokanadier das absolute „Letzte". Für den englischsprachigen Kanadier kamen damals im Ranking der Mitmenschen, die Einwanderer aller anderen Nationen zuerst. Selbst ein Englisch sprechender Farbiger wurde eher akzeptiert. Erst am Schluss der Reihe kam dann der französisch sprechende Québecer, so erzählte es mir Georg, als selbst erlebte Erfahrung.

Das zweite Referendum von 1995 war eine hauchdünne Entscheidung und darum fragte mich Georg, ob es tatsächlich möglich sei, dass die Souveränisten ihn von „Haus und Hof" vertreiben könnten. Ich konnte ihn beruhigen und teilte ihm mit, dass auch in einem souveränen Québec, Recht und Gesetz die gleiche Gültigkeit hat, wie bisher. Er und seine Frau hätten versucht Französisch zu lernen, erzählte er. Sie seien aber schon zu alt gewesen, um die Sprache wirklich erlernen zu können. Sein Sohn, der ebenfalls Malergeselle war, hätte das Problem auf seine Weise gelöst. Er heiratete eine Französischlehrerin. Die Enkelkinder von Georg sprechen heute natürlich Französisch und Englisch und kaum noch Deutsch. Als er sein Malergeschäft an seinen Sohn abgab, machte er eine Kneipe auf und genoss das Leben als Wirt. Er dachte aber auch bereits an die Zeit, wo er nicht mehr arbeiten wollte und dafür kaufte er sich zwei sehr schöne aber komplett heruntergekommene Häuser im McGill Getto, in Sichtweite der Mauer der Universität McGill.

Bei diesem Hauskauf zeigte sich ebenfalls, wie gut Georg inzwischen wusste, wie man in Kanada Geschäfte machte.

Der Verkäufer wollte nach Toronto ziehen, da er Angst vor den Québecern hatte, die ja souverän werden wollten. Er bot die beiden heruntergewirtschafteten Häuser zu einem sehr günstigen Preis an, in der Hoffnung, dass Georg keine Hypothek/Mortage von einer Bank erhalten würde. Das Geschäft lief so, dass Georg eine Anzahlung leisten musste und zu einem bestimmten Tag die Restsumme auf einmal zu bezahlen hatte. Würde es ihm nicht möglich sein diese Restsumme an diesem Tag zu bezahlen, dann würde die Anzahlung verfallen und auch die Häuser würden wieder an den Verkäufer zurückgehen. Georg kannte diese Art von Geschäften, er hatte deshalb vor Unterzeichnung des Vertrages bereits mit seinem Banker, der ihn ja seit Jahrzehnten als erfolgreichen Geschäftsmann kannte, über die Möglichkeit einer Hypothek/Mortage gesprochen und von diesem die Zusage für die Hypothek erhalten.

Der Verkäufer war natürlich sehr enttäuscht und frustriert, als George ihm die Restsumme auf den Tisch legen konnte. Er verstand nicht, wieso der Deutsche seinen Trick parieren konnte. Georg strahlte ebenfalls wieder über das ganze Gesicht, wie bei der Geschichte mit dem ersten Jaguar, als er mir dies erzählte. Darauf tranken wir dann wieder einen Whisky.

Die nächste komplizierte kaufmännische Entscheidung war die Renovierung des Hauses und der Versuch die Kosten voll beim Finanzamt abzusetzen. Die Renovierung selber war für Georg natürlich kein Problem. Er baute die beiden Häuser so um, dass die neuen Apartments für Studenten geeignet waren und für ihn und seine Frau eine schöne große Wohnung enthielt. Aber das Finanzamt hätte diese ganzen Kosten nicht ohne genaue Dokumentation akzeptiert. Das wusste Georg und er hatte sich darauf entsprechend vorbereitet. Das Finanzamt wollte, wie erwartet, die Kosten nicht akzeptieren und der Fall ging vor Gericht. Zwei Richterinnen entschieden über seinen Fall. Er hatte aber genug Beweise zur Hand, dass ihm der volle Steuerabzug genehmigt werden musste. Und schon wieder lächelte er und schenkte nach.

Georg fühlte sich in Montréal wohl, er hatte seine Familie um sich, seinen Sohn, seine Enkelkinder und es ging ihm wirtschaftlich immer gut. Er hatte aktiv für die deutsche Gemeinde gearbeitet. Sein Sohn und er hatten beispielsweise die Kirche kostenfrei neu gestrichen. Und er konnte es sich leisten, regelmäßig im Winter in die Karibik in Urlaub zu fahren. Ich lud ihn in ein Internet Café ein, damit er dort die Zeitungen aus seiner Heimat lesen konnte. Aus dem Münsterland gab es bereits 1996 Internet-Zeitungen und es interessierte ihn am Anfang schon, zu sehen was für Probleme die Leute dort heute haben und worüber sie sprachen, aber es langweilte ihn sehr schnell.

Georg hat kein Interesse nach Deutschland zurück zu gehen. Er fühlt sich in Montréal wohl und hat sich auch damit angefreundet, dass die Französisch sprechenden Québecer das Sagen in der Stadt und der Provinz haben.

Montréal, la place d'armes, 1992

HEIMAT - IN WELCHEM LAND?
Detlef Janthur - 1954
von Maxim Pouska

Kennen gelernt habe ich Detlef im Café Les Gâteries, an der Rue St-Denis, Ecke Rue Sherbrooke in Montréal. Es war ein sehr beliebtes Café bei den Franzosen, die dort als Literaten, Schachspieler, Studenten oder Professoren ihre Arbeit machten, diskutierten oder einfach nur die Zeit verbrachten.

Er war zuerst zurückhaltend wie ein scheues Reh. Erst im Laufe der Zeit und nach vielen Cafés, die wir zusammen in diesem und anderen Cafés und bei ihm in der Wohnung tranken, erfuhr ich nach und nach seine Geschichte. Als ich ihn näher kennen lernte, war er 50 Jahre alt.

Als Zehnjähriger kam er mit seinem Vater und seiner Mutter, sowie einem älteren Bruder nach Kanada. Sein Vater war praktischer Arzt in Deutschland. Als sie in Alberta ankamen stellte der Vater fest, dass er erneut promovieren musste, sein Diplom als Mediziner wurde nicht anerkannt. Die darauf folgenden Jahre waren extrem hart, erzählte Detlef. Er erinnere sich immer mit einem leichten Grauen an diese Zeit. Die Familie hatte kein Geld. Sie mussten in irgendeiner Weise überleben, während der Vater für seine Examen studierte. Der Vater kämpfte sich durch, machte sein Diplom erneut und praktizierte dann bis zum Ende seines Arbeitslebens in Alberta als Arzt.

Der Vater und die Mutter hatten vermutlich schon sehr früh geplant nach der Pension wieder zurück nach Deutschland zu gehen. Sie hatten sich dafür in einem Altersruhesitz südlich von Stuttgart eine Wohnung gekauft.

Detlef war nun als Kind in Alberta. Er erlebte die Landschaft, liebte das Landleben, erlebte die Wälder und so war es für ihn selbstverständlich, dass er einen Beruf wählte, den er draußen in der Natur ausüben könnte - er wurde Landvermesser. Er studierte in Alberta und arbeitete in jungen Jahren und auch später immer wieder in diesem Beruf.

Er erzählte mir ebenfalls von seiner Tätigkeit in der Forstwirtschaft. Dass Aufforsten der Wälder, die durch die Industrie radikal abgeholzt wurden, war in Alberta und auch in Britisch Kolumbien ein gutes Business. Man konnte damit im Sommer so viel verdienen, dass man davon im Winter gut überleben konnte. In diesem Bereich arbeitete er viele Jahre als Leiter von Teams, die jedes Jahr aus neuen Mitgliedern gebildet wurden.

Detlef verstand sich eigentlich immer gut mit Frauen. Das war so in Montréal, aber auch schon damals, als er in den Bergen die Bäume pflanzte und Teamleiter war. Er erwähnte eines Tages, dass er der erste Teamleiter war, der eine Frau in ein Team der Waldarbeiter aufgenommen hatte. Damals war das noch nicht gerne gesehen, aber das störte Detlef nicht und so sorgte er dafür, dass die Frau in seinem Team Arbeit fand. Sie war Indianerin und sie machte ihre Arbeit hervorragend, erzählte er.

Irgendwann im Laufe seines Lebens heiratete Detlef eine Kanadierin aus Ontario und seine Frau gebar einen Sohn und eine Tochter. Die Frau lebte mit dem Sohn immer noch in Toronto. Die Tochter wurde ein international erfolgreiches Fotomodell und verstand sich immer gut mit ihrem Vater.

Die Geschichte von Detlef ist aber eine Geschichte der Wanderung von Deutschland nach Alberta und von Alberta langsam zurück nach Osten bis nach Montréal - mit dem Ziel Deutschland. In Montréal war er näher an Deutschland und reiste im Winter immer wieder zu seinen Eltern, die bereits südlich von Stuttgart im Altersruhesitz lebten. Von dieser Wohnung aus hatten die Eltern einen sehr schönen Blick auf die Berge, der jenem Anblick glich, den man aus einiger Distanz auf die Rocky Mountains hat.

Detlef erzählte mir immer wieder davon, wie er versuchte nach Deutschland zu kommen und wie er auf der anderen Seite das Gefühl hat, nicht nach

Deutschland gehen zu wollen. Es war ein Zwiespalt in seiner Seele, der ihn immer daran hinderte wirklich erfolgreich und zufrieden in Kanada zu sein, so wie beispielsweise Georg.

Der zehnjährige Junge, der er damals war, hatte nie vergessen wie gut es ihm in Deutschland ging. Er wusste aber andererseits als Mann, dass Kanada und die Weite des Landes ihn doch in irgendeiner Weise gefangen hatten.

Als er dann Anfang der Neunziger nach Montréal kam, hatte er zuerst keine Arbeit, konnte aber von seinen Ersparnissen leben. Er suchte sich Mitten in der frankokanadischen Bevölkerung des Plateaus eine Wohnung. Dabei sprach er so gut wie kein Französisch, als er ankam und lernte es in all den Jahren auch nur minimal.

Er kam darum immer ins Café, wo sich weitere Deutsche trafen, die im Goethe Institut arbeiteten oder damit zu tun hatten. Im Café Les Gâteries traf er Theo, ebenfalls ein Deutscher, der als Kind nach Kanada gekommen ist und dessen Eltern dort geblieben sind. Theo war im Gegensatz zu Detlef zufrieden, dass er in Kanada lebte. Theo gab ihm alle möglichen Ratschläge, wie er zu Arbeit kommen konnte. Denn es war ein Problem für Detlef, in der Stadt als Landvermesser Arbeit zu finden. Und hier beginnt eine Variante der kanadischen Arbeitswelt, die wir so in Deutschland nicht kennen.

Detlef hatte sich angewöhnt im Winter die Straße von seiner Wohnung an der Ave. Papineau bis zu einem Café einige Blocks weiter an der Ave. Laurier und den Läden, wo er einkaufte, perfekt von Schnee und Eis frei zu machen. Wer die winterlichen Straßen in Montréal und in den kanadischen Städten kennt, der weiß, dass auf dem Bürgersteig viel Schnee liegt und dieser Schnee zu Eis wird. Wenn man nicht genau aufgepasst, wo man hin tritt, kann man sich sehr schnell die Beine brechen. Detlef machte diese Arbeit sehr gut. Es lag also kein Schnee und kein Eis mehr auf diesen Strecken, die er säuberte; er pflegte auch im Sommer diese Strecke sauber zu halten, das heißt, er fegte die Straßen. Das machte er alles freiwillig ohne Bezahlung, einfach für sein persönliches Wohlgefühl und seine persönliche Sicherheit.

Montréal, Plateau, 1994 - Nach dem Schneefall der Nacht räumt ein Bewohner seinen Weg zum Auto frei.

Nun war es so, dass Detlef ein Frühaufsteher ist und im Sommer eher um 3:00 Uhr morgens aufsteht, als um 11:00 oder 12:00 Uhr mittags. Bei seinen morgendlichen Spaziergängen, seiner morgendlichen Arbeit traf er immer wieder den Direktor des Botanischen Gartens von Montréal, Pierre Bourque. Ich habe nun erneut zu erwähnen, dass Detlef so gut wie kein Französisch sprach, trotzdem er in dieser sehr französischen Ecke von Montréal wohnte. Aber das akzeptieren die Quebecer, wenn man sie respektiert und ihnen entsprechend freundlich entgegen kommt und sprechen dann Englisch und das tat Detlef, denn er war immer ein freundlicher und höflicher Mensch. Über die Gespräche mit Bourque baute Detlef eine gute Bekanntschaft zu ihm auf.

Heute würde man sagen, es war ein ausgezeichneter Network-Kontakt.

Das Nächste was passierte war, dass Detlef ein berühmter Mann in der Stadt wurde. Denn es war absolut ungewöhnlich und so etwas machte niemand sonst: die Straßen freiwillig und perfekt sauber. Die Québecer achteten diese Arbeit sehr und es wurde der französischen Zeitung La Press mitgeteilt, dass Detlef ein beachtenswerter Mitbürger sei. Die La Press hatte jeden Monat eine Seite, auf der sie außergewöhnlichen Mitbürger vorstellte. Und so kam es, dass eines Tages die La Press auf einer ganze Seite über Detlef berichtete. Natürlich war er stolz. Am Ende des Jahres gab es eine große Veranstaltung der Zeitung, in der die Person des Jahres gekürt wurde. Detlef wurde zweiter und nur geschlagen von Phyllis Lambert. Lambert war die Gründerin des Museums „Le Centre canadien d'architecture / Canadian Centre for Architecture" und gegen sie konnte in diesem Jahr niemand gewinnen.

Der nächste Schritt in der Karriere von Detlef geschah, als der Direktor des botanischen Gartens für das Bürgermeisteramt von Montreal kandidierte. Er gewann, und als erstes verzichtete er auf sein Gehalt als Bürgermeister, zu Gunsten der unterpriviligierten Jugendlichen, die arbeitslos waren und Förderung brauchten. Als Detlef ihn beim nächsten Spaziergang früh morgens traf und ihm erzählte, dass er immer noch keine Arbeit hatte, da sagte der neue Bürgermeister: „Komme morgen in mein Büro, wir regeln das."

Detlef war natürlich etwas verunsichert und besprach dies mit uns im Café. Wir alle ermutigten ihn, auf jeden Fall diese Chance zu ergreifen. Er ging also am nächsten Tag in das Büro und der Bürgermeister verschaffte ihm eine Anstellung im Gartenbaubetrieb der Stadt Montréal. Dort traf Detlef auf ein Team, das ausschließlich aus Französisch sprechenden Québecern bestand (die konnten allerdings auch Englisch). Ein Team aus Männern und Frauen. Und wie das im Leben von Detlef immer schon war, die Frauen wurden seine besten Teampartner. Detlef verschaffte sich in diesem Team Respekt. Das dauerte eine Weile, da man natürlich nicht so leicht einen Fremden, der dazu auch noch kein Französisch spricht, in einem solchen Team respektiert. Aber mit seiner deutlichen Gründlichkeit, mit seiner konsequenten Arbeit und Ehrlichkeit verschaffte er sich nach einer Weile, auch bei seinen männlichen Teampartnern Respekt.

Denn Detlef war hartnäckig, er ließ sich weder von dem einen, noch von den anderen etwas sagen, wenn es darum ging seine Arbeit so perfekt wie möglich zu machen. Wie konsequent Detlef war, zeigt sich an einer Geschichte. Sein Team hatte auch die Aufgabe Spielplätze mit neuen Pflanzen zu verschönern. Nachdem diese Arbeit gemacht war, gehörte es nicht mehr zu den Aufgaben des Teams den Spielplatz auch sauber zu machen. Dafür war die Straßenreinigung zuständig. Aber Detlef sah nicht ein, dass er die Spielplätze so dreckig zurück lassen sollte, wie er sie vorgefunden hatte. Also fing er an, sie sauber zu machen und wenn sein Team-Chef deshalb mit ihm schimpfte, ließ er sich nicht von dieser Arbeit abhalten. Denn auf diesen Spielplätzen lagen zum Teil Spritzen von Drogensüchtigen und andere Utensilien der Nacht herum. Erst nach einer ganzen Weile und vielen Streitgesprächen gab das Team klein bei und half Detlef beim Saubermachen der Spielplätze, die sie gerade neu bepflanzt hatten. Das kostete natürlich Zeit, aber das war Detlef egal.

Und da zu dem Gartenbaubetrieb auch der Berg in der Stadt, Parc du Mont-Royal gehörte, war es eines Tages so weit, dass man sich darüber einigte, dass Detlef den gesamten Berg pflegen und betreuen sollte und das komplett alleine, in eigener Verantwortung und in eigener Zeiteinteilung. Natürlich wurde die Pflege im Team gemacht, wenn es um größere Arbeiten ging. Aber den Park sauber zu halten und drauf zu achten, dass alles in Ordnung war, das war nun Detlefs Aufgabe. Das Team war froh, sie konnten wie bisher weitermachen und Detlef war glücklich, da er nun eine Aufgabe hatte, die er liebte.

Vielleicht hat ihn einer der Touristen, die dieses Buch lesen, auf dem Berg gesehen und getroffen. Denn Detlef hatte eine hervorragende Nase dafür, zu erkennen ob jemand Deutscher war. Er war dann gerne bereit zu erzählen, Information weiterzugeben und zu helfen.

Bei seinen morgendlichen Spaziergängen auf dem Berg, traf er eines Tages einen deutschen Förster. Dieser lud ihn ein nach Deutschland zu kommen und sagte ihm: „Für dich habe ich immer sofort Arbeit, komm arbeite mit mir." Aber hier wurde Detlefs Zwiespalt wieder sichtbar. Er ging nicht zu dem Förster. Wir redeten oft darüber und er erzählte mir immer wieder, wie er hin und her gerissen war, das Angebot anzunehmen und es dann doch nicht annahm.

Detlef besuchte sehr oft das Goethe Institut, das vom Café Les Gâteries nur einige Meter über die Strasse entfernt war, um zu der deutschen Kultur Kontakt zu haben. Für die deutsche Gemeinde in Montréal, die sich um das Goethe Institut gebildet hatte, war Detlef ein Außenseiter. Irgendwie war er für diese Leute so etwas wie ein Trapper, da sie nicht recht wussten, wie sie ihn einordnen sollten, so wie er sich kleidete. Die Damen und Herren, die dort gewohnt waren auf Bügelfalten an den Hosen, auf ein feines Jackett, ein sauberes Hemd zu achten, hatten keinen Blick dafür, dass Detlefs saubere Kleidung sündteuer und perfekt für die Wildnis in Britisch Kolumbien oder Alberta geeignet war. Das heißt, er war immer hervorragend gekleidet, aber nicht nach den Maßstäben der Städter, sondern nach den Maßstäben der Leute draußen in den Bergen und auf dem Land. Dazu trug er noch einen seltsamen Hut, so eine Art Tirolerhut und sein wettergegerbtes Gesicht war nicht bleich genug für die Städter und hatte auch nicht das Braun einer Sonnenbank.

Er hatte mich mehrere Male in seine Wohnung eingeladen, um mit mir über seine Geschichte zu sprechen. Ich bekam immer einen hervorragenden Espresso, aus einer sehr teuren und guten Espresso- Maschine. Seine Wohnung war immer sauber, wenn ich kam und ich denke nicht, dass er sich auf meine Besuche vorbereitet hat. Genau wie er seine Gärten und seine Spielplätze sauber hielt, so sorgte er auch für die Sauberkeit seiner Wohnung.

Nachdem Detlef den Job bei der Stadt Montréal bekommen hatte, als Gärtner ohne Fachausbildung, hatte er keine Lust mehr im frankokanadischen Quartier von Montreal zu leben. Er zog wieder nach Westen. Zwar nur ein paar Kilometer, aber er befand sich nun in dem Teil der Stadt, den man als McGill Getto bezeichnete. Das sind die Straßen westlich von Boul. St-Laurent bis hin zur Universität McGill. Dort fing er im Winter wieder an die Straßen zu räumen. Denn im Winter brauchte er nicht die Gärten der Stadt zu pflegen. Und natürlich machte er wieder die Straßen von seiner Wohnung aus, bis zu den Geschäften, wo er einkaufte und zum Café, wo er nun meistens seinen Café trank, sauber. Das Resultat war, er bekam wieder eine Seite in der Zeitung, über diese außergewöhnliche und ungewöhnliche freiwillige Tätigkeit: die Straßen für die Bürger sauber zu machen. Diesmal allerdings in der englischsprachigen Zeitung The Gazette und das gefiel ihm am Anfang ganz gut. Aber eine Weile später sagte er mir: „Ich habe keine Lust mehr die Straßen sauber zu machen. Ich will was anderes machen." Und dieses „Ich will was anderes machen", war immer mit der Frage verknüpft: „Will ich zurück nach Deutschland?"

Inzwischen war sein Vater gestorben, seine Mutter lebte weiter südlich von Stuttgart und sein älterer Bruder war ebenfalls in Deutschland. Seine in Kanada geborene Schwester war inzwischen gestorben. Seine Ex-Frau lebte mit dem Sohn in Toronto. Seine Tochter lebte ebenfalls dort, besuchte ihn aber auch in Montréal. Und jedes Mal, wenn wir uns im Café trafen, sprach er früher oder später darüber: Was mach ich? Gehe ich zurück nach Deutschland oder gehe ich nicht zurück? Will ich zurück? Wo bin ich zu Hause?

An seiner Geschichte wird eines deutlich: Man kann seinen Kindern, die man mit nach Kanada nimmt, nicht vorschreiben, wo sie zu Hause sind. Die Kinder können genau so, wie auch die Eltern, das Gefühl haben, auswandern zu müssen.. In diesem Fall, müssen sie in die Heimat der Eltern zurückwandern, genauer gesagt in die Heimat ihrer Kindheit. Er lebte und arbeitete noch in Montréal, als ich die Stadt verließ, um nach Deutschland zurückzukehren. Ich kann heute nicht sagen was aus ihm geworden ist. Aber eines kann ich sagen, dass Kinder, sobald sie größer sind, doch das eine oder andere Mal das Gefühl haben: Ich muss nach Deutschland zurück. Ob sie dann tatsächlich nach Deutschland zurückkehren, ist etwas anderes. Aber dieses Gefühl der Gespaltenheit, des nicht Wissens, wo ist meine Heimat hindert daran, zufrieden in Kanada zu leben.

Das wird auch in der anderen Geschichte deutlich, die in diesem Buch steht. Gundula wurde in Kanada geboren, zog nach Deutschland, heiratete, bekam Kinder, lebt hier seit Jahrzehnten und hatte immer Heimweh nach Kanada. Ihre Geschichte hat Parallelen zu der von Detlef, nur mit umgekehrten Vorzeichen.

Ob Detlef jemals zufrieden sein kann, ist nicht vorauszusehen. Vermutlich wird er immer diese Spaltung, zwischen der Heimat seiner Kindheit und der Heimat seines Erwachsenendaseins, in sich fühlen.

EIN NEUER ANFANG
von Gundula Meyer-Eppler - 1952

Meine Eltern, Hans und Ruth Meyer, sind 1952 von Deutschland nach Kanada ausgewandert. Damals hatten sie schon 4 Kinder und hinterließen außerdem ein Kindergrab vom Erstgeborenen in Celle. In Kanada wurden dann noch 3 Kinder geboren. Ich wurde in Kanada geboren und bin die Erste der „made in canada" Kinder :))

Der Weltkrieg hatte tiefe Spuren bei beiden hinterlassen. Sie hatten viel Schlimmes erlebt, beide hatten wichtige Menschen in ihrem Leben verloren und dann in den allerletzten Kriegstagen, in den Wirren von Flucht und Vertreibung, auch noch das erste Kind. Der Krieg hatte die Universitätsausbildung meines Vaters unterbrochen; meine Mutter konnte ihren Universitätstitel zwar noch abschließen, trotzdem waren für beide die Zukunftsperspektiven völlig verändert.

In den ersten Nachkriegsjahren haben sie versucht eine Existenz aufzubauen auf einem Stück Land im Norden Deutschlands, direkt hinter dem Deich. Hier haben sie Schafe und Kühe gehabt, sowie einen großen Garten. Hier kamen auch die nächsten Kinder zur Welt.

Für beide Eltern war das Landleben völlig neu. Meine Mutter kam aus einer Diplomatenfamilie aus Berlin und mein Vater kam aus Potsdam, aus einer sehr gut gestellten Konditorfamilie. Beide hatten eine sehr behütete Kindheit mit Kinderfrauen, Köchin und alles was das Leben leichter machte. Das Leben auf dem Land in der schweren Nachkriegszeit, hatte für beide viele neue Erfahrungen zu bieten und hat sie sicherlich oft an ihre Grenzen gebracht.

Ihre neuen Nachbarn haben ihnen viel Unterstützung gegeben und ihnen viel gezeigt, unter anderem wie man eine Kuh melkt. Sie hatten meinen Vater im Stall gefunden, ein Buch über das Melken auf den Knien, eine störrische Kuh vor ihm, und kein Tropfen Milch im Eimer. Er hat es aber noch gelernt, und später in Kanada hat er mehr Milch von seinen Kühen bekommen, als der Vorbesitzer der Kühe.

Eine Maul-und-Klauen-Seuche hat ihrem Neuanfang in Deutschland ein Ende gesetzt. Zusätzlich zu den erheblichen finanziellen Einbussen durch die Seuche, litten sie sehr unter den Kriegsfolgen, überall begegneten ihnen Schatten des Krieges. Da hat mein Vater den Entschluss gefasst auszuwandern. Er hat eine Münze geworfen, ob es Kanada oder Südamerika sein sollte und als das Los sich für Kanada entschieden hat, hat er eine große Landkarte von Kanada genommen, sie umgedreht, eine Nadel durchgepiekst, und somit sein Ziel festgelegt.

Sie haben ihr Land hinter dem Deich verkauft und eine große Versteigerung abgehalten für all die Sachen, die sie nicht mitnehmen konnten. Dann mussten die Eheleute sich vorerst trennen. Mein Vater musste laut den kanadischen Vorschriften vorgehen und Unterkunft und Arbeit nachweisen können, ehe seine Familie nachkommen konnte. Auswandern hieß damals eine lange beschwerliche Schiffsreise auf alten ausrangierten Frachtschiffen. Das Schiff auf dem meine Mutter mit meinen Geschwistern nach Kanada kam, ist auf der nächsten Fahrt gesunken!

Meine Tante ist mit meiner Mutter mitgefahren, um ihr zu helfen, mit den 4 kleinen Kindern. Die Tante wollte eigentlich nach Deutschland zurückkehren -tatsächlich hat sie es dann nur noch in ihren Urlauben getan und blieb bis zu ihrem Tode in ihrer neuen Heimat Kanada.

Die Stecknadel hatte einen wunderschönen See in British Columbia erwischt. Als mein Vater nach langer Schiffsreise und anschließender endloser Zugfahrt in Prince George ankam, musste er feststellen, dass es zu dem See keine Strasse gab, keine Siedlung dort, nichts. Es war für ihn als Europäer unvorstellbar gewesen, dass ein See von der Größenordnung nicht erschlossen wäre. Er hatte auch eine richtige Stadt erwartet, als er in Prince George ausgestiegen ist. Ein Versorgungsknotenpunkt für so ein riesiges Nordland musste doch eine richtige Stadt sein! Er hatte gedacht seine Karte ist einfach ungenau, der Maßstab zu grob, die Einzelheiten nicht vorhanden. Im Laufe der nächsten Zeit musste er einige seiner Vorstellungen an die Realität anpassen!!

Er hat dann durch die Arbeitsvermittlung einen Sägemühlenarbeitsplatz in Penny bekommen, auf halber Bahnstrecke zwischen Prince George und Jasper. Hier hat er in Eile ein Häuschen gebaut - es war schon September, der Winter nahte, und er wollte vorher noch seine Familie rüber holen.

Penny war dann ein Jahr lang ihr Zuhause, dann zogen sie 10 Meilen weiter westlich nach Longworth. Diese ganzen kleinen Ortschaften am Fraser River entlang, waren alles Holzfäller-Camps, Sägemühlen-Ortschaften oder hatten sonst irgendwie mit der Holzfällerei zu tun. Die Eisenbahn war die einzige Verbindung zur Außenwelt, es gab damals keine Straßenverbindung. Es gab auch keine Stromversorgung, keine Wasserleitungen in den Häusern und nur ein einziges Kurbeltelefon im Ort und das war im Bahnhof.

Die Orte waren alle klein, auch zu Zeiten wo dort „viel los" war, gab es in Longworth nur ca. 150 Einwohner. Die Leute waren sehr stark aufeinander angewiesen, in sämtlichen Lebensbereichen; nicht nur wenn Hilfe gebraucht wurde, sondern auch einfach für Gemeinschaft und Gespräche. Der Krieg in Europa hatte die Gesellschaft sehr verändert, aber hier in dem neuen Land war auch vieles sehr anders und fremd. Meine Eltern mussten sehr viel lernen, nicht nur ihr Schulenglisch verbessern, sondern gesellschaftlich und beruflich sehr umdenken und sich anpassen.

Manche dieser Anpassungen gingen leicht; mein Vater hat zum Beispiel

... Vieles hört sich in der Rückschau sehr romantisch und idyllisch an. Im Rückblick haben meine Eltern auch oft gesagt sie wären die ersten „Hippies" weil sie aus der bestehenden europäischen Gesellschaft ausgestiegen sind und „zurück zur Natur" gegangen sind. Das ist der leichtere Blickwinkel auf ihr Lebensabenteuer...
Oben - Die Familie im Winter am Fraser River.
Links - Sharon und Gundy schauen bei der Wäsche zu.

Die Farm im Sommer und unten wird eine "log cabin" gebaut.
© Alle Fotos Gundula Meyer-Eppler
... Der Alltag war schon extrem hart. Meine Eltern haben neben der Holzfällerarbeit auch eine kleine Farm bewirtschaftet. Und wir waren dann irgendwann mal sieben Kinder die ernährt und versorgt werden wollten...

sofort seinen Hut und seinen Anzug in den Schrank gehängt und den Anzug nur wieder zu Beerdigungen herausgeholt, den Hut überhaupt nie wieder. Manche Umstellungen waren nicht so leicht; das Schwarzbrot fehlte ihnen ihr Leben lang, sie haben sich nie an das weiße Pappbrot gewöhnen können.

Die kleinen Orte im Norden waren bunt zusammen gewürfelte Haufen, die Einwohner kamen von überall aus der ganzen Welt. Es gab Russen und Tschechen, Polen und Portugiesen, Schweden und Norweger, Briten und Franzosen, Deutsche und Österreicher, Inder und Chinesen. Jeder brachte seine Sprache mit, seine Kultur, seine Religion, seine Art zu Leben.

Für uns Kinder war das teilweise sehr lustig. Wenn die Männer bei der Arbeit in ihren eigenen Sprachen fluchten, kamen sehr interessante und komische Worte dabei heraus. Wir wiederholten diese Worte, schon in dem Bewusstsein das es was „Schlimmes" war, aber ohne zu wissen was wir da sagten. Erst viel später habe ich mir die Mühe gemacht, viele von diesen Ausdrükken nachzuschlagen und habe feststellen müssen, dass es interessante Unterschiede gibt, in den Schimpf- und Fluchgewohnheiten der verschiedenen Sprachen. Franzosen fluchen mit Worten über den lieben Gott und die Religion, die Deutschen gebrauchen Worte über Dreck und Exkremente und englischsprachige Völker fluchen über den Sex. (Was diese Feststellung wiederum aussagt, ist Stoff genug für eine andere Geschichte!)

Feste wurden immer als ganzes Dorf zusammen gefeiert, auch die jeweiligen Kirchenfeiertage wurden gemeinsam begangen, egal zu welcher Religion man gehörte - alle machten alles mit. Weihnachten klangen dann die bekannten Weihnachtslieder aus aller Munde - aber jeder hat in seiner Heimatsprache gesungen. Es wurden internationale Rezepte getauscht und gemeinsam Bier- und Weinbrauexperimente ausgetrunken.

Die Schule war ein kleines Gebäude, wo alle Kinder gemeinsam unterrichtet wurden. Kurze Zeit lang hatte das Dorf sogar zwei solcher Zwergschulen, eine an jeder Seite des Ortes, weil dort jeweils sehr große Familien wohnten, die schon mit ihren eigenen Kindern die Schule voll kriegten. Nach dem 8., später dem 7. Schuljahr, gab es nur eine Post-Schule, wobei da die Jugendlichen wenigstens ihre Tests und Examen in der Schule, unter Beaufsichtigung der Lehrerin, schreiben konnten. So haben einige ihren High-School-Abschluss geschafft.

Vieles hört sich in der Rückschau sehr romantisch und idyllisch an. Im Rückblick haben meine Eltern auch oft gesagt, sie wären die ersten „Hippies", weil sie aus der bestehenden europäischen Gesellschaft ausgestiegen sind und „zurück zur Natur" gegangen sind. Das ist der leichtere Blickwinkel auf ihr Lebensabenteuer.

Der Alltag war schon extrem hart. Meine Eltern haben neben der Holzfällerarbeit auch eine kleine Farm bewirtschaftet. Und wir waren dann irgendwann mal sieben Kinder, die ernährt und versorgt werden wollten. Wir hatten Kühe, Schweine, Hühner, und natürlich immer mindestens einen Hund und viele Katzen. Wir hatten einen riesigen Garten mit Kartoffeln und Kohl und allem anderen, was im Norden trotz der kurzen Sommer reifen konnte. Die anderen Lebensmittel mussten von Prince George aus bestellt werden und mit dem Zug geliefert werden.

Die Arbeit hörte nie auf. Es war immer eine 7-Tage Woche und oft ein 20-Stunden Tag. Die Holzfällerarbeit, die Viecherversorgung, Heu machen, Gartenpflege, Wasser pumpen, Holzhacken, geschweige denn die Hausarbeit und die Kinderbetreuung, alles wollte irgendwie erledigt werden. Die Sommer waren kurz, oft heiß und gewitterig oder völlig verregnet, die Winter waren lang und kalt und die Wege ins Dorf oft unpassierbar. Sogar der Zug mit den Lebensmitteln schaffte es oft nicht durch den Schnee.

Es gab keinen Arzt und keine Krankenschwester im Ort, auch keine Apotheke. Für Notfälle musste man selber gerüstet sein und auch Diagnosen rechtzeitig stellen können. Kinderkrankheiten und Infektionskrankheiten, Arbeitsunfälle und Geburten, auch Todesfälle, alles mussten die Dorfbewohner selber regeln. Wenn jemand schon ins Krankenhaus gebracht werden musste, hieß das immer nach Prince George mit dem Zug. Wenn es nicht gerade an einem Samstag war, wo der Passagierzug hielt, dann musste man mit einer roten Notlaterne die Güterzüge anhalten. Die Kosten dafür musste man dann selber zahlen.

Auf diese Art und Weise versuchte meine Mutter ins Krankenhaus zu kommen, als mein jüngster Bruder geboren wurde. Es war Januar, ein Schneesturm tobte und meine Mutter bekam eine Lungenentzündung und frühzeitige Wehen. Sie wurde auf einen Pferdeschlitten in Decken gehüllt zum Bahnhof gefahren und ein Güterzug wurde angehalten. Als letzter Wagen in so einem Zug war damals eine „Caboose", ein Mannschaftswagen mit Bollerofen und Eisenbett. Der Sturm tobte und der Zug kam zu langsam voran, das Fieber stieg, die Wehen wurden stärker und der Zug musste auf halbem Wege anhalten und mein Bruder wurde geboren. Meine Tante begleitete meine Mutter - aber da sie selber unverheiratet war und keine Kinder hatte, war sie extrem nervös und fühlte sich sehr hilflos. Der Bremser half meiner Mutter, das Kind auf die Welt zu bringen. Seine Frau hatte 12 Kinder und er kannte sich da aus. Mein Bruder kam gesund und munter auf die Welt, meine Mutter musste aber trotzdem wegen ihrer Lungenentzündung einige Wochen im Krankenhaus verbringen. Mein Bruder hatte Zeit seines Lebens eine Freifahrkarte für den Zug.

Einige Jahre später waren die Rollen vertauscht. Da setzten bei einer anderen Frau im Ort die Wehen viel zu früh ein und weil kein Zug kam, wurde meine Mutter als Hebamme gerufen. Es war keine Verständigung möglich, weil die Frau nur Portugiesisch sprach und noch kein einziges englisches Wort verstand, aber es klappte auch mit Zeichensprache. Ein gesundes Mädchen kam zur Welt und obwohl die Familie kurze Zeit später weggezogen ist, blieb der Kontakt zwischen den Familien über viele, viele Jahre bestehen.

Eine andere Situation, die noch gerade eben gut gegangen ist, war die Blinddarmentzündung meiner Schwester. Da hat meine Mutter die Diagnose stellen müssen, meine Schwester kam per Zug nach Prince George und wurde eiligst am Wochenende operiert. Der Blinddarm war inzwischen durchgebrochen und wenn es irgendwo unterwegs etwas länger gedauert hätte, hätte sie es nicht überlebt.

Mitte der 60er Jahren ging es mit den ganzen kleinen Holzfäller-Firmen bergab. Die großen Konzerne übernahmen das Geschäft. Die kleinen Orte wurden zu „Ghost Towns", die Leute mussten wegziehen um Arbeit zu finden. Wir sind umgezogen nach Vancouver Island, wo mein Vater erst kurz als Holzfäller gearbeitet hat und dann in einer Sägemühle.

Er war damals schon über 50 und hat trotzdem einen Versuch unternommen weg zu kommen, von der schweren körperlichen Arbeit. Er hatte wegen des Krieges sein Studium abbrechen müssen und hat dann mit einem Fernlehrgang sein Architektur-Zeichnen nachgeholt. Er fuhr nach Vancouver für das Abschlussexamen, fiel aber durch, weil er beim Zahlenschreiben noch deutsche Kommas setzte, anstatt kanadische Punkte! Es hat ihn so entmutigt, dass er es nicht noch einmal versucht hat - zumal ihm zu verstehen gegeben worden ist, dass keiner so einen „alten" Berufsanfänger nehmen würde. Daraufhin hat er bis zu seiner Pensionierung in der Sägemühle gearbeitet. In den Pausen vertiefte er sich in Bücher und ist so der Langeweile entkommen.

Meine Mutter hat nach dem Umzug auf Vancouver Island angefangen, Vertretungsunterricht an den Schulen und Universitätsstudenten Nachhilfe in Mathematik zu geben. Sie kam dadurch raus, sah andere Menschen und baute Kontakte auf.

Wir Kinder hatten nach dem Umzug erhebliche Probleme uns an die „Zivilisation" zu gewöhnen. Die Menschenmassen (in einem Ort von 6000 Einwohnern) und der Verkehr und vor allem die sozialen Anforderungen, haben uns überwältigt. Je nach dem wie alt jeder von uns gerade war, haben wir diese Zeit mehr oder weniger gut oder schlecht überstanden.

Für meine Eltern war mit Kanada einerseits ein Traum in Erfüllung gegangen. Sie waren in der Natur, sie waren weg von den Kriegsnarben in Europa, sie hatten Ruhe vor den Menschenmassen und der Hektik in einem Leben, das sie nicht mehr gutheißen konnten. Sie haben täglich Kanada gelobt und täglich ihr Glück gepriesen, in so einem schönen Land leben zu dürfen.

Andererseits hat das Leben in Kanada sie gesundheitlich, körperlich und auch psychisch überfordert. Sie hatten keine Hilfe, ihr Kriegstraumata zu überwinden. Damals gab es keine Trauma-Therapien. Als später Therapieangebote anfingen sich zu entwickeln, waren sie trotzdem für meine Eltern unerreichbar. Die Post-Bücherei hat uns jeden Monat im Norden mit Kisten von Büchern versorgt und dadurch hat meine Mutter einiges an psychologischer Literatur gelesen, aber beide Eltern hätten dringend praktische Hilfe und Unterstützung gebraucht.

Albträume haben beide verfolgt bis in ihre letzten Tage. Mein Vater wurde regelmäßig schweißgebadet wach - auch Jahre nachdem wir keine Farm mehr hatten - weil er geträumt hatte, dass seine Tiere im Stall verhungern. Tatsächlich waren seine Tiere die best gepflegten Tiere im gesamten Tal, aber der ständige Druck und die Last der Verantwortung, in Verbindung mit den Nachwirkungen der Kriegserlebnisse, haben sich festgesetzt und raubten ihm seinen Schlaf. Meine Mutter träumte weiterhin immer noch von Bomben und Flucht und Kinderversorgen in den Trümmern. Sie zuckte zusammen bei jeder Feuerwehr- oder Krankenwagensirene und konnte sich kaum wieder beruhigen.

Das Leben in Kanada, vor allem die Jahre in der Einsamkeit, war einerseits sicherlich heilsam. Die Natur und die schwere, aber ablenkende Arbeit, sowie der Zusammenhalt des Dorfes, hatten schon sehr viele positive Effekte auf das Leben meiner Eltern, sowie auf uns Kinder. Auf der anderen Seite waren die ständige Überforderung, die permanente Überarbeitung, der meine Eltern ausgesetzt waren; die gesamte Last der Verantwortung und keine Hilfe oder zeitweilige Entlastung weit und breit. Weder Verwandte, die mal die Kinderbetreuung übernehmen konnten, noch professionelle Therapeuten die die alten Ängste und seelische Narben bearbeiten konnten, hat es gegeben.

Ich wünsche heute so oft, dass meine Eltern die Hilfen und Unterstützungen gehabt hätten die heute beinah überall erhältlich sind. Ob in Kanada oder in Deutschland, heute gibt es ausgezeichnete Trauma-Therapien, sehr wirksame Antidepressiva, sowie sonst sehr gute medizinische und psychologische Angebote. Wären solche Angebote früher für meine Eltern verfügbar gewesen, es hätte ihnen viel Leid erspart.

Anfang der 70er Jahre bin ich als 18jährige nach Deutschland gereist. Ich wollte ein Auslandsjahr einlegen, während ich auf einen Ausbildungsplatz oder einen Platz auf einer weiterführenden Schule wartete. Damals war die Arbeitslosigkeit in Kanada schlimm und in Deutschland bekam ich sofort einen Ausbildungsplatz. Vor allem aber wollte ich während meines Deutschlandaufenthaltes die Heimat meiner Eltern und auch die Verwandtschaft kennen lernen, um meine Eltern besser zu verstehen. Ich habe in Deutschland während dieses ersten Jahres meinen ersten Mann kennen gelernt und bin „hängen geblieben". Viele Jahre später nach der Scheidung, bin ich trotzdem weiterhin in Deutschland geblieben, weil ich als Alleinerziehende mit 3 Kindern kaum eine realistische Chance gehabt hätte, in der Heimat wieder Fuß zu fassen. Mittlerweile, 34 Jahre später, habe ich immer noch Heimweh und will immer noch „nach Hause".

WER IST ELSE SEEL?

von Maxim Pouska

Das romantische Leben von Else Seel ist der Traum jedes Auswanderers, der in die Wildnis von Kanada ziehen möchte, um dort irgendwo in den Wäldern, fernab jeder Kultur und fern ab jeder Zivilisation, ein eigenes Leben aufzubauen. Es ist eine Romantik, die heute kaum noch zu haben ist, die aber gesucht wird.

Ihr „Kanadisches Tagebuch", das 1964 erschien, beschreibt ihr Leben in der Wildnis von British Columbia. Im Jahre 1927 kam Else Seel, 33 Jahre alt, in Vancouver an. Sie war eine geborene Lübcke, stammte aus Pommern, lebte in Berlin mit ihrer Mutter und ihrer Tante. In Berlin gehörte sie bereits zur literarischen Szene. Und ihrem Schreiben, ihrem Interesse an Literatur verdanken wir es, dass dieses Buch und viele weitere Gedichte und Texte existieren. An der „University of Victoria" B. C. sind ihre Dokumente archiviert.

Sie arbeitete in einer Bank in Berlin, wo sie aus ausländischen Zeitungen Artikel ausschnitt, um sie zu archivieren. Das heißt, sie konnte Englisch, so wie man es damals auf einem deutschen Lyzeum lernte und wie sie es in der Bank verbesserte. Bei ihrer Arbeit fand Lübcke in einer Zeitung die Heiratsannonce eines Trappers und Goldsuchers aus Kanada, der über diesen Weg eine Frau suchte. George Seel stammte aus Bayern und war schon mit 14 Jahren von zu Hause fort gegangen. Er lebte bereits 15 Jahre in Kanada, als Else Lübcke ihn 1927 in Vancouver traf.

Ich hätte aus ihrem Buch alle romantischen Stellen zitieren können, die es enthält. Damit wäre ich dem Trend damaliger und heutiger Autoren und Verleger gefolgt, die eine Romantik verherrlichen, die es selten ohne extrem harte Arbeit gibt.

Ich zitiere also überwiegend Stellen aus dem Buch, in dem das harte Leben, die Brutalität des Überlebens beschrieben wird. Dass es ihnen ab 1940 besser ging, hatte mit dem Kriege in Europa zu tun. Da fast alle jungen Männer in den Krieg zogen, musste George Seel in der Industrie arbeiten und er hatte ebenfalls das Glück, dass er als Deutscher nicht interniert wurde. Die Deutschen in Ost Kanada, Quebec und Ontario, wurden damals fast alle in Internierungslager geschickt.

Der Fortschritt, der auch heute die Welt bestimmt, brachte es mit sich, dass ihr ganzes Land von einem Staudamm überschwemmt wurde. Auch heute ist die Firma Alcan dabei, in dieser Gegend ein neues Werk zu errichten. Das Problem ist aber, dass dieses Werk heute viel weniger Arbeitskräfte braucht, als das alte Werk. Der Bürgermeister der Stadt - Kitimat - wehrt sich deshalb entschieden gegen das neue Werk und er hat dabei die Rückenstärkung seiner Gemeinde. Sie wollen Garantien haben, dass genug Arbeitsplätze erhalten bleiben und das Dorf nicht zu einer Geisterstadt wird.

George Seel arbeitete als Bergführer und Kundschafter für Alcan, da er am besten das Küstengebirge von British Kolumbien kannte. Dieser Job kostete ihn das Leben. Nach einer extrem schwierigen Erkundung im tiefstem Winter, mit dem zuständigen Ingenieur aus Montreal, kam er komplett ausgemergelt und krank nach Hause zurück.

Else Seel, 1927 - Berlin

Else Seel schreibt hier einen Satz in das Buch hinein, der das typische Verhalten von deutschen Einwanderern beschreibt. Sie nehmen alles klaglos hin und gehorchen der Obrigkeit. Er starb wenige Tage nach der Rückkehr an einer Lungenentzündung, am 1. April 1950 in Wistaria, im Alter von 61 Jahren.

Else Seel schrieb aber, dass ihr Leben ein erfülltes Leben war. Über dieses Leben findet man heute einiges im Internet. Einige Links gebe ich an, damit jeder sich ein umfangreiches Bild über ihr Leben machen kann. Ich erhielt, wie bereits geschrieben, von ihrem Sohn Rupert die Erlaubnis, umfangreich aus ihrem Buch zu zitieren.

Was ihr Leben und ihre überlieferte Geschichte mit heutiger Einwanderung zu tun hat, wird in den Berichten von Anette aus Calgary deutlich: Sei am Anfang bereit 60 oder 80 Stunden zu arbeiten, wenn du im Land bestehen willst, akzeptiere die Umstände und respektiere seine Menschen, so wie sie sind. Lese ich ihre Erzählung und darin die romantischen Abschnitte (die ich ja wegließ) und vergleiche dies mit dem Berichten von Jutta Ploessner, Gudrun Lundie und anderen, dann bekomme ich eine Ahnung davon, was Kanada den Einwanderern abfordert, bevor es sie den Erfolg genießen lässt. Siehe dazu auch die Kommentare von A. E. Johann.

Links und ein Zitat zu Else Seel
GERMAN-CANADIAN HISTORICAL ASSOCIATION
http://www.german-canadian.ca/association/schriften/v3serie-a.htm

Aus dem Vorwort von T.K. Symington:
„ ... Allzuselten kommt es vor, daß unmittelbar erlebte Pioniererfahrung und literarisches Talent zusammenfallen. In Else Seel aber haben wir einen solchen Fall. Sie hat 25 Jahre in der kanadischen Wildnis zugebracht und besaß schriftstellerische Fähigkeiten, so daß sie uns ihre Erlebnisse in Werken von bleibendem Wert hinterlassen konnte. ...
Else Seels Begabung lag in ihrer gekonnten Beschreibung des Pionierdaseins, das auf ihrer starken Beobachtungsgabe beruht. Die Menschen, die auf diesen Seiten so lebendig geschildert werden, wohnen am Rande der

Natur. Ihr Leben ist hart, und die Bequemlichkeiten des modernen Großstadtlebens kennen sie nicht. Ihre einfache Lebensweise wird in einfacher Sprache beschrieben; starke Gefühle werden stark und rein dargestellt. ...

Die Bedeutung von Else Seels Schriften liegt also nicht nur in ihrer Schilderung der Pioniererlebnisse, sondern darüber hinaus in der Darstellung des Lebens überhaupt."

Leah Touornd: Settlers and Early Arrivals in the Lakes District
Seel, George & Else - 1914 [Ootsa Lake]
http://www.sandercott.com/burnslakehistory/stories70.html

Special Collections English Literature Fonds/ Collections: Else Lübcke Seel
http://gateway.uvic.ca/spcoll/Lit/Eng/Seel.html

Dr. Angelika Arend: „Else Seel und Walter Bauer: Zwei deutsche Dichter in Kanada." http://web.uvic.ca/geru/arend.html

Rosemary Neering: Wild West Women: Travellers, Adventurers and Rebels
http://www.islandnet.com/pwacvic/neergr02.html

Informationen zum See, der nach Georg Seel benannt wurde.
Seel Lake: Telkwa, BC, Canada Posted - 11/03/2005
http://www.clubtread.com/sforum/topic.asp?TOPIC_ID=13819

Outdoors: Reflection on Sept.11, by Kym Putnam
http://www.northword.ca/connections/Past_Issue/fall_02/outdoors/sept11.html

Schöne farbige Karte auf der man den Seel Lake findet:
www.em.gov.bc.ca/DL/GSBPubs/GSMaps/2006-5/GM2006-5.pdf

„Kanadisches Tagebuch"
von Else Seel - 1927

Von der „Empress of Australia" stieg ich in Montreal in die Canadian Pacific Railway. Tag und Nacht wechselten, doch das Land blieb unermeßlich.

Nach viertägiger Fahrt kam ich in Vancouver B. C. auf der Canadian Railway Station an. Wie verabredet, ging ich über die Straße ins St. Francis Hotel. Auf Englisch fragte ich: Ist Georg Seel hier? „Gewiß", sagte der Geschäftsführer, „er erwartet sie bereits, das Zimmer für sie ist fertig". Er führte mich in ein großes schönes Frontzimmer. Ich packte meine Koffer aus, als Georg klopfte und auf „come in" hereinkam. Ich sah ihn an. Er lächelte scheu. Als ich deutsch zu ihm sprach, entschuldigte er sein schlechtes Deutsch, da er ja bereits seit 15 Jahren nur Englisch spreche. Dann sagte er weiter nichts mehr. Eine Pause trat ein. Da bemerkte ich, daß etwas mit seinem Schlips nicht stimmte und sagte: „Laß uns vielleicht erstmal einen Schlips besorgen." Und wir gingen und kauften bei Spencer einen Schlips. Als er bezahlte, zog er eine mächtige Rolle Banknoten aus der Tasche. Ich war erstaunt, daß er sein Geld so sorglos bei sich trug und kaufte auch noch eine Geldtasche.

Seite 8
Wir gingen weiter. Georg erzählte von seinen ersten 15 Jahren in Kanada, von der Errichtung des Blockhauses am Ootsa-See, von dem Bau der Trapper-Kabine im Gebirge, von wo aus er auf Pelztierjagd ging, von der großen Einsamkeit, von den Bergen, die er so liebte. Und als er dann sagte: „Wir wollen morgen heiraten", antwortete ich nur: „Ja."

Am nächsten Tag, es war ein Septembertag im Jahre 1927, ging Georg zu seinem Freund, dem berühmten Kapitän John Irving, der seit Jahrzehnten mit

Unter der Seitenzahl stehen die jeweiligen Texte einer Seite. Anmerkungen sind kursiv geschrieben.

seinem Radschaufel-Dampfer die vielen Goldgräber zum Fraser hin und nach Alaska brachte, um ihn darum zu bitten, den Trauzeugen zu spielen.

Prinz Rupert, B.C., cirka 1935

Georg wollte so schnell wie möglich von Vancouver zurück zu seinem, unserem Blockhaus. Irving begleitete uns persönlich auf einem seiner Dampfer, der uns längs der Küste nach Prinz Rupert brachte.

Seite 10
Georg wurde laut begrüßt und mußte mich vorstellen. Sie maßen mich mit anerkennenden Blicken. Junge Mädchen und Frauen kamen selten in dieses Hinterland. Die Männer waren noch stark in der Überzahl, und jedes weibliche Wesen wurde aufs Korn genommen.

Als wir über die letzte Anhöhe zum See, und zum Ziel hinab rollten, öffnete sich vor uns ein weites, echt kanadisches Landschaftsbild. Lang hingestreckt lag da ein mächtiger See, und wurde von immer grünen Wäldern und Schnee bedeckten Gebirgsketten umsäumt. Georgs Boot wartete am Landungsplatz, und wir stiegen ein.

Seite 11
Irgendwo sollte unser Haus liegen. Langsam trieb uns der Motor am Ufer entlang. In tiefen Buchten kauerten Farmen, breiteten sich Streifen Ackerland und Wiesen aus, umwuchert von dem dichten Gestrüpp des Buschlandes, mit den Pfaden des Wildes und der Feuerstellen der Indianer.

„Wo ist denn unser Haus?" rief ich wohl zehnmal. Doch Meile um Meile zog das Boot dahin. „Hier leben deine Nachbarn", sagte Georg und zeigte auf ein niedriges Blockhaus, hoch auf einem Hügel am Waldrand. Immer weiter fort glitt das Boot voran, und zum ersten Mal wurde ich mir mit einigem Schreck der Entfernungen bewußt.

Endlich landete das Boot knirschend auf Ufersteinen. Georg hob mich heraus und trug mich durch die offene Tür in das Blockhaus. Nun waren wir am Ziel, hier sollten wir unser gemeinsames Leben führen. Wie umarmten uns. Doch wir schlugen ein Zelt auf und kochten draußen, denn der Kochofen im Wohnraum war noch nicht eingesetzt. Im Schlafzimmer stand bereits das Doppelbett, und ich packte den mitgebrachten Bettsack aus und bereitete aus den pommerschen Gänsedaunen einen weichen Pfühl.

Seite 12
Die erste Wäsche wurde auf einem Waschbrett gescheuert und im See gespült. Sie flatterte lustig im Winde und zwischen den Bäumen. Georg umarmte mich und sagte fast feierlich: „Hier hängt zum ersten Mal Wäsche, solange die Erde steht."

Seite 13
Schon nach einer Woche mußte Georg zum Jagen und Trappen ins Gebirge. „Wie lange wirst du fort bleiben?" fragte ich ihn. Zwei Monate, meinte er

etwas zögernd, es kann auch länger dauern, denn es kommt ganz auf das Wetter an, ich muß ja übers Eis gehen. Er hatte Schneeschuhe geflochten, die wie übergroße Tennisschläger aussahen. Ich sagte nichts, doch mein Herz war schwer.

Am frühen Morgen zog das Boot mit meinem Lohengrin davon, und ich blieb allein zurück. Scharfe Kälte drang bereits durch Balken und Dielen. Die Sonne war ein milchiges, mattes Etwas im dämmerigen Dunkel. Ich räumte auf, wusch ab und begann ein Dutzend Briefe zu schreiben.

Seite 15

Eines Abends legten Indianer ihre Kanus am Ufer an und entfachten ein großes Lagerfeuer. Schnell löschte ich die Petroleum Lampe. Äxte zersplitterten Bäume und Holzkloben, Kinder und Hunde heulten, fremdartige Laute gellten zu mir herüber. Da lief ich in der Dunkelheit zu Old Bill. Dort lachten sie alle schallend, als sie hörten, warum ich weggelaufen war. Die Indianer zogen zum Jagen ins Gebirge und waren vollkommen harmlos. Leider hatte ich im Alten Land zu viele Geschichten von Greueltaten der Indianer gelesen. Nur ein Finnländer zeigte Verständnis, als er erfuhr, daß ich erst zwei Wochen in Kanada war.

Die Siedlung Wistaria besteht aus drei Dutzend Familien, die meilenweit voneinander entfernd wohnen. Die ersten Siedler kamen mit Packpferden von Bella Coola. Das ist gerade zwanzig Jahre her. Kinderreiche Familien aus den Vereinigten Staaten gründeten hier ihre Heimstätten. Jetzt sind die Kinder erwachsen, haben geheiratet und siedeln sich ihrerseits an. Außer diesen Amerikanern gibt es Schotten, Schweden, Finnen, Engländer und Irländer. Wir sind die einzigen Deutschen. Georg fühlt sich ganz als Kanadier; er ist ja auch schon lange hier und verließ den Bauernhof in Bayern, als er 15 Jahre alt war.

Seite 16
Eines Abends, als wir vor der Türe saßen und Georg seine Pfeife rauchte, kritisierte ich verschiedene Zustände. Er klopfte seine Pfeifer aus und sagte geruhsam: „Vergiß, was du gelernt hast."

Seite 18
Eines Morgens war der Schnee gekommen. Als ich zum See ging, um Wasser zu holen, stand mein kleiner Hund verdutzt da und schnupperte in dem weißen Naß. Unser Blockhaus glänzt glasiert wie ein Pfefferkuchen. Am Abend glitzerten die Sterne; es hätte mich nicht gewundert, wenn sie herunter gefallen wären, um sich ein bißchen am Ofen zu wärmen.

Immer wieder sah ich aus dem Fenster und wartete darauf, daß Georg mit seinem Boot nun bald Heim kommt. Es wird jäh kälter und kälter; der Schnee liegt bereits Fuß hoch, und ich muß einen Weg zum Ufer schaufeln, um Wasser zu holen, der See war noch nicht gefroren. Eines Tages kam Georg. Und zwar noch im Boot. Er hatte Marder- und Mink- sowie Hermelin- und Luchsfelle mitgebracht. Mit der Beute fuhr er gleich nach der Siedlung Ootsa-Lake, und der Kaufmann, ein Norweger, „King Oscar" genannt, nahm den ganzen Fang in Zahlung, und wir kauften unseren Wintervorrat.

Seite 19
Das neue Jahr *(1928)* begann mit 42 Grad unter Null nach Fahrenheit. Kein Mensch ließ sich sehen; alle hockten ums Feuer. Mein Atem fror auf der Bettdecke, und Georg hatte Eisklumpen an seinem Bärtchen - im Bett.

Seite 22
Georg blieb einen Monat zu Hause, und wir richteten es uns so gemütlich wie möglich ein. Er bestellte in Prinz Georg Dielenbretter für unseren kalten Fußboden, die einschließlich der teueren Fracht fast $ 100,- kosteten. Jetzt haben wir die besten Tanzdielen. Auch ein halbes Dutzend Küchenstühle erschienen aus Winnipeg; jeder Stuhl verdoppelte seinen Preis durch die lange Fahrt.

Unser Blockhaus mitten in Eis und Schnee wurde ein wirklich wohnliches Heim. Ich kochte und backte, so gut ich es vermochte. Mir fehlte jede Erfahrung in diesen Künsten, da ich vom Lyzeum in Kolberg zur Rentenbank in Berlin ging und ständig zu viel zu studieren und zu arbeiten hatte, daß ich am Abend erschöpft nach Hause kam, wo alles von meiner Mutter sorglich vorbereitet war.

Nun zeigte Georg mir, wie man schnell Brötchen mit Backpulver zauberte und das Brot mit Hefe aufsetzte, zweimal knetete und dann goldgelb aus dem Ofen zog.

Seite 23
Eines Morgens sah ich meinen Georg wieder übers Eis davon ziehen und langsam im Nebel verschwinden. Das Alleinsein hatte seinen Schrecken verloren. Es gab so viel zu tun: Hausarbeit, Holz holen und Wasser holen, Briefe und Tagebuch schreiben, so wie kanadische Zeitungen, amerikanische Zeitschriften und Bücher in englischer Sprache lesen. Ich wollte mich tief hinein arbeiten in das Wesen dieses neuen Kontinents; ich hatte nicht die geringste Sehnsucht nach dem alten Europa.

Else Seel reiste im Spätherbst 1929 mit ihrem ersten Kind nach Berlin, da ihr Mann den Winter über in der Mine arbeiten würde.

Seite 88
(1930) Wieder daheim! Die Berliner Tage liegen hinter uns. Ich bin wieder in meinem kleinen, geliebten Blockhaus! Und alles ist ganz frisch gestrichen. Ich packe meinen Koffer aus: Leinen, Silber, Kleider, Bücher, Bilder. Georg war uns voll Freude eine Strecke Weges entgegengekommen, stieg unverhofft in den Zug und nahm seinen Jungen in die Arme.

Hier sind genau so schlechte Zeiten wie drüben; alles scheint ins Stocken geraten zu sein, und die sieben mageren Jahren dürften angebrochen sein, hier in Britisch Kolumbien mit Hitze und Dürre, mit Waldbränden und Mißernten. Rechts und links am Weg war das Gras verdorrt, und weiter voraus schwelten Feuerwolken. Der rote Capekragen umwehte meine Schultern. Welchen Zeiten fuhren wir entgegen? Die Zeichen waren nicht verheißungsvoll.

Die Wiederbegegnung mit den Arbeitsgefährten von einst in der Rentenbank war bewegend aber auch bedrückend gewesen ... wie weit lag das alles hinter mir.

Seite 90
Diesmal traf es Georg. Vor zwei Wochen kam er zurück vom Gebirge. Wie immer lief ich froh hinaus, sobald ich das Boot hörte. Sein Gesicht war in Mehlsäcke gewickelt und der rechte Arm verbunden. Ich schrie: „Was ist passiert? Kannst du sehen?"

Ich half meinem Mann aus dem Boot und ins Haus. Als ich die Verbände löste, sah ich mit Entsetzen, wie schrecklich er zugerichtet war: geronnenes Blut, alte Haut in Fetzen, der Hals verbrannt, das Gesicht geschwollen. Der Arm war noch schlimmer: rohes Fleisch und tiefe Löcher.

Georg war in der Minenkabine gewesen, um Werkzeug und Proviant zu holen, wollte über Nacht dort bleiben und hängte die brennende Gasolinlampe an ihren alten Nagel in der Decke. Doch der Nagel in dem trockenen Holz fiel heraus, die Gasolinlampe explodierte, und im Nu entstand ein Flammenmeer. Die Kabine war voller Dynamit und Patronen. Er schlug eine Zeltbahn um sich und versuchte mit geschlossen Augen, die er sich erhalten wollte, die Tür zu öffnen, wobei der rechte Arm so schlimm verbrannte. Kaum war er draußen als die Kabine mit ungeheurem Getöse in die Luft flog und Felsblöcke und Bäume mitriß, die ihn nun auch noch gefährdeten. Nur ein strömender Regen verhinderte einen ungeheuren Waldrand. Der gewaltige Luftdruck löschte die Flammen an Georgs Kleider. Das geschah um Mitternacht. Unter entsetzlichen Schmerzen stieg Georg mehrere Meilen vom Berg zur River-Kabine hinab, setzte mit der unversehrten linken Hand den Motor in Betrieb und führte das Boot bis vor unsere Türe.

Als Georg im Bett lag, fing er an zu frieren und wurde schwach. Ich rannte zu Old Bill, der mit dem Pferd zur Post raste, um den Dr. in Burns-Lake anzurufen, aber der Arzt war nicht zu erreichen; er kam erst am anderen Tag, kratzte die alte Haut herunter und schmierte über alles eine gelbe Salbe.
Die erste Woche war schlimm.

Seite 92
Auch hier sind schlechte Zeiten. Der Weizen ist kaum etwas wert , die Pelze sind es noch weniger; Silber ist tot, es hat keinen Wert mehr, alles ist aus. Im vorigen Jahr um diese Zeit war ein ganzer Wald von Optimismus da und mehrere $ 1.000,-. Sie sind bis auf einige Hundert zusammen geschrumpft, denn während ich in Europa war, verborgte Georg das Geld; hier $ 300,-, dort $ 500,-, meistens an Nachbarn. Wir werden nie ein Cent von diesem Geld wieder sehen und müssen nun wieder von der Hand in den Mund leben. Doch die Hauptsache ist, daß wir gesund bleiben.

Georg ist wieder im Gebirge, obwohl der Arm noch wenig tauglich ist. Ich bat ihn, doch diesen Winter zu Hause zu bleiben, aber er kann es einfach nicht im Zimmer aushalten, denn sein ganzer Körper ist auf Bewegungen eingestellt, und das Gebirge liebt er über alles.

Seite 93
Viel Regen und Wind, und dabei ist es so warm, daß das zweite Grün herauskam. Georg kehrte ohne Fang zurück.

Seite 98
(1931) Wirtschaftlich ist alles tot, mausetot. Eier, die sonst im Winter 50 bis 60 Cent das Dutzend kosteten, sind jetzt für 15 Cent zu haben. Kein Mensch

kauft oder kann kaufen. Die Kataloge werden immer bunter und billiger, doch die Leute bessern ihre alten Sachen aus, was sie sonst nie taten. Die Regierung gibt Relief für die Arbeitslosen. Auf Wistaria entfielen ganze $ 300,-, die sich Old Bill und seine Söhne in zwei Wochen beim Wegebau holten.

Seite 99
Ich bin nicht mehr so gespannt auf Briefe und Nachrichten von drüben; es beginnt langsam abzubröckeln, schließlich muß ich doch hier Wurzeln fassen.

Seite 111
Das neue Jahr, 1932, begann für mich in großer Einsamkeit. Nur eine Maus kam um Mitternacht und knabberte am Schaffell vor dem Bett.
Georg ist zum Trappen im Gebirge, denn wir brauchen dringend Geld. Ich warte hier allein und hilflos während der letzten Wochen vor der Geburt. Wir haben nicht nur kein Geld mehr, sondern sogar schon $ 50,- Schulden beim Kaufmann. Nur ein Silberfuchs ist da, den ich nach Vancouver schickte, dort wieder zurück verlangte, da sie nur $ 25,- boten. Vor zwei Jahren war solch ein Fell das vierfache wert. Ich will den Silberfuchs nun selbst in Burns-Lake verkaufen und muß das Doppelte erstehen, um die Reisekosten nach Hazelton aufbringen zu können, von der Hospital Rechnung von $ 200,- oder mehr ganz zu schweigen. Was auch kommen mag, vorläufig habe ich Wackersteine im Leib und Schmerzen.

Rupert wurde drei Jahre alt, und acht Kinder kamen und machten tüchtig Krach.

Seite 117
Zwei Kinder, Rupert und Gloria, sollen nun in diesem weiten Land heranwachsen, daß so viel Freiheit zur Entfaltung bot. Jetzt weiß ich, warum ich nach Canada kommen mußte, warum es mich hertrieb. Millionen setzen Kinder in die Welt, aber meine beiden Kinder erschienen mir als der Beginn

eines neuen Geschlechtes im neuen Land.

Draußen waren 50 Grad Kälte, die Sonne ging jeden Morgen rosenrot über dem Yukon auf.

Einer der vielen unbekannten Goldsucher, cirka 1930

Seite 125
Georg kam strahlend nach Hause: „Ich habe Gold gefunden!" Zwei Monate lang hatte er am Placer Creek nach dem Ursprung des Goldes gesucht, das sich im Creeg zeigte. Unaufhörlich wusch er mit der Goldpfanne Bach auf Bach ab, entdeckte einen schwarzen Felsen mit Goldkörnern und glaubte nun, die Adern gefunden zu haben, denn beim Waschen mit der Goldpfanne zeigte sich ein breiter Rand von Goldstaub.

Seite 126
Ich mußte ein halbes Dutzend Briefe tippen, tippte sie und sagte: „Das Schicksal kann nicht so gnädig sein... ." Das Schicksal war es auch nicht, denn der Fund stellte sich als Mica/Foolgold/Truggold heraus. Mir klangen

Pindars Verse im Ohr:
... denn die Wonnen der Sterblichen sind
bald an der Grenze des Wachstums;
sinken zu Boden nieder,
entlaubt von der Planung Fehlschlag... .

Wird der Kaufmann weiter Kredit geben? Mein guter, armer Georg schindet sich unaufhörlich, doch es kommt kein Cent ins Haus. Zum ersten Mal geht mir der Begriff Ehe auf: Teamwork, zusammen eingespannt, die Kinder im Wagen, es muß gezogen werden, muß weitergehen. Da gibt es nichts zu drehen und zu deuteln. Es ist eine Landesverteidigung, die Sinn hat. Es lebe der Kochherd, der hier die Kanonen ersetzt.

Gloria ist unruhig und schreit viel, sie bekommt Zähne. Rupert tobt draußen mit dem Hund herum, ich besorge den Haushalt. Das ist wie überall in der Welt.

Seite 126 - 127
Zu meinem Geburtstag konnte ich keinen Kuchen backen, da weder Milch noch Butter im Haus waren. Die Kuh fand kein Futter mehr und trocknete ein. Georg ist fort, jagt dem Gold nach und sagte: „Laß die Kuh laufen, wenn sie keine Milch mehr gibt." Die Clarks nahmen sie ihn Verpflegung. Ich trinke schwarzen Kaffee, vielmehr braunes Wasser, denn nur einmal in der Woche nehme ich eine Handvoll Kaffee zum Aufbrühen. Dazu trockenes Brot in einer Pfanne geröstet. Es geht. Sonst ist nur noch Moosefleisch da. Wir leben bereits ein ganzes Jahr davon. Als Salz und Zukost: Einsamkeit und Sorgen, die dauernd durch den Kopf gehen. Die Kinder haben noch eine Kiste Büchsenmilch; wenn die zu Ende ist, was dann?

Von meinem alten, deutschen Sparkonto bekam ich einige Dollar und kaufte Mehl, Schmalz und Gasolin. Fast alles nahm Georg mit auf seine Goldsuche. Ist er ein Narr oder bin ich es? Ach Gott, wir sind zwei Mühselige und Beladene und müssen an einem Strang ziehen. Manchmal wird es so schwer, daß ich weine, so wie heute, aber niemand merkt es.

Georg ist bis Weihnachten auf Gold Suche, ich weiß daß es sinnlos ist.
Es waren 60 Grad Kälte, und ich erfror mir den rechten Fuß beim Eis aufhakken.

Seite 128
Am Neujahrstag rechnete ich unser Jahreseinkommen nach. Es betrug genau $ 69,50. Schlimmer kann es in diesem Jahr wirklich nicht werden.
Alle anderen verheirateten Männer nehmen „relief". Die Regierung gibt das wie ein Almosen. Dafür arbeiten sie eine Woche am Wegebau und erhalten 15 bis $ 20,- im Monat. Georg widerstrebt es, da mitzutun. So flicke und nähe ich dauernd, und Georg besohlt unsere Schuhe.
Eine Freundin schrieb: „Arbeit und Gesundheit - was für eine Bescheidenheit verlangt man von unserer Generation." Ja, welche Bescheidenheit, aber schon nach Goethe sind nur die Lumpe bescheiden.

Seite 138
Ich quälte mich mit dem Füttern der Biber, versank bis über die Hüfte im Schnee, schaufelte die Türen frei und einen Gang bis zu den Biberburgen, und schleppte Pappel heran; der Schweiß brach mir aus von der Anstrengung, und Tränen liefen über meine Wangen, doch sie gefroren in der bitteren Kälte. Das machte mir so recht bewußt, wie sinnlos es war zu weinen.

Seite 143
Gegrüßt Neujahr 1935. Alles fror und erfror bei 60 Grad unter Zero. Meine Blumentöpfe beherbergten nur noch welke Strünke, obwohl ich sie in die Zimmermitte auf einen Tisch stellte und mit Zeitung für die Nacht zudeckte. Nur einige Hyazinthen Knollen blieben übrig und beginnen jetzt zu blühen. Ich schließe die Augen und atme den Duft - bin glücklich in aller Armut und Bescheidenheit.

Rupert wurde sechs Jahre alt und Gloria 3. Sie wachsen erstaunlich und fangen an, selbstständig zu werden.

Seite 149
Hier beginnt das Reich der Pelzjäger. Im Winter folgen diese Männer den gefroren Flüssen und Seen, durchqueren Meilen des Gebirges und stampfen über Meter hohen Schnee auf breiten, tellerförmigen Schneeschuhen, die sie sich aus Moosehäuten flechten. Mit ihren trainierten Körpern und Muskeln aus Stahl sind sie in meinen Augen die letzten Einzelgänger in einem Zeitalter der Zivilisation mit seinen vorgezeichneten Wegen. Auch ein Dutzend dieser Trapper jagt hier schon auf abgegrenzten Gebieten, für die sie eine Lizenz an die Regierung bezahlen. Noch vor 10 Jahren war das Gebirge frei für jedermann. Ein Nachwuchs ist nicht mehr da. Es geht über die Kraft der Jungen, die Strapazen und die monatelange Einsamkeit in den Bergen zu ertragen.

Ein alter Trapper, cirka 1895

Seite 150
Heute können die Trapper kaum ihr Leben fristen. Die Lizenzen und Steuern auf jedes Fell, Proviant und Ausrüstung verschlingen bei den niedrigen Fellpreisen den größten Teil ihres zu schwer verdienten Einkommens.

Seite 158
Zu Weihnachten schenken wir uns ein Radio, einen guten Westinghouse-Apparat. Um Mitternacht kann ich nun den Konzerten in New York oder London lauschen. Sonst ist eine schreckliche Hasspropaganda gegen alles

Deutsche im Gange. Das ist die Reaktion auf die neue deutsche Politik unter Hitlers Führung.

Der März 1936 war der schlimmste Monat in diesem Winter. Es herrschte eine ununterbrochene Kälte von 40, 50 und sogar 60 Grad unter Null. Die Welt war eine einzige Eishöhle. Die Ecken und Wände des Wohnzimmers zeigten weiße Eiskristalle. Wir schlossen Küche und Schlafraum und schliefen und aßen um den großen, eisernen Ofen, in dem ohne Unterbrechung Holzblöcke prasselten, Tag und Nacht. Ich blieb wach, las Goethes „Wahlverwandtschaften" und schob Holz in den Ofen nach. Im Root-Haus erfroren sämtliche Kartoffeln und alles Gemüse, obwohl ständig eine große Stallaterne brannte.

Plötzlich bekam ich Ohrenschmerzen, und meine Mandeln schwollen an; mein Blut kochte von Fieber und ich hatte nicht mehr die Kraft, hinaus zu gehen und das Wasserloch aufzuhacken. Eine Art Verzweiflung überkam mich. Da klopfte es an die Tür, und der Alte Hephata erschien wie ein rettender Engel. Eine innere Stimme hatte ihm befohlen, nach uns zu sehen. Meine Tränen rannen vor Dankbarkeit, als er sich der Dinge annahm. Ich legte mich ins Bett, im Ohr gab es einen Knall, und eine Flüssigkeit drang heraus; ich fühle mich besser, und das Fieber verschwand. Hephata blieb vier Tage. Obwohl er taub und ungeschickt ist, war es doch ein großer Trost, ihn um sich zu haben. ... Er stammt aus Hamburg, war Gaucho in Argentinien und besaß eine Farm in der Prärie. Eines Tages verließ er alles und wanderte zu Fuß Tausende von Meilen, bis er im strömenden Regen an unserer Tür klopfte.

Seite 162
Am 1. Juli 1937 kam ich aus Deutschland zurück. Als ich Mitte November 1936 abfuhr, gab es von Burns-Lake bis London nur ein Gesprächsthema: Mrs. Simpson. Die Zeit in Berlin war sehr anstrengend gewesen. Wie vieles mußte eingepackt oder verschenkt werden, was seit Generationen sorgsam in Kisten und Kasten verstaut war.

Seite 164
Wir sind bereits im neuen Jahr 1938. Der Sommer war schön und günstig, er brachte viel Sonne und viel Besuch.

Der Gouverneur Tweedsmuir mit Frau und Sohn, um seinen Tweedsmuir Park in Augenschein zu nehmen. Eine Zeltstadt wurde errichtet, Wasserflugzeuge landeten, und Georg fuhr den Gouverneur in seinem neuen Boot zum Fischen. Der schottische Schriftsteller John Buchan (Lord Tweedsmuir) lag auf meiner Felldecke im Boot und wollte alles Mögliche von mir wissen. Flugzeuge flogen über den Ootsa Lake, und in den Zeitungen erschienen lange Berichte über die hiesige Gegend. Perle und andere Frauen arbeiteten in den Kochzelten. Die Parlaments-Abgeordneten tranken Whisky und pokerten; alle waren guter Laune, denn viel Geld wanderte in die Taschen.

Im Herbst hatte Georg mit den Landmessern zu tun, die plötzlich ein reges Interesse für die Wasserwege zeigten. Wir erstanden das erste Sofa und zwei Sessel.

Seite 166
(1939) Seit der Schneeschmelze hat es nicht geregnet. Das Gras ist gelb, und die Farmer haben kein Heu. Der Garten ist stellenweise leer und kahl. Wir holen in den Tonnen Wasser vom See und suchen zu retten, was zu retten war, doch nur Kohlrüben und Kohlköpfe bleiben übrig.
Georg hat nicht den geringsten Verdienst. Wie gut, daß ich so viele Sachen aus Deutschland mitbrachte. Gloria kommt im Herbst zur Schule und ist schon heute stolz darauf, daß sie dann nicht immer nur ein und dasselbe Kleid anzuziehen braucht.

Dieser Herbst beschert uns wunderbare Tage in Gelb und Gold. Frühmorgens liegt ein zarter Schleier über dem See. Plötzlich bricht die Sonne leuchtend durch, das Netz zerreißt, und die Berge stehen gewaltig im Licht. Ich tauche die Eimer in den See und hole Wasser ins Haus. Wasser- und Holzholen. Wie

viel Eimer Wasser trug ich schon ins Haus, wie viel Arme voller Holz? Mehr als 10 Jahre lang schon - Wasser, Holz, Wasser, Holz.
Die Kinder sind in der Schule, Georg ist auf Erzsuche und ich bin allein. Ich habe das Alleinsein lieb gewonnen, es ist sehr förderlich zum Denken und zum Schreiben. Ich kann mit mir lange Zwiesprache halten. Des Nachts lebe ich in allen Zeitaltern; meine Freunde sind die bedeutendsten Denker und Dichter. Bücherbretter umgeben mein Bett; ich Strecke die Hand aus und hole mir Geister aus aller Welt.

Seite 167
Heute ist diese Welt erfüllt von der Ahnung eines kommenden Krieges. Über den Triester Sender klang die Stimme Mussolinis. Unheimlich wie in der griechischen Tragödie dröhnten die Chöre: „Duce, Duce..." und „Sieg Heil! Sieg Heil!" aus dem Sportpalast in Berlin.

Es folgen viele graue Tage, draußen und drinnen. Wir sitzen wieder auf dem trockenen, ohne die geringsten Einnahmen. Ich verkaufe zwei goldene Armbänder und einen wertvollen Ring an zwei umherreisende Käufer, die mir ihre Preise diktieren. Der Erlös deckte gerade die Kosten für zwei Paar Kinderschuhe.

Seite 170
Trotz Regen und Kälte kam der Sommer. Er wird sicherlich fruchtbar sein, und das wäre für uns alle sehr wichtig. Die Leute haben hier keinen Pfennig in den Händen. Old Bill's Söhne arbeiteten während des Winters in ihrer Miene, doch die Geldgeber in den Staaten bezahlten nichts. Georgs Jagdbeute des ganzen Winters beschränkte sich auf 4 Marder. Wir leben von Fischen und Kartoffeln.

Seite 192
Es ist Krieg, Deutschland führt Krieg gegen Polen, England und Frankreich. Das Radio schweigt, und in den Wochenzeitschriften stehen noch keine

Berichte. So soll ich den Zweiten Weltkrieg nun hier erleben, in einem Dominion, daß mit England eng verbunden ist. Die Nachbarn werden sich fast ausnahmslos gegen mich stellen und mich quälen mit zornigen Vorwürfen, und ich bin wehrlos und muß still halten. Wie wird es meiner Mutter und meinem Bruder ergehen? Es muß doch zu einem bitteren Ende für Deutschland kommen.

Es kommen keine Briefe mehr aus Deutschland, das letzte Band zerrissen. Krieg - wofür, warum? Danzig, Polen, das Empire?

Gestern bekam ich einen Brief aus Pommern über eine New Yorker Adresse. Meine Mutter starb am 2. Januar 1940. Sie wurde in Kolberg eingeäschert, in Kolberg wo ich aufs Lyzeum ging.

Seite 194
So fiel das Weihnachtsfest diesmal kümmerlich aus. Keine Geschenke kamen. Ich nähte, bastelte und backte für die Kinder. Georg kam ohne ein einziges Fell Heim, da es andauernd regnete und schneite. Es ist furchtbar. Er kann mit seinen blanken Händen keinen Unterhalt für eine Familie aus der Wildnis kratzen.

Seite 196
Wir haben gepflügt, gesät und gepflanzt, das einzige, was uns zu tun bleibt. Wir werden weiter arbeiten, solange man uns in Ruhe läßt. Mögen die Kinder Ehrfurcht vor den höheren Werten des Daseins gewinnen und nicht am Dollar kleben bleiben - das ist mein größter Wunsch. Sonst wünsche ich nichts mehr.

Seite 197
Georg macht den Cirkel-Trip als Führer für zwei New Yorker. Die Rundreise dauert fast einen Monat; sie mußten oft das Boot ausladen und die Sachen am Ufer lang schleppen, worauf das leere Boot ganz vorsichtig durchgeschleust

wurde. Mit diesem Geld bezahlten wir endlich die erschreckend hohe Storebill, unsere Lebensmittelrechnung bei King Oscar. Zu was für einen Plagegeist solch ein stummes Blatt Papier werden kann!

Seite 202
Am ersten Mai 1942 ging Georg nach Pinchi Lake, um in der dortigen Quecksilber-Mine zu arbeiten. Er verdiente hundertfünfzig Dollar im Monat, wovon fünfzig Dollar für Verpflegung und Unterkunft abgehen. So bleiben doch fast hundert Dollar für unseren Lebensunterhalt und zum Sparen übrig.

Seite 211
Allmählich lichten sich die Reihen der Männer. Die jungen Männer und auch einige Mädchen gingen zur Armee. Alle andern Männer bis zu 60 Jahren werden von der Industrie benötigt. Nur die Alten und die Frauen und Kinder bleiben zurück.

Seite 221
Rupert wurde 14 Jahre alt. Seine Schulfreunde kamen, und aßen Brathuhn und Schokoladentorte. Tranken hellen Muskateller und rauchten öffentlich ihre ersten Zigaretten

Zum Weihnachtsabend brachte Georg viele Geschenke: Kleidung, Decken und Bücher, Spiele für die Kinder und gute Dinge zum essen.

Seite 226
Im Sommer 1944 gingen Georg und Rupert für die Consolidated Mining and Smelting Co. auf Erzsuche. Sie unterzeichneten die Kontrakte, gemäß denen sie sich alles nach Gutdünken einteilen und ihre Fahrten und Trips nach eigenem Ermessen regeln können. Sie werden gut bezahlt und haben es nicht so schwer, als wenn sie auf eigene Faust losziehen und möglicherweise den ganzen Sommer ohne die geringsten Einnahmen arbeiten müßten, wie es Georg fast 30 Jahre lang getan hat.

Auch im Sommer 1945 gingen Georg und Rupert auf die Erzsuche.

Die ersten Hiobsbotschaften aus Deutschland erreichten mich. Lange Todeslisten - ich bin wie erstarrt. Alle meine Verwandten aus Pommern sind verdorben und gestorben, nur einige Kusinen retteten das nackte Leben. Nun packe ich täglich Pakete, ich schicke Ihnen hinüber, was ich nur kann, auch Care-Pakete gehen ab.

Seite 227
Georg kaufte ein paar mächtige Arbeitspferde und rodete mehr Land. Rupert kaufte eine Power Saw/Motorsäge und sägte unseren Holzvorrat für den Winter in einigen Tagen. Georg hatte dafür mit der Handsäge jedes Mal mehr als einen Monat gebraucht.

Im Herbst nahm Gloria Abschied und ging nach Shmiters auf die Hochschule. Und Georg und Rupert waren auf Erzsuche. Ich war nun wieder alleine zu Hause und fütterte die Kühe.

Seite 228
Trotzdem nahm ich meine schriftstellerischen Arbeiten wieder auf. Und Festtage waren es jedes Mal für mich, wenn Georg und die Kinder heimkamen. Georg packte lächelnd die Bücher vom meinem Bett, wenn er sich zu mir legen wollte. Von den Brettern an den Wänden, auf denen sie auf gereiht zu meinem Haupte standen, waren sie in solcher Zahl auf dem Bett gelandet, als wollten sie mich gänzlich bedecken.

Seite 238
Rupert arbeitete mit den Geologen, die aus Ottawa kamen und endlich genaue Landkarten herstellten. Jeder Berg und jeder See mußte vermessen werden. Ein See war bereits nach Georg genannt worden - Seel Lake -, nun kam auch noch ein Berg hinzu, der nach Rupert benannt wurde. Meistens waren es Studenten, die mit diesen Survey-Parties/Vermessungstrupps arbeiteten, und

Rupert brachte sie für die Abende in unser Haus.

Seite 239
Nach all den schweren Jahren schien das Leben leichter zu werden. Plötzlich verbreitete sich die Schreckenskunde, daß der Ootsa Lake in ein großes Staudamm Projekt einbezogen war und seine Ufer überflutet werden sollten. Wir konnten es kaum glauben.

Seite 240
Doch im Herbst kam eine Kommission: der Landesminister, der Präsident der Aluminiumwerke und ein halbes Dutzend seiner Angestellten. Sie versuchten uns klar zu machen, daß der unaufhaltsame Fortschritt das überfluten des Sees verlangte, alles geschehe nur zum eigenen Vorteil der Siedler. Und dergleichen Behauptungen mehr. Uns stand das Herz still. Mit einemmal schien alles umsonst gewesen zu sein. Alles was wir in mehr als fünfundzwanzig Jahren gerodet, gepflanzt, gebaut und eingezäunt hatten, sollte unter Wasser gesetzt werden.

Das Wasser sollte alles überschwemmen, und nichts von unserem Tun und Schaffen würde bleiben - nichts.

Die Ingenieure des Aluminiumwerkes *(Alcan)*, in dessen Hände das Staudammprojekt lag, engagierten Georg als den besten Kenner des Küstengebirges. Im Winter und Frühjahr flog er mit den Flugzeugen durch das Gebirge, um einen Paß für Kabel und Fernleitung zu bestimmen. Kitimat und Kemano bekamen plötzlich Schlagzeilen in den Zeitungen: das größte Aluminiumwerk der Welt!

Seite 241
Rupert flog im Helikopter und arbeitete am Nechako Damm; sein Bild erschien in den Zeitungen und in einem Film der Alcan.

In den letzten Märztagen 1950 kam Georg zurück. Er war zum Skelett abgemagert. Ich war entsetzt und bat ihn, zur ärztlichen Untersuchung nach Vanderhoof zu fahren, aber er behauptete, daß er sich wohl fühlt. Die Verhältnisse, unter denen er Wochen lang im Gebirge gelebt hatte, waren haarsträubend gewesen. Hoch über der Waldgrenze hatten sie ohne Zelt bei 50 Grad unter Null schlafen müssen. Alle Nahrungsmittel waren erfroren, es gab kein frisches Fleisch, nur Konserven und Speck. Georg hatte noch selbst dem Ingenieur ein Viertel unseres geschlachteten jungen Rindes angeboten, der aber hatte abgelehnt; er kam aus Montreal und hatte keine Ahnung von den hiesigen Verhältnissen. Dies alles hörte ich erst später, denn Georg beklagte sich nie; er nahm alles hin, so wie es kam.

Seite 242
Am nächsten Morgen blieb Georg liegen und klagte über Schmerzen in der linken Schulter. Ich machte ihm warme Umschläge und schickte Rupert zur Distrikt-Nurse, eine Farmersfrau, die mehrere Meilen entfernt wohnte.
Ich stand im anderen Raum am Kochherd und sprach mit Georg. Plötzlich hörte er auf zu sprechen. Ich lief zu ihm und sah, daß er ganz still da lag. Auf seinen Lippen war ein Lächeln, er sah so glücklich aus. Ich nahm ihn in die Arme, hielt ihn an mich gepreßt und fühlte langsam, langsam sein Leben verebben, fühlte die Kälte des Todes in seinem Körper aufsteigen und rief immer wieder: Georg, Georg, ... Doch Georg antwortete nicht mehr.
Es war schrecklich. Ich „hatte das Verlangen mit zu gehen" hieß es in dem Gedicht, das ich nach dem Tod meines Mannes schrieb. „Wahrlich, es war genug getan". Gloria kam mit dem Arzt und Leichenbeschauer. Der Arzt stellte Herzschlag fest. Ich wußte, daß die Entbehrungen der letzten Monate den Tod herbeigeführt hatten.

Seite 243
Die Verhandlungen mit den Aluminium-Werk zogen sich immer weiter hin. Die Leute hier weigerten sich die niedrigen Angebote anzunehmen. Ich betreute die Tiere; die Wiesen und Felder hatte ich an Mennoniten verpachtet

die mit ihren großen Familien kamen, Zelte aufschlugen und mit Pferden und Maschinen die Heuernte unter Dach und Fach brachten.

Seite 244
Gloria war bereits in der normalen Schule in Viktoria, um sich auf das Lehrerinnen-Examen vorzubereiten. So ging ich dorthin und mietete ein großes Frontzimmer in einem alten Haus unter hohen Eichen.
Ich versuchte, ein neues Leben aufzubauen, ging zur Bibliothek und zum Archiv, übersetzte Indianer-Legenden und schrieb Artikel. Aber in mir schien alles zerstört zu sein. Georg und der Daseinskampf für die Kinder in Wistaria waren zu meinem Lebensinhalt geworden und plötzlich war dieser Lebensinhalt verschwunden. Ich sprach nicht darüber, aber ich litt.

Seite 245
Sobald es Frühling wurde, ging ich wieder nach Wistaria zurück und fing an zu packen. Stöße von alten Sachen, Schriften, Briefe, Manuskripten mußten sortiert, verbrannt oder verstaut werden.
Inzwischen begannen die letzten ernsten Verhandlungen. Die Gutachter erschienen, ein Druck von oben kam dazu, und mehrere Farmer hatten bereits verkauft. Zu welchem Preis? Ja, für wie viel? Es gab ja Werte, die nicht bezahlt werden konnten: das gemeinsame Schaffen, der jahrelang Aufbau, das Opfer aller Ersparnisse von schwerer Arbeit, die glücklichen Tagen und Wochen, die Freude an den Kindern, ihr Aufwachsen und mitwachsen, selbst die Sorgen und harten Erfahrungen waren doch gut gewesen und gehörten zum erfüllten Leben. Nun ging alles dem Ende zu.

Seite 246
Der letzte Tag kam. Es fing an zu schneien. Hatte der Himmel ein Einsehen, wollte er mit dem Schnee die Wunden verhüllen? Zum letzten Mal blickte ich auf den geliebten Flecken Erde, dann verließen wir im Schneetreiben Wistaria, um ein neues Leben zu beginnen.

DER ERFOLG STARTETE AUF DER PARKBANK
Ulrich Schaffer, 1953 und Eckhart (Ulrich) Tolle, 1993
von Maxim Pouska

Runde zwei Jahre lang setzte sich der Deutschkanadier Eckhart Tolle täglich auf eine Parkbank in London und startete von dort sein heute weltweites Business. Ob die Bezeichnung Business so ganz perfekt auf das zutrifft, was er vermittelt, ist diskutierbar. Aber alles, was Geld in die Haushaltskasse bringt, ist letzten Endes ein Business. Selbst der Dalai Lama und der Papst sind, neben ihren spirituellen Führungspositionen, die Chefs von Global Playern - mal ganz profan gesagt.

Das Produkt „Stille" ist es, das Tolle verkauft. Das ist ebenfalls profan ausgedrückt, denn was er weiter gibt ist nicht ein Handy ohne Batterien, ein Auto ohne Benzin, sondern eine der möglichen Antworten auf die Frage, nach der Bewältigung unseres immer komplizierter werdenden Lebens als Erwachsene, zwischen den Mühlsteinen der Global Player. Diesmal sind die Global Player gemeint, für die Shareholder Value das einzige Mantra ist.

Im Pressetext wird Tolle - der von seinen weltweiten Anhängern als Erleuchteter bezeichnet wird - folgendermaßen vorgestellt: „Vor mehr als 25 Jahren hatte Eckhart Tolle eines Nachts eine tiefgreifende spirituelle Erfahrung, die ihn von der quälenden Last seiner Gedanken um die Vergangenheit und Zukunft befreite und ihn ins JETZT katapultierte. Danach verbrachte er fast zwei Jahre auf einer Parkbank und hatte das Gefühl, nichts und niemanden mehr zu brauchen. Menschen, die mit ihm sprachen, spürten seinen inneren Frieden und baten ihn, seine Erfahrung und sein Wissen niederzuschreiben."

Diese spirituelle Erfahrung war mit seiner Selbstmordabsicht in jener Nacht verknüpft. Diese Problematik ist auch bei Einwanderern nicht unbekannt. Nach kanadischen Statistiken begehen prozentual mehr Immigranten als Kanadier Selbstmord. Am höchsten ist dieser Anteil allerdings bei den Mitgliedern der First Nations in Kanada. Tolle wanderte allerdings erst 1993 nach Vancouver aus. Die nächtliche Erleuchtung hatte er bereits vorher in London UK. Dort hatte er mit 29 seine tiefe Krise, die sich in dem Gedanken: „Ich kann mit mir nicht mehr länger leben" formulierte. Er überlebte die Nacht und dann begann sein Leben auf der Parkbank!

Geboren in Deutschland lebte er hier 13 Jahre, bevor seine Eltern mit ihm ins Ausland zogen. Später studierte er an der University of London und war in Forschung und Supervision an der Cambridge University tätig.

Seine Erfahrung schrieb er in dem Buch „Practicing The Power of Now" nieder, dass zuerst vom Verlag Namaste Publishing in Vancouver veröffentlicht wurde. Inzwischen in mehr als 30 Sprachen übersetzt, ist es seit Jahren in Deutschland unter dem Titel „Jetzt - Die Kraft der Gegenwart" im Kamphausen Verlag, Bielefeld erschienen.

In der Wochenzeitung DIE ZEIT (24.06.2004) beschreibt Christian Schüle Tolle folgendermaßen: „Eckhart Tolles Weltbild ist auf komplizierte Weise geradezu simpel: Er vertritt einen metaphysischen Eklektizismus aus Existenzialphilosophie und buddhistischer, taoistischer, hinduistischer und christlicher Esoterik, deren Essenz denselben Ursprung hat: die All-Energie, das ES. All das ohne Gottesbezug und Gottesbeweis, ohne Credo, ohne Offenbarung. Durch das Energiefeld seines Körpers, ist das Subjekt mit der energetischen Quelle verbunden. Das ist die alte Weisheit mittelalterlicher Mystiker, aufgefahren als Kampfgeschütz gegen eine aus den Fugen geratene Weltgesellschaft mit Selbstzerstörungsdrang."

Was hat das mit deutschem Fleiß und Unternehmertum zu tun, wenn jemand auf der Parkbank lebt, wird sich nun mancher denken. „Es geht doch ums Business, wenn ich nach Kanada auswandern will oder um den Abenteuerurlaub", werden andere sagen. Ist aber nicht einer der Gründe zum Auswandern die „Seins-Frage" und nicht nur die pure „Geld-Frage"? Liest man in den Foren des Internets die Antworten auf die Frage: Warum wollt ihr nach Kanada auswandern, dann wird zwar der wirtschaftliche und politische Frust über Deutschland am häufigsten genannt, aber dahinter kommt sofort der Wunsch das Leben lebenswerter zu machen. Und genau hier setzt Tolle mit seiner heutigen Arbeit an. Denn das Vermitteln seiner Lebenserfahrung, seiner Lebensfreude ist nun für ihn der Hauptberuf geworden. Ein Beruf in dem er erfolgreich ist und sich wohl fühlt. Das ist doch ebenfalls das Ziel der überwiegenden Mehrheit der Auswanderer nach Kanada.

Das Unternehmen „Eckhart Tolle" ist heute ein florierendes Geschäft mit dem Namen „Eckhart Teachings", das einer Reihe von Menschen ganz praktisch Arbeit und Brot gibt - neben der spirituellen Hilfe für die Leser seiner Bücher und Zuhörer bei seinem „teaching for live audiences around the world". So wird er 2007 in USA (Californien, New York) und Europa (England, Holland, Dänemark, Deutschland und Spanien) auftreten und seine Partnerin Kim Eng wird ebenfalls als „Teacher" unterwegs sein.

Seit nun über drei Jahrzehnten ist ein anderer Deutschkanadier ebenfalls an der Arbeit, um uns etwas mehr Lebensqualität zu vermitteln. Lange bevor Tolle seine Erleuchtung hatte, begann Ulrich Schaffer Menschen durch Texte, Gedichte und Bilder Antworten auf ihre Ängste und Suchen zu geben. Er wurde 1942 in Pommern geboren. Die Eltern flohen mit ihm nach Bremen und wanderten dann 1953 nach Kanada aus. Seine Jugend verlebte Schaffer im Norden von British Columbia und studierte später in Hamburg Germanistik und Anglistik. Zurück in Vancouver lehrte er als Dozent an einem College, bevor er ab 1981 ausschließlich als freier Schriftsteller und Fotograf arbeitete.

Seine Bücher und Kalender werden heute in Deutschland und Europa u.a. vom Verlag Herder (http://www.herder.de/) herausgegeben. Ebenfalls gibt es von ihm einen neuen Gedichtsband „Bewusst und lebendig", in dem er vom „Suchen und Hoffen, Wagen und lieben" schreibt.

Die geistigen Wurzeln von Schaffer sind in der christlichen Tradition zu finden. Bei ihm ist ebenfalls die „Stille" ein zentraler Punkt im Leben. In dem Buch „Im Aufwind", 1990 schreibt er dazu:

„Die Stille erneuert mich
Ich versinke in mir
Und verliere das Gewicht der Welt die mir anhängt
Ich werde befreit vom fieberhaften Streben
Nach Kalendern und Uhren zu leben"

Damals hatte er bereits über 40 Bücher veröffentlicht und heute sind es weit über 100 Bücher. Heute lebt er mit seiner Familie nicht mehr im Norden, sondern in Gibsons an der Sunshine Coast von British Columbia. Von dort aus startet er nun seine Expeditionen, um immer wieder neue außergewöhnlich schöne Bilder zu fotografieren. Wer würde nicht ebenfalls gerne an der Sunshine Coast von British Columbia seinem Business nachgehen? Besonders in diesem verregneten Sommer in Deutschland (es schüttet gerade in Strömen, als ich dies schreibe), wird der zurück gekehrte Urlauber oder der zukünftige Auswanderer den Gedanken an ein besseres Leben in Kanada abwägen.

Was Tolle von Schaffer im Business unterscheidet, ist seine internationale Präsenz und dies besonders im englischsprachigen Raum. Bei Schaffer ist es so, dass er zwar bereits 1971 sein erstes Buch veröffentlichte, und 1980 auch einige Erfolge im englischsprachigen Raum erzielte (damals machte er sich selbständig), aber danach fast ausschließlich in Deutsch veröffentlichte. Seine Spiritualität verkauft sich einfach im deutschen Sprachraum am besten.

Beide Deutschkanadier haben eine Erfolgsstory in Kanada vorzuweisen. Sie ist nicht die übliche Story des Farmers, Pferde- und Viehzüchters oder Inhabers eines Bed & Breakfast. Auch nicht die Stories von Maklern und Consultants oder Inhabern und Managern von Global-Playern, wie beispielsweise Magna International Inc., die beide zu erzählen haben. Was ihr Beispiel zeigt, wie auch die der anderen Erzähler, ist die Möglichkeit sich im heutigen Kanada ein erfülltes Leben, außerhalb der üblichen Berufs-Norm aufzubauen. Allerdings, beide arbeiten hart und liegen nicht am Sandstrand in der Sonne.

Ein interessanter Aspekt ist: Beide haben als Vornamen Ulrich, wie über die Links auf einer Fan-Site zu Tolle zu lesen ist.
http://www.inner-growth.info/power_of_now_tolle/eckhart_tolle_home.htmArticle from Telegraph Magazine (Biographical Info) „... Brought up near Cologne in Germany as Ulrich Tolle, ..."

www.eckharttolle.com
www.namastepublishing.com
www.j-kamphausen.de

www.ulrich-schaffer.com
http://www.kummernetz.de/

Unter dem Link „Impulse" zu finden: Ulrich Schaffer unterstützt als Schirmherr und Mitarbeiter Kummernetz mit Kurzartikeln und Gedichten.

1927 > 2007 EINWANDERER UND RÜCKWANDERER
von Maxim Pouska

„**Die deutsche Kanada-Auswanderung während der Weimarer Zeit, ist in späterer Rückschau bisweilen als Verhängnis bezeichnet worden.**"

So beschreibt Ulrike Treplin in ihrer Studie „Die deutsche Kanada-Auswanderung in der Weimarer Zeit und die evangelisch - lutherische Auswanderermission in Hamburg" (1) die Meinung, eines Teils der Kritiker jeder Auswanderung. Dabei sah es Anfang der Zwanziger des letzten Jahrhunderts für die Auswanderer in Kanada eigentlich recht gut aus. In Deutschland war nach dem Ersten Weltkrieg für viele kein Platz mehr, wo man das Brot für sich und seine Familie verdienen konnte. Die Stimmung vieler, formulierte ein Auswanderer 1929 mit den Worten: „Mit den geschlagenen Truppen nach Hause gekommen, erwartete mich die größte Enttäuschung meines Lebens. Immer hatte ich die Sehnsucht nach eigenem Land verspürt. Aber ich hatte nicht mit den zerstörerischen Nachwirkungen eines verlorenen Krieges gerechnet. Generalfeldmarschall von Hindenburg, der Oberbefehlshaber der gesamten deutschen Streitmacht, hatte seinen Soldaten während des Krieges versprochen: Wer nach Beendigung des Krieges ein Stück Land haben will, um sein eigenes Kraut zu ziehen, der kann es haben.' Daran war nun im verarmten und zerrütteten Deutschland nicht zu denken, ja nicht einmal eine anständige Anstellung war zu bekommen. Ich war mehr und mehr davon überzeugt, daß es für mich besser wäre, wenn ich in die Ferne ziehe."

Dagegen blühte in Kanada seit 1915 die Landwirtschaft auf. Eine Rekordernte nach der anderen, ließ die Landwirtschaft expandieren. Um die brachliegenden Landflächen in den heutigen Prärie-Provinzen von Saskatchewan zu bevölkern, wurde ein Programm gestartet, dass jedem Einwanderer eine Farm mit rund 100 Morgen Land für 10 Dollar (Golddollar) versprach. Der Boom setzte darauf 1925 ein. Von 1926 bis 1932 verzeichnete das Dominion, das Kanada damals war, einen Zustrom von 62.597 deutschstämmigen Einwanderern, der sich zumeist in die Prärie-Provinzen ergoss. Insgesamt wanderten 90.705 Deutschestämmige von 1919 bis 1935 nach Kanada aus. Die meisten wollten in Kanada als Landarbeiter und Bauern arbeiten und mit dem gesparten Geld, aus Deutschland mitgebracht oder in Kanada erarbeitet, eine eigene Farm erwerben.

In den ersten Jahren ging dies noch recht gut, wenn auch bereits die Bedingungen äußerst hart waren. Der junge Journalist A.E. Johann wurde darum 1927 von der Vossischen Zeitung, Ullstein Verlag nach Kanada geschickt, um wie ein „schmutziger Immigrant" zu leben und über die Zustände zu berichten. Der Einbruch kam dann nicht nur durch die Weltwirtschaftskrise ab 1929, sondern auch durch totale Missernten in den folgenden Jahren. Hinzu kamen Preisstürze beim Weizen, unter anderem durch das Angebot von Russland, das nach der Revolution wieder den Weltmarkt belieferte.

Einen Bezug zu unserem Jahrtausend hat dieser Wirtschafts-Zyklus ja irgendwie. Damals wurden als Fachkräfte Landarbeiter gesucht und auch Johann bewarb sich nicht als Akademiker und Journalist, sondern als Landarbeiter. Der Boom dauerte von 1925 bis 1929, also rund 5 Jahre. Dies ist also vergleichbar zum Internet-Boom, der von 1996 bis 2001 dauerte. Gesucht wurden nun als Fachkräfte alles, was programmieren konnte. Nach dem Zusammenbruch 2001 wurden dann diese Fachkräfte nicht mehr gebraucht und konnten nun versuchen, in Jobs mit Minimums-Gehalt zu überleben. Da ich selbst die Rezession Anfang der Neunziger in Kanada erlebte, kommt mir beim Schreiben in den Sinn, dass ja bereits in der Bibel berichtet wird, wie Moses eine „Rezession" voraussah und dagegen Maßnahmen ergreifen ließ. Daraus könnte man folgern, dass Immigranten, die zu Beginn eines Booms nach Kanada auswandern eine höhere Chance haben, die folgende Rezession zu überstehen. Alternativ hat es der besser, der nach einer Rezession ins Land zieht, auch wenn noch kein neuer Boom sichtbar ist.

Viele der Auswanderer wurden darum ab 1930 durch die Umstände gezwungen, nach Deutschland zurück zu wandern. Besonders hilfreich waren in einer solchen Situation die kirchlichen Organisationen - damals wie auch derzeit. Die Studie von Treplin bezieht sich auf die Arbeit des Auswandererpastors Dr. Hermann Wagner, Leiter der Hamburger evangelisch-lutherischen Auswanderermission e. V. Wagner wurde 1925 als alleiniger Vertreter von der Canadian Pacific Railway (CPR) ermächtigt, deutsche Auswanderer in ihre Gebiete zu senden. Die CPR arbeitete in Kanada unter anderem mit der kanadischen Hilfsorganisation Lutheran Immigration Board (LIB) zusammen. Pastor Wagner beriet die Auswanderer und sie erhielten von ihm eine Emp-

Winnipeg, Manitoba cirka 1925 - Die Stadt in der Mitte von Kanada. Das Bild zeigt die Hauptstrasse „The Main street".

fehlungskarte zur Inanspruchnahme des LIB-Beförderungs- und Stellenvermittlungsdienstes ausgestellt, die so genannte LIB- identity card.

Die Erfahrungsberichte der Einwanderer erhielt Wagner als Briefe von den betreuten Auswanderern. Von 1926 bis 1936 wurde von ihm und seinen Nachfolgern diese Korrespondenz intensiv gepflegt, betreut und sorgfältig gesammelt. Die Briefe befinden sich heute im Kirchenarchiv von Hamburg. Treplin zitiert in ihrer Studie Briefe, die den langsamen Erfolg wie auch das Versagen und die Rückkehr nach Deutschland beschreiben. Was dabei auffällt ist, dass der Landarbeiter von damals eher eine Chance hatte, als der gebildete Beamte vom Land. Der Beamte konnte zwar in Deutschland das Land verwalten, es aber nicht bestellen! Das wurde zu seinem Problem in Kanada, den dort musste er „Handarbeit" verrichten und da er das nicht gelernt hat, blieb im nur der Weg zurück, wie Treplin in einem Beispiel aufzeigt.

Auch wieder ein interessanter Vergleich zu heute. Die derzeit nach Kanada einwandernden Handwerker haben es ebenfalls grundsätzlich leichter, als Büroangestellte, Manager und Akademiker. Selbst heute ist sehr oft zu Beginn der neuen Karriere „Handarbeit" (Odd-Jobs / Hilfsarbeiter-Jobs) von den Einwanderern zu leisten, die eine hohe Ausbildung haben oder bereits in Managerpositionen arbeiten, bevor sie wieder in höhere Positionen aufsteigen können. Eine weitere Parallele zu damals wird durch das Wort „Networking" deutlich. Wenn dieses Wort auch oft überstrapaziert und für alles Mögliche eingesetzt wird, es ist in Kanada entscheidend für das Vorwärtskommen. Immer wieder wird heute davon gesprochen und darüber geschrieben, dass Arbeitsplätze in Kanada zu über 75 % über Networking besetzt werden. Das hat Tradition, denn bereits damals existierte dieses Network. So meldeten beispielsweise alle Pastoren der evangelisch-lutherischen Kirchen, besonders der Missouri-Synode, die freien Arbeitstellen in ihren Gemeinden an die Zentrale und von dort erhielten die Einwanderer die Informationen. Ebenso wurden sie vor Ort von den Pastoren betreut. Sollte der Job zwischenzeitlich besetzt worden sein, kümmerte sich der Pastor um einen neuen. In seinen Berichten schreibt dazu A.E. Johann: „...daß, die Einwanderer, welche sich der kirchlichen Hilfstätigkeit anvertrauten, vor Enttäuschungen, Verlust und Betrug bewahrt werden."

Hilfe konnte der Einwanderer damals nur von kirchlichen Organisationen erwarten, ansonsten kümmerte sich niemand um seinen Erfolg oder Misserfolg. Besonders dem Staat, der heute so oft als Helfer automatisch und selbstverständlich in die Pflicht genommen wird, war es damals komplett egal, ob der Einwanderer „schwimmen lernte oder ertrank". Heute gibt es sehr unterschiedliche „Not For Profit Settlement Organizations", die den Einwanderer beim Start ins neue Leben unterstützen.

In seinem Buch „Mit 20 Dollar in den Wilden Westen", das 1928 zum ersten Mal im Ullstein Verlag erschien, beschreibt A. E. Johann sehr anschaulich die Situation der Einwanderer. Er selbst war gerade 25 Jahre alt, als er im Frühjahr 1927 in Kanada als Immigrant landete. Er stammte aus einer alten preußischen Bauern- und Beamtenfamilie. Nach dem Besuch des Realgymnasiums in Bromberg, studierte Johann in Berlin Theologie, Soziologie und Geographie. Anschließend absolvierte er eine Banklehre und arbeitete als Buch- und Wirtschaftsprüfer. Danach spekulierte er an der Börse in Berlin. Seine Reiselust brachte ihn mit dem Chefredakteur Georg Bernhard der Vossischen Zeitung zusammen. Dieser ließ den jungen Mann als „Berichterstatter" unter der Bedingung nach Kanada reisen, dass er sich wie ein richtiger mittelloser Auswanderer im Lande zu behaupten hätte. Für seine Berichte würde er ein Honorar von 200 Reichsmark erhalten, das ihm aber nicht nach Kanada geschickt würde. Johann stimmte zu. Er verdiente sich sein Geld in allen möglichen Hilfsarbeiter-Jobs, ob als Landarbeiter, Holzfäller, Bergmann oder Orgelspieler und auch als Hochstapler unter den Snobs (er war ja ein Berliner). Da ihm keine Arbeit zu schwer oder zu schmutzig war, kam er erfolgreich durch das Jahr in Kanada. In über 50 Artikeln berichtete er bereits im ersten Jahr über seine Erfahrungen. Im folgenden einige Zitate aus seinem Buch.

„Wie ich Oberkuli wurde und andere traurige Geschichten

Well, - mir blieb tatsächlich nichts weiter übrig: Als ich drei Wochen umher-

gestromert war, ohne Arbeit auftreiben zu können und mein ohnehin an der galoppierenden Schwindsucht leidender Geldbeutel in den letzten Zügen lag, machte ich mich wieder auf den Weg, koste es, was es wolle, einen „job" ausfindig z u machen. Wie schon vier Wochen zuvor wallfahrte ich eine Straße zur Stadt hinaus und fragte auf jedem Gehöft, ob man mir nicht irgendeine Beschäftigung geben könne. Nach einigen vergeblichen Versuchen kam ich wieder zu einem Japaner, der mich mißtrauisch empfing. Ich sagte bescheiden mein Sprüchlein auf, er wollte nicht anbeißen, meinte, bei ihm arbeiten nur chinesische und japanische Kulis, mit denen Engländer und Kanadier gewöhnlich nicht zusammenarbeiten; als er erfuhr, daß ich Deutscher sei und mich die gelbe Genossenschaft nicht weiter inkommodierte, wurde er zugänglicher, wandte dann aber ein: ich wisse, daß Kulis sehr hart arbeiteten, und wenn ich - wie zu vermuten - nicht mit ihnen Schritt halte, würde er mich nach einigen Stunden wieder heimschicken.

Mir stand das Wasser bis zum Hals, probieren muß man alles, mehr als einen Rausschmieß hatte ich nicht zu riskieren; ich redete ihm also gut zu, es wenigstens einen Tag lang mit mir zu versuchen; übrigens hätte ich schon immer ein großes Faible für japanisches Porzellan und japanische Lackmalerei gehabt; Yoshiwara sei mir einer der interessantesten Plätze der Erde; zur Unterstützung seiner durch das große Erdbeben geschädigten Landsleute hätte auch ich damals eine Mark und fünfzig gespendet. Diesem Ansturm vermochte er nicht zu wiederstehen; besonders prompt reagierte er auf Yosiwara, ich glaube, der alte Sünder hatte verschiedene ausgiebige Seitensprünge auf dem Gewissen. Also gut, er wolle es morgen mit mir versuchen.

Am nächsten Morgen trat ich an, zum Äussersten entschlossen, verbissen in den schon rein sportlich gewordenen Ehrgeiz, mich auch von chinesischen Kulis nicht kleinkriegen zu lassen. Nun, ich beherrschte ja die notwendigen Griffe und hatte die entsprechenden Kenntnisse von meiner letzten Stelle und schuftete los wie ein -nun eben wie ein waschechter Kuli. Und siehe da: auch Kulis sind nur sterbliche Menschen; ich hielt Schritt mit ihnen. ...

Am zweiten Tage ging es besser; am dritten war ich in Schwung, und am Abend erklärte mir Sheitosan, mein gelber Boß, ich arbeitete ausgezeichnet, ich sei von morgen an Vormann über die anderen fünf Kulis, zwei Japaner, drei Chinesen. Meine erste Amtshandlung am nächsten Morgen als wohlinstallierter Oberkuli bestand darin, ein etwas gemächlicheres Arbeitstempo vorzulegen. Auch Kulis sind für so etwas nicht unempfänglich, so daß wir nach acht Tagen die besten Freunde wurden, d. h. die Japaner und ich, die Chinesen waren zu unbegabt dazu.

...

Ich war zufrieden mit mir und der Welt in meiner jungen Oberkuliwürde, verdiente den Tag 3 Dollar fünfzig und bekenne offen, daß der Japaner Sheitosan der beste, freundlichste und angenehmste aller Arbeitsherren war, die ich überhaupt in Kanada gehabt habe. ..."

Wer heute in Deutschland die Diskussion verfolgt, dass deutsche Arbeitslose beim Ernteeinsatz beschäftigt werden sollen, sie aber körperlich zu schwach dazu seien und darum erst von der Arbeits-Agentur ins Fitness-Studio geschickt werden sollten - der kann sich nur wundern, wie damals ein junger Großstädter in Kanada überlebte - seine Alternative hätte in betteln oder verhungern bestanden. Was er in diesem Absatz beschreibt, hat auch heute in Kanada immer noch seine Gültigkeit. Nur, in unserer Zeit geht man nicht die Landstrasse entlang, sondern nimmt die Gelben Seiten des Telefonverzeichnisses und telefoniert mögliche Arbeitgeber direkt an - das ist derzeit immer noch besser, als sie über das Internet anzusprechen. So wird es auch vom kanadischen Arbeitsamt - The Department of Human Resources and Social Development (HRSD), auf seinen Webseiten empfohlen. Ebenfalls ist beachtenswert, wie Johann keine Scheu davor hatte, mit „Ausländern", dazu noch Asiaten, zusammen zu arbeiten.

Direkt im Anschluss an diesen Text schreibt Johann über die typischen deutschen Fehler. Waren es damals 1.000 Gold-Dollars so sind es heute hunderttausende von Euro oder sogar mehrere Millionen. Damals kaufte man

Farmen, was man heute zwar auch noch sehr oft tut, aber in den letzten Jahren waren Bed&Breakfast, Restaurants oder andere Unternehmen mehr gefragt. Die Überlebenschance im Business ist aber genau so unsicher, wie damals in den Zwanzigern.

„.... *Es ist ebenso erstaunlich wie bedauerlich, daß die deutschen Einwanderer immer wieder dieselben Fehler machen, immer von neuem Fehleinschätzungen unterliegen und erst durch Schaden klug werden. Da bringt einer 1.000 Dollar (Gold-Dollars) mit und meint nun, damit könnte er - was kostet Kanada! - gleich im Großen anfangen. Er benutzt das Geld, um die Anzahlung auf eine zum Verkauf stehende Farm zu machen, zieht hinaus, und schon geht das Elend an. Alles ist anders als bei uns; er kennt keine der hier gebräuchlichen Maschinen, wird mit dem Vieh und den Pferden nicht fertig, die vielleicht viele Meilen vom Hause entfernt sich irgendwo im Busch umhertreiben, weiß nicht, wie er das Land bestellen soll, macht es auf die umständliche europäische Art und ist mit der Saat erst fertig, wenn der Weizen schon Ähren ansetzen sollte.*

Schließlich schneit ihm der Drusch ein, er kann die Arbeiter nicht bezahlen; die aber lassen sofort pfänden (für Arbeitslöhne kann man hier auf der Stelle pfänden lassen; man geht zur Polizei, meist kommt sofort ein Beamter mit, der die Lohnforderung sicherstellt), die Amortisationen werden fällig, schließlich wird er von Haus und Hof vertrieben, ist um 1.000 Dollar oder mehr ärmer und um nichts als eine gesunde Lehre reicher.

Danach muß er nochmals beginnen, wie er es von Anfang an hätte tun sollen: nämlich von der Pike auf zu dienen und sich Schritt für Schritt all die Kenntnisse zu erwerben, die zum Betriebe einer amerikanischen Getreide- oder Gemüsefarm erforderlich sind. Das geschilderte Schicksal ist nicht etwa selten, sondern kommt dutzendweise vor."

Wenn Johann schreibt, dass der Auswanderer nochmals beginnen muss „von der Pike auf", dann kann man das heute mit den Worten „Canadian Experience" beschreiben. Es hat sich praktisch nichts geändert, als das Wording für dasselbe Problem. Der heutige Einwanderer ist grundsätzlich (sollte es zumindest sein) gebildeter, als der einfache Landarbeiter oder Bauernsohn von 1920, aber auch für ihn, sei er Handwerksmeister, Manager, Unternehmer oder Akademiker in Europa gilt, dass er „von der Pike auf" die kanadische Arbeits- und Wirtschaftswelt zu erlernen hat, wenn sich der Erfolg einstellen soll. Moderner ausgedrückt kann man sagen, dass er „The Art of The Deal" in Nordamerika lernen muss, um wirtschaftlich zu überleben und erfolgreich zu sein.

Johann fährt fort:

... Oft genug auch läuft der Karren wie folgt: wenn die Einwanderer eine Woche lang die schwere zehn- oder mehrstündige Arbeit gekostet haben, jammern sie, daß sie auf den schwersten Platz im ganzen kanadischen Westen hereingefallen seien, sagen schon nach kurzer Zeit den Dienst auf und verfahren ihr geringes Geld auf der Eisenbahn, um bessere Arbeitsbedingungen zu finden: natürlich geht es ihnen nicht besser als beim ersten Mal, sie müssen genauso hart oder härter noch ran. So traf ich schon viele, die allen Ernstes jeder von sich behaupteten, so schwer wie sie habe noch nie jemand zu schuften brauchen; dabei ist das, was sie durchmachten, weiter nichts als normal. Wenn das heimatliche Geld verbraucht, die Hände schwielig, der Körper sehnig geworden ist, dann endlich nehmen sie Vernunft an, bleiben auf einer Stelle, sparen und kommen schließlich langsam, aber stetig vorwärts."

Die derzeitige Einwanderungswelle nach Kanada, lässt sich exakt mit den Berichten von Johann vergleichen. Mit viel Geld in der Tasche nach Alberta und wenige Monate später zurück. Ebenso wird oft die Härte unterschätzt, mit der ein Kanadier seine Arbeit tut, wenn er beispielsweise als Trucker durch Nordamerika fährt. Der folgende Absatz wird ebenfalls von erfolgreichen Einwanderern der neuen Generation bestätigt.

„Die besten und brauchbarsten Einwanderer sind die, welche mit fünf Dollar in der Tasche im Lande eintreffen. Sie müssen wohl oder übel aushalten, bis ihnen die Arbeit schließlich nicht mehr schwerfällt und sie daran denken können, auf der Dollarleiter langsam hochzuklettern. Denn darauf läuft in diesem Lande schließlich alles heraus: Geld machen. Womit, ist vollständig gleichgültig. Das Sprichwort: „Arbeit schändet nicht", das im alten Lande eine doch nur sehr bedingte Gültigkeit hat, ist hier zu 100 Prozent erfüllt."

Dass Arbeit nicht schändet, das wird von vielen gebildeten Einwanderern der letzten Jahre nicht mehr akzeptiert. Gerade in den Foren klagen sie darüber, dass sie sich betrogen fühlen, wenn sie einfache Arbeiten machen müssen. Sie kamen nach Kanada, um direkt ein besseres Leben zu haben und nicht erst zu warten, bis es ihre Kinder erreichten. Anders sah das ein Kinderarzt aus Kolumbien, der ebenfalls nicht praktizieren durfte und keine Chance hatte seinen Beruf noch einmal zu studieren. Er sagte den Journalisten der „The Globe and Mail": „Ich bin froh mit meinen Kindern hier zu sein, da sie nun in Frieden leben können. Darum ist es mir auch egal, dass ich jetzt in einer Fabrik arbeite." Ihm war die Arbeit nicht so schwer, da sie ausreichte seine Familie zu ernähren und die Kinder auf die Universität zu schicken.

Schwerer war die Arbeit damals in den Zwanzigern auf jeden Fall. Wenn aber ein junger Akademiker und Banker aus Berlin sie machen konnte, dann hat dieser auch das Recht sich über seine Landsleute zu mokieren, wie Johann es nun tut. Er selbst hatte ja keine Probleme die unterschiedlichsten Jobs in einer Woche zu machen und auch sonst hatte damit in Kanada keiner ein Problem.

„ Daß ich ein armer Teufel war, war somit genugsam dargetan. Dann ging ich als Kuli unter Kulis; und außerdem - welch eine im alten Lande unmögliche Zusammenstellung! - hielt ich am letzten Sonntag, um wieder Geld zu verdienen, einen Vortrag über das „Rußland von heute", der gut besucht

war, da in Vernon viele Deutschrussen und Russen lebten, gab weiter ein Konzert auf der Orgel und veröffentlichte in der gleichen Woche noch in der Lokalzeitung des Städtchens einen Aufsatz über „Die gegenwärtigen Lebensbedingungen in Deutschland". Kein Mensch wunderte sich über diese bunte Zusammenstellung."

Wie man in Kanada damals Karriere machen konnte, berichtet er am folgenden Beispiel.

„Ein junger Schleswig-Holsteiner hat in einem halben Jahr diese Karriere gemacht: Arbeiter in einer Sägemühle, Maurergehilfe, Streckenarbeiter bei der Canadian National Railway, Pächter eines Konfitürenladens, wo er pleite machte, weil er noch nicht genügend Englisch verstand, Pferdeknecht bei einem Rechtsanwalt, Schoffför bei demselben Rechtsanwalt, Gehilfe des Anwalts, auf dem besten Wege, bei ihm Bürovorsteher zu werden. Schon damals bezog er ein monatliches Gehalt von 90 Dollar bei völlig freier Station, so daß er jeden Monat 70 Dollar auf die Bank tragen konnte."

Dieser Ab- und dann wieder rasche Aufstieg war ebenfalls in den Fünfzigern und Sechzigern des letzten Jahrhunderts möglich. Gerade die Bereitschaft flexibel auf alle Anforderungen und Aufgaben einzugehen, ist einer der Schlüssel zum Erfolg als Immigrant in Kanada - sicher auch in anderen Ländern - und dies gilt ebenso heutzutage.

Der von Johann vorgestellte Hilfsverein, die Evangelische Auswandererberatung in Hamburg, wurde bereits im Jahre 1873 von Hauptpastor Kreusler, Kaufleuten und Honoratioren der Stadt als Evang.-Luth. Auswanderermission zu Hamburg gegründet. Die Warnungen von Geistlichen der Missouri-Synode aus den USA, die Auswanderer nicht schutzlos und unwissend in ein unbekanntes Land ziehen zu lassen, waren der Auslöser zur Gründung. Die Ausstrahlung der Kirche von Alt-Hamburg über die Auswanderermission führte zu zahlreichen Gemeindegründungen in Südamerika - z.B. die La

Plata-Gemeinde in Buenos Aires - Gemeinden in Brasilien, Kanada, Australien und den USA. Der Hamburger Traditionsverein wird heute noch von Hamburger Bürgern und einem Freundeskreis getragen. Der Verein ist über die Innere Mission dem Diakonischen Werk Hamburgs angeschlossen. Über seine Erfahrung schreibt Johann im Kapitel „ Luther in der Wildnis."

... Als ich in Wetaskiwin den Zug verließ, erwartete mich nicht der Bekannte, von welchem ich besagtes Telegramm erhalten hatte, sondern der deutschlutherische Pfarrer des Ortes. Die Stelle nämlich, die man mir ursprünglich zugedacht hatte, war inzwischen von einem anderen besetzt worden. Der Pfarrer hatte sich bereit erklärt, mich abzuholen und mir bei der Jagd nach neuer Arbeit behilflich zu sein.

Wie kommt der Pfarrer dazu? Seit wann sind Pfarrer Stellenvermittler? In der Tat, ich wage nicht, mir auszumalen, wie es den meisten deutschen Einwanderern erginge, die in großer Mehrzahl des Englischen noch nicht mächtig sind, wenn sich nicht die kirchlichen Institutionen, besonders die Pfarrer selbst, mit viel Hilfsbereitschaft ihrer annähmen. Vor allem zeichnet sich die Missouri-Synode der lutherischen Kirche vor den anderen in Kanada vertretenen christlichen Konfessionen und Sekten durch ihre vorzüglich eingerichtete Einwandererfürsorge aus. In Winnipeg und in Edmonton unterhält die Missouri-Synode Büros, denen nichts weiter obliegt, als ohne irgendein Entgelt, vollständig kostenlos sich um die Immigranten zu kümmern und ihnen Arbeit zu verschaffen. Die über den ganzen weiten Westen verstreuten Pastoren teilen alle offenen Stellen ihres Gemeindebezirkes den Zentralen mit, die also stets über die Arbeitslage genau unterrichtet sind und die neu angekommenen Amerikafahrer sofort an die richtige Stelle leiten können. Auf diese Weise werden die Einwanderer, welche sich der kirchlichen Hilfstätigkeit anvertrauen, vor Enttäuschungen, Verlusten und Betrug bewahrt."

Nach 10 Monaten in der kanadischen Wildnis kam Johann mit einem bescheidenen Gewinn seiner harten Arbeit nach Vancouver. So begeistert er auch von dem Land und seinen hart arbeitenden Menschen war, die Einsamkeit der Wälder besang - er konnte nicht leugnen, dass er ein Kind der Großstadt Berlin geworden war. Und so fühlt er sich doch in der Stadt sofort wieder daheim.

„Gehobenen Sinnes stürzte ich mich in das Gewühl der großen, ganz internationalen Hafenstadt Vancouver: Strahlende Hotelhallen, blendende Lichtreklamen, Wolkenkratzer, Autos, Lärm, Gedränge, Kinos, Polizisten, Verkehrsampeln: grün - gelb - rot - gelb - grün, wie zu Hause in Berlin. Elegante, geschminkte Frauen, gut gekleidete Männer, rasselnde Straßenbahnen, Banken, tausend verschwenderisch erleuchtete Schaufenster, Luxus, Arbeit, Elend, Großstadt. Mit einem Wort: ich war seit zehn Monaten Wildnis wieder einmal daheim."

Was er dann in der Stadt beobachtete, veranlasste ihn zu herber Kritik an die deutschen Auswanderer, die sich dort hängen ließen und auf die Wohlfahrt anderer Deutscher angewiesen waren. Oder, die in seinen Augen ihre Landsleute „unverschämt" anbettelten. Eine dieser Beschreibungen ist ebenfalls ein gutes Beispiel, welcher kleinliche Frust einen veranlassen kann auszuwandern. Waren es bei Herr Wimpferl die schrecklichen Bohnen der Stiefmutter, die sie jeden Tag kochte, so ist es heute möglicherweise der Frust auf alles Mögliche, das den Auswanderer veranlasst aus nichtigen Gründen sein Glück in Kanada oder anderswo zu versuchen. Daraus erwächst selten die Kraft, den Kampf in der neuen Heimat zu bestehen.

„Erscheint da früh ein freundlicher junger Mann, stellt sich als Herr Wimpferl aus Dingolfingen in Bayern vor, zeigt mir 0,04 Dollar, seinen ganzen Besitz, und meint liebenswürdig, ich möchte ihm doch ein paar Dollar schenken, damit er sich für die nächsten Tage einen Raum mieten und Essen kaufen könne. In seiner Heimatstadt habe er eine gute Stellung bekleidet, in einem schönen Hause gewohnt, es sei ihm überhaupt ausgezeichnet gegangen, und nun, so klage er ein unverständliches Geschick an, müsse er hier ohne Geld

auf der Straße liegen. Jeder Arbeitgeber frage ihn unbilligerweise, ob er Englisch spreche, man habe ihm sogar zugemutet, Schnee von den Straßen zu schaufeln und das für nur einen Dollar den Tag. In einer der wenigen Pausen, die er zum Atemholen einlegen mußte, richtete ich die bescheidene Frage an ihn, warum in aller Welt er die alte Heimat, in der es ihm so gut ergangen sei, verlassen habe. Halb weinend erklärte er mir den tragischen Fall: sein Vater habe vor zwei Jahren zum zweiten Male geheiratet und seine Stiefmutter ihm, um ihn zu ärgern, jeden zweiten Tag Bohnen gekocht, und Bohnen wären ihm von jeher ekelhaft und abscheulich gewesen; schon der Geruch mache ihn krank. Schließlich wäre ihm nichts weiter übrig geblieben, als nach Amerika auszuwandern.

Das ist keine Geschichte aus einem Witzblatt, sondern traurige Wahrheit."

Wer nach Kanada einwandern will sollte überprüfen, ob er wirklich weiß, was da auf ihn zukommt. Gerade im Moment wo ich dies schreibe, lädt ein Schweizer seinen Frust in den Foren ab. Von Zürich hat es ihn nach Vancouver gezogen - warum auch immer - nach drei Monaten im Winter beschwerte er sich unter anderem über zu viel Regen in der Stadt, dass man öffentlich kein Bier oder Wein trinken kann und weitere Banalitäten. Er zog weiter nach Calgary und auch dort ist er nur unzufrieden. Dabei beherrscht er im Gegensatz zu Wimpferl perfekt Englisch und Französisch. Er wird weiterziehen, nun nach Südamerika, sagt er, und vermutlich wird er eines Tages wieder in Zürich landen. Die Zeilen von Johann kann man als Testbericht von damals für heute nutzen. Wieso für heute? Mir berichtete jemand über Email, dass er zwar als Temporary Worker bei einem deutschen Unternehmen einen Arbeitsvertrag mit einem Stundenlohn von über 17 Dollar hatte, dieser ihn aber vor Ablauf des Vertrages von heute auf morgen kündigte und nach Hause schickte. Um nun nicht sein Recht zu verlieren, in Kanada zu leben, bliebe ihm nichts anderes übrig, als sich auf den Ölfeldern im Norden von Alberta zu verdingen. Johann berichte ebenfalls, dass man in den Norden zu gehen hat, zu den Holzfällern, um zu überleben. Statt Landarbeiter kann man beispielsweise Fachkraft in der Auto- oder Computer-Industrie einsetzen, da diese ebenfalls gnadenlos ihre Mitarbeiter bei der geringsten Rezession auf die Strasse setzen. In der Autoindustrie von Ontario war das besonders in der Rezession von 1991 und in der Computerindustrie nach dem Boom 2001 zu beobachten.

„Vancouver, diese unvergeßliche, unvergleichliche, brodelnde Stadt, zog mich bald in einen bunten Strudel mannigfacher Schicksale, Gestalten, Erlebnisse.

... Bevor ich jedoch dem Reigen lustiger und trauriger Figuren freien Lauf lasse, sei mir gestattet, in diesem durchaus ernstgemeinten Kapitel von dem Winterelend unter den Emigranten zu sprechen, damit nicht etwa jemand auf den Gedanken kommt, das Auswandern sei eine vergnügliche, abenteuerreiche Sache, die weiter nichts als Spaß im Gefolge habe. Dieser Unsinn hat schon Unheil genug angerichtet, und es wäre nur zu gut, wenn diese Zeilen von allzu schnellen Entschlüssen abschreckten, statt sie zu begünstigen.

Wenn die Ernte vorüber ist, sei es, daß plötzlicher Schneefall sie unterbricht, sei es, daß die letzte Garbe eingefahren ist, beginnt eine böse Zeit, in der die Arbeit knapp wird, die eisigen Winterstürme ein warmes Haus und warme Kleidung unentbehrlich machen und die Not bei all denen ihren Einzug hält, die keine feste Stellung ihr eigen nennen. Der Farmer, der im Sommer drei Knechte brauchte, gewährt jetzt nur noch einem Beschäftigung oder verrichtet die geringe Winterarbeit in Stall und Hof allein. Die Sägemühlen im Gebirge stellen den Betrieb ein, sobald sie die Blöcke, die ihnen die Flüsse noch vor dem Frost zuführten, aufgeschnitten haben. Zu Tausenden drängen sich die arbeitslosen Männer vom Lande in die Städte. Die wenigen, die zuerst eintreffen, schnappen die freien Stellen fort, und die weitaus überwiegende Mehrheit aller späteren liegt auf der Straße.

Um diese Zeit verspricht eigentlich nur eine einzige Arbeit wirklichen Gewinn:

hinauszugehen in die fern von aller Kultur weit im Busch oder im Urwald verstreuten Camps und dort als Holzfäller ein Unterkommen zu suchen. Doch nur wenige ertragen dieses besonders in den nördlichen Gebieten außerordentlich entbehrungsreiche und harte Leben. Es erfordert eine stählerne Gesundheit und viel Kraft, Geschicklichkeit und Ausdauer. Zumeist fehlt dem Frischeingewanderten der Wille zum Durchhalten oder die körperliche Zähigkeit. Wenn ihm nicht das Glück wohlwill und ihm eine der wenigen Winterstellen auf den Farmen in den Schoß wirft, ist er für die langen Wintermonate zur Untätigkeit verdammt. Wer wenigstens soviel verdient und gespart hat, um sich notdürftig bis zum Beginn des Frühlings über Wasser zu halten, darf sich einbilden, das große Los gezogen zu haben.

Eines der Zentren, in denen im Winter zu Tausenden die arbeitslosen Männer zusammenlaufen, ist Vancouver; in der Gesamtzahl der rund 10.000 Arbeitslosen mochten etwa 500 Deutsche enthalten sein, eine an kanadischen Verhältnissen gemessen riesengroße Zahl. Die Deutschen setzten sich fast ausnahmslos aus Leuten zusammen, die erst im Laufe des Jahres hereingekommen waren, noch wenig oder gar kein Englisch zu sprechen verstanden und sich nun völlig hilflos in der großen, amerikanisch-fieberhaft hastenden Stadt treiben ließen. Vielen von ihnen schien die wochen-, ja monatelange Untätigkeit, das Herumsitzen in den schmierigen, chinesischen Hotels das Mark aus den Knochen gesogen zu haben. Unfähig zu jedem Entschluß, allen Einflüssen wehrlos ausgeliefert, verzehrten sie mit einer Art von verzweifeltem Stumpfsinn jeden Tag ihre 1,50 Dollar und konnten sich an den Fingern ausrechnen, wie lange sie dieses Leben fortzusetzen imstande sein würden und wann der Hunger und die Obdachlosigkeit an ihre Tür klopfen würde. Erst wenn der Chinese sie auf die Straße geworfen, die Polizei sie aus den Wartesälen der Bahnhöfe, wo sie zu übernachten versuchten, vertrieben hatte und der letzte Cent ausgegeben und das letzte Stück Brot aufgegessen war, erwachten sie aus ihrer schläfrigen Dumpfheit und sahen sich plötzlich einem Schicksal gegenübergestellt, dem sie sich in keiner Weise gewachsen fühlten. Nichts war ihnen in der langen Zeit des Hinbrütens so sehr abhanden geraten wie Tatkraft und Entschlußfähigkeit. Sie sahen fast ohne Ausnahme, wenn sie so weit herabgesunken waren, nur einen Ausweg: betteln. Manche taten es verschämt, die meisten unverschämt.

...

Es wäre leicht, den Beispielen, die ich anführte, Dutzende gleicher Art folgen zu lassen, die ich alle selbst aus eigener Anschauung kennenlernte. Das Winterelend in den Städten kommt an Furchtbarkeit und Härte der Not unter den Arbeitslosen einer deutschen Großstadt nicht nur gleich, sondern übertrifft es bei weitem!

...

Das Land ist hart und zäh und jung, und es erfordert harte, zähe und junge Menschen; es kennt keine Gnade; es erwartet allerdings auch keine -!"

Besonders der letzte Satz von Johann hat es in sich. Denn was damals galt „*und es erfordert harte, zähe und junge Menschen*" hat auch heute seine Gültigkeit, ist meine Meinung. Wer heute erst im Alter von über 40 oder sogar 50 Jahren einwandert, der wird es als Arbeitnehmer extrem schwer haben. Das ist besonders das Fiasko vieler akademisch qualifizierter Einwanderer der letzten Jahre. Ebenso kann man das bei Handwerkern und Facharbeitern beobachten, wenn diese auch in der derzeitigen Boom-Zeit leichter einen Job-Vertrag erhalten.

Zum Schluss der Erfahrungen aus den Zwanzigern des letzten Jahrhunderts einige Zeilen aus der Studie von Ulrike Treplin: „...Die angeführten Beispiele haben auch gezeigt, daß für Deutsche damals durchaus ein Auskommen in Kanada zu finden war. Daß der erhoffte Erfolg manchmal ausblieb, darf nicht zum Anlaß dafür genommen werden, die deutsch kanadische Wanderung in Bausch und Bogen zu verdammen. Viele der Fortziehenden waren von bedrückenderen Verhältnissen in Deutschland zur Auswanderung gezwungen worden."

Treplin, Ulrike 1987: Die deutsche Kanada-Auswanderung in der Weimarer

Zeit und die evangelisch-lutherische Auswanderermission in Hamburg, in: ZKS, 7, S. 167-192.

Anmerkung - Die Bücher von A.E. Johann schätze ich sehr. Sie werden beispielsweise oft über Ebay versteigert und auch bei Amazon findet man sie. Ebenfalls gab es vom Weltbildverlag eine Neuauflage zu Kanada - die aber nicht mehr lieferbar ist. Alternativ kann man über www.abebooks.co.uk nach seinen Büchern suchen.

Rabien Road, B.C., Foto Gundula Meyer-Eppler

WAS VERBINDET DIE GESCHICHTEN?

von Maxim Pouska

Jedes Jahr kommen derzeit (2007) rund 250.000 neue Geschichten hinzu, die über die Einwanderung nach Kanada berichtet werden könnten. Das sind Geschichten von Familienvätern, von Müttern, Kindern sowie in einigen Fällen auch von den Großeltern und Eltern der Familien, die mit einem Einreisevisum in Kanada landen.

Vergleiche ich die Erzählungen von 1927, 1950 und 2006 so fällt mir auf, dass zum Erfolg eine Flexibilität gehört, die wir als Deutsche in der Regel nicht beigebracht bekommen, wenn wir Kinder sind. Diese Flexibilität, diese Bereitschaft zur Veränderung, Neues anzufangen fehlt uns dann als Erwachsene, wenn sich wie heute die Zeiten ändern und eine globale Wirtschaft ein neues Verhalten fordert.

Die Geschichte von Eva, die mit Mann und Tochter nach Vancouver zog und nach 10 Monaten zurück nach Deutschland kam, ist nur ein Beispiel für dieses trainierte Verhalten. Es wird von den Konsultanten immer wieder beobachtet, dass Einwanderer dort hinziehen wo sie Verwandte haben und dann dort keine Arbeit finden können. Ich hatte geplant mehrere negative Geschichten zu bringen, die von der Rückkehr nach Deutschland und Europa handeln, aber das habe ich dann doch nicht gemacht. Der Grund ist, dass es inzwischen einige Webseiten gibt, in der die negativen Erfahrungen von Einwanderern aus aller Welt berichtet werden. (Siehe die Links dazu - meist Englisch)

Was kann ich vergleichen, was ist heute noch genauso, wie es 1950 oder 1927 war, um ein „erfülltes Leben" zu haben?

Der Erfolg in diesen Geschichten hat immer wieder als Fundament: einen guten Partner, Arbeit, die genug Geld ins Haus bringt, Flexibilität, und die

Bereitschaft immer wieder erneut zu lernen, sich zu integrieren und die kanadische Realität zu akzeptieren.

Die Geschichte von Peter Iden zeigt dies immer wieder: Als junger Mann hatte er einen Hilfsarbeiter-Job, er war Postbote/Laufbursche, und in dieser Position bekam er Insiderinformationen über einen Job, der für seinen Vater zum Einstieg in die kanadische Arbeitswelt wurde. Das wird heute unter Networking bezeichnet und ist genauso, wie im Falle von Annette Fischer, der Schritt zum ersten Job. Ihren ersten Job erhielt sie durch einen Network-Kontakt, über die Ausbilderin bei ihrem Job-Training, welches von der Regierung für Immigranten bezahlt wurde. Es ist ebenso in den Berichten von Johann zu lesen, der 1927 über das Network der evangelisch-lutherischen Kirche in der Prärie Arbeit und Unterkunft fand. Besonders deutlich wird dieses Networking im Falle von Detlef. Der morgendliche Kontakt mit dem Direktor des botanischen Gartens in Montréal, führte zu seiner späteren Anstellung als Gärtner bei der Stadt Montréal.

Die Bereitschaft unten anzufangen, also nicht direkt in eine Manager Position einzusteigen, ist ebenfalls einer der wichtigsten Punkte, um schlussendlich in Kanada erfolgreich zu sein. Das wird heute mit dem Begriff „Canadian Experience" beschrieben, die man sich zuerst erwerben muss, um dann aufzusteigen. Der Bericht von Johann, der als Kuli unter Kulis arbeitete und nach drei Tagen Vorarbeiter wurde, ist ein gutes Beispiel dafür. Ebenso sein Bericht, was er alles in einer Woche an Jobs machte, um sein Geld zu verdienen. Die gleiche Situation ergab sich für Peter Iden, der über viele Stationen hinweg seinen Weg ging, um dann nach 20 Jahren sich mit seiner eigenen Firma selbstständig zu machen - dazu seine Frau als wichtigsten Partner hatte. Ebenso ist diese Bereitschaft jeden Job zu ergreifen bei Annette Fischer zu sehen. Wie erfolgreich sie damit ist berichtet sie sehr anschaulich. Dass sie bei 60 bis 80 Stunden Arbeitszeit in der Woche auch noch Spaß daran hat, das ist außergewöhnlich. Sie könnte sich ja mit 40 Stunden zufrieden geben, schreibt sie. Ihren Job als Security Mitarbeiterin beim Stampede Park in Calgary ist ja praktisch ein Hobby für sie geworden.

Nun wird ein normaler Deutscher oder Europäer sagen: „Ich arbeite doch keine 80 Stunden in der Woche!" aber diese Arbeitszeit wird besonders bei Else Seel deutlich, wenn sie schreibt: „Wasser holen, Holz holen und das seit 10 Jahren". Die Romantik, von der alle träumen, wenn sie an einen Bauernhof in den Weiten von Kanada denken, ist immer nur mit harter Arbeit verbunden - anders kann man sie nicht finden. Das wird in den Berichten von Jutta Ploessner nicht immer ganz deutlich. Aber auch in ihrem Leben gab und gibt es auch heute noch keine 40 Stunden Arbeitswoche.

Die Partnerschaft ist ebenfalls einer der wichtigsten Grundsteine, aber nicht immer hat man bereits beim ersten Mal den richtigen Partner an der Seite. Oft führt erst eine zweite oder dritte Partnerschaft die Lebensgefährten zusammen, die gemeinsam zum angestrebten Ziel kommen. Bei Nicole Negus war die Distanz-Ehe kein Hindernis für das Bestehen der Partnerschaft und die späte Einwanderung kein Grund in der Zwischenzeit unglücklich zu sein. Bei Jutta und Dale, ihrem zweiten Partner, wird dies ebenso deutlich, wie bei Corina Elgiet und Gertrud Evans. Daß Jutta hartnäckig an ihrem Traum festhalten konnte - obwohl ihr erster Mann der Herausforderungen der Wildnis nicht gewachsen war - lag unter anderem an der Basis ihres Einkommens aus Deutschland. Dafür hatte sie ja erneut gelernt - bevor sie nach Kanada zog.

In den Erzählungen von fast allen wird deutlich, dass immer wieder neues Lernen entscheidend ist, um in Kanada voranzukommen. Else Seel hatte zu lernen wie man Brot backt und Feuer anmacht. Johann berichtete von der katastrophalen Situation der Deutschen, die kein Englisch gelernt hatten und in Vancouver als Arbeitslose betteln gehen mussten. Sowohl Peter Iden wie auch Gudrun Lundi erzählen davon, dass sie sich auf Abendschulen weiter bildeten. Selbst Annette Fischer, die eine akademische Ausbildung mit Master Diplom hat, besuchte als erstes in Kanada Kurse, um zu lernen wie man sich auf dem Job-Markt bewährt.

Beide Schriftstellerinnen, Seel und Ploessner, haben noch etwas gemeinsam: sie hatten/haben Feriengäste. Es ist also auch hier wieder der zweite Job, wie bei Annette, der natürlich sehr viel an Mehrarbeit erfordert, gleichzeitig aber nicht nur Geld, sondern auch menschliche Kontakte als Profit in den Alltag bringt.

Es gibt heute sehr viele Firmen, die ihre Mitarbeiter als Entsandte ins Ausland schicken. Diese haben es selbstverständlich sehr viel einfacher, als ein Auswanderer, sich in den ersten Jahren im Land gut zu etablieren. Ihre Geschichten kann man nicht mit denen von Auswanderern vergleichen. Denn sie sind keine Auswanderer, sie sind nur Zeitarbeiter, die für wenige Monate oder Jahre in Kanada leben werden. Sollten Sie vom Entsandten zum Auswanderer wechseln wollen, so werden sie vermutlich die gleichen Probleme haben, wie jemand der als Auswanderer zum ersten Mal nach Kanada kommt. Ebenfalls sind die Erfahrungsberichte von Studenten, Akademikern und anderen kurzzeitigen Besuchern von Kanada nicht zu vergleichen, mit den Berichten der Auswanderer. Kanada wird von ihnen allzu oft nur durch eine rosarote Brille oder mit zu vielen Vorurteilen betrachtet, wenn sie dann wieder zu Hause sind und ihre Geschichten erzählen und schreiben.

Dass auch das Business in Kanada anderes gehandhabt wird, als in Deutschland und Europa wird an den Geschichten von Peter Iden und Georg Vörding deutlich. Auch dies hat der Auswanderer zu lernen, zu akzeptieren, das „The Art of the Deal", wie ein Amerikaner es bezeichnete, tatsächlich etwas anderes ist, als in Deutschland. Dies nicht zu Lernen, zu denken ich kann es so machen wie in Deutschland und die Kanadier haben zu lernen, wie wir es in Deutschland machen, ist einer der Hauptgründe für das Scheitern vieler Auswanderer. Das schreibt bereits Johann über die Leute, die mit 1.000 Gold-Dollars nach Kanada kamen - alles verloren und wieder von neuem anzufangen hatten.

Was in den Berichten von Else Seel, Peter Iden und Jutta Ploessner sowie auch der beiden Esoteriker, Eckhart Tolle und Ulrich Schaffer deutlich wird, das ist ihr lebenslanger und positiver Bezug zu Deutschland. Dieser Bezug kann auch gleichzeitig ein Geschäftserfolg sein, wie in dem einen oder anderen Beispiel sichtbar wird. Es ist aber nicht nur ein Geschäftserfolg, sondern eine intellektuelle Verbindung, die zur Zufriedenheit der betreffenden Person beiträgt. Der kulturelle Kontakt zur Heimat, zur Sprache und zur Kultur, ist ein Pluspunkt, den insbesondere Peter Iden und Else Seel deutlich ausdrükken. Ob sich das bei den Kindern und Enkelkindern fortsetzt, ist allerdings eine andere Geschichte.

Dass nicht jeder Auswanderer in Kanada bleibt, das ist statistisch von den kanadischen Behörden erfasst. Die Rückkehr nach Deutschland und Europa kann genauso geplant sein, wie die Auswanderung nach Kanada. Üblicherweise wird angenommen dass der Rückwanderer erfolglos war. Das ist aber nicht in allen Fällen so, es gibt ebenso Rückwanderer, die bereits bei der Einwanderung geplant hatten, nach Europa zurück zu kommen. Johann ist dafür das beste Beispiel, er war immer ein Reisender, der von seinen Reisen zurück nach Deutschland kam.

In den letzten Jahren wanderten sehr viele Deutsche als Zeitarbeiter (Skilled Worker mit einem Work Permit) nach Kanada. Sie wollen aber nicht Zeitarbeiter bleiben, sondern als Einwanderer für immer in Kanada leben. Für diese Gruppe habe ich das Buch „Arbeiten im Traumland Kanada" geschrieben. Dort stehen die Informationen, wie man vom Zeitarbeiter (Gastarbeiter) zum Bewohner Kanadas wird, der bis an das Ende seiner Tage in diesem Land bleiben kann.

Die positiven und negativen Erfahrungen der Erzähler und Erzählerinnen, aus nun über 80 Jahren, handeln praktisch immer von den „Grundsteinen", die ein „erfülltes Leben" in Kanada ermöglichen oder es unmöglich machen. Sie kann ein Auswanderer nutzen, denn man muss ja nicht immer selbst die negativen Erfahrungen machen, oder er kann sich an ihnen orientieren, wenn die Zeiten mal nicht so gut sind, wie er oder sie es sich vorgestellt haben. Der Einwanderer/Immigrant kann ein 100-prozentiger Kanadier werden, so wie es Peter Iden und andere geworden sind, ohne seine deutsche Identität verlieren zu müssen.

Negative und positive Erfahrungen

www.notcanada.com
www.canadaimmigrants.com/forum.asp

Auf beiden Webseiten werden „real bad stories" beschrieben. Ab und an postet jemand auch seine positive Story. Wer eine Auswanderung plant, der sollte diese Webseiten lesen und analysieren. Die Berichte der Rückwanderer und Frustrierten sind eine Beschreibung von falschen Vorstellungen und nicht erfüllter Hoffnungen. Sie mit seinen eigenen Ideen, Plänen und „Träumen" zu konfrontieren, ist sehr nützlich.

Es sind aber im Internet auch Erfolgsstorys zu finden. Beispielsweise auf den Webseiten der Provinzregierungen oder in Magazinen für Einwanderer - man hat sie aber selbst zu suchen. Ein Beispiel ist das englische „Muchmor Magazine", das monatlich frei über das Internet zu lesen ist. Oder aus Vancouver „Canada's first national magazine for all immigrants".

Derzeit, Anfang 2007, werden mehr und mehr Berichte von deutschen Auswanderern und Skilled Worker bekannt, die nach kürzester Zeit in Kanada nach Deutschland zurückwandern wollen oder müssen. Viele von ihnen sind erst Anfang 2006 nach Kanada gezogen. Ihre Vorstellung von Kanada war vermutlich ausschließlich von den Bildern in den Reiseprospekten und von der Vorstellung, ein schönes Abenteuer erleben zu wollen geprägt. Diesen negativen Berichten Deutscher, stehen aber weit mehr positive Berichte von jungen Auswanderern mit Familie und Kindern gegenüber, die heute zufrieden in Kanada leben.

Wie die alte Volksweisheit seit Jahrtausenden sagt: „Jede Münze hat zwei Seiten." Diese Weisheit gilt auch heute, wo wir üblicherweise mit einer Plastikkarte bezahlen, statt mit harten Münzen - und Gold-Dollars fast nur noch Sammlerstücke sind.

Links

Die Kanada Mailing-Liste
http://www.kanadamailing.cdn.de/

Das Kanada Forum
http://kanada.siteboard.de/portal.htm

Wirinkanada
Forum und Webseite von Martin, Yvonne, Jocelyne & Jay C.
http://www.wirinkanada.de/php/include.php?path=forum/main.php

Canada-Board und Forum
http://www.canada-board.de/

Das Trucker-Forum von Schiol
http://schiol-canada.info/canada/index.php

Kanada Info Forum von Mark
http://98174.homepagemodules.de/

Kanada-Team Forum
www.kanada-team.de

Kanada by Maxim Pouska
Mein Blog, in dem doch ab und zu ein update gepostet wird.
http://kanadamaximpouska.blogspot.com/

Citizenship and Immigration Canada (CIC)
http://www.cic.gc.ca

A.E. Johann Gesellschaft e. V.
A.E. Johann-Weg 1
D-34593 Knüllwald
www.a-e-johann.de

„Muchmor Magazine"
www.muchmormagazine.com

Canada's first national magazine for all immigrants
http://www.thecanadianimmigrant.com/index.php

ARBEITEN IM TRAUMLAND KANADA
208 Seiten, Preis Euro 20,- / CHF 31, 90
ISBN-10: 3-8334-6235-3 ISBN-13: 978-3-8334-6235-1
Verlag Bod - www.bod.de

ARBEITEN IM TRAUMLAND KANADA

INHALT:

Teil eins: VORBEREITUNG

Teil zwei: IN KANADA ARBEIT SUCHEN
Von Europa aus Arbeit in Kanada finden
Jobsuche in Kanada

Teil drei: WORK PERMIT / PERMANENT RESIDENCE VISA
HRSD - Kanadisches Arbeitsministerium
Temporary Work Permit

Teil vier: KARRIERE IN KANADA

Teil fünf: SONSTIGES

Die Gesamte Inhaltsangabe ist im Blog veröffentlicht: September - November 2006 - Blog: http://kanadamaximpouska.blogspot.com/

Autorenporträt: Maxim Pouska

Der Autor ist Journalist und widmet sich seit 1990 intensiv dem Thema Kanada. Seine Schwerpunkte sind Business und Immigration. In den Internet-Foren beantwortet er die Fragen der Ratsuchenden. Als er Anfang der Neunziger in Kanada landete, um dort für einige Jahre zu arbeiten, herrschte im Land gerade eine Rezession.

Er sagt über sich selbst: >> „What shaped you?" oder „S/he was shaped by ..." sind eine Frage und eine Beschreibung, die mir zum ersten Mal in Montréal begegneten. Reisen, ankommen, eine Weile da sein und wieder zurück oder weiterfahren, sind mir von frühester Jugend an vertraut und formten mich. Jedes Mal gehörte erneut die Bereitschaft dazu, mich zu integrieren, Hilfe anzunehmen und gleichzeitig achtsam zu sein, um nicht in fremde Fallen zu treten.<<

Kritiken zum Buch ARBEITEN IM TRAUMLAND KANADA

papaya: Und nochmals. Wer vorhat nach Kanada zu kommen, sollte sich das Buch von Maxim Pouska doch 1-3 Mal durchlesen. Erst dachte ich auch - was erschreckt er denn die Leute so damit. Aber nochmal gelesen und mit meinen Erfahrungen verglichen, beschreibt es doch ganz gut was hier abgeht. Besonders die umfangreiche Mail von Doris, die aus dem Jahre 2003 ist, deckt sich mit meinem Erlebten.

Jürgen: Ich habe inzwischen 3 Auswanderer Bücher und das Geld für Maxims, war am besten angelegt. Es bietet einfach die meisten Infos übers Auswandern. Danke für seine Tips in seinem Buch.

teufeliene: Ich habe das Buch von Maxim auch gelesen und viele Informationen, die ich bisher noch nicht kannte, gefunden. Spitze fand ich die ganzen links, dort fand ich noch mehr Auskünfte. Es ist wirklich sehr empfehlenswert......

harzmountains : Eindruck: inhaltlich äußerst empfehlenswert. Ich kann es nur jedem ans Herz legen, besonders für alle die nicht als PR rüber gehen. Maxim beschreibt sehr detailliert die „Fallen" der einzelen VISA. Weiterhin zitiert er postings und Erfahrungsberichte von Immigraten. Es sind ausführliche Links aufgeführt und am Ende des Buches übersichtlich aufgelistet. Manch einer mag wirklich geschockt sein, wenn er dieses Buch liest -ich persönlich finde es aber sehr wertvoll, denn so unangenehm es auch sein kann, schubst es so manche rosarote Brille weg. Fazit: Jeder, der ernsthaft vorhat nach Kanada auszuwandern, der sollte die 20 € investieren - es lohnt sich!

Gauchito: Nach der kompletten Lektüre von Maxim's Buch, möchte ich auch mal meinen Senf dazu geben: DANKE FÜR DIE AUSFÜHRLICHEN INFORMATIONEN! Selbst nach fast 3 Jahren Internet- und sonstigen Recherchen, bekommt man da noch gute, nützliche Zusatzinfos.

Die Namen sind die NICK-NAMEN in den Foren.